DIE WEIHNACHTSLISTE DER HEXEN

VERHEXTE WESTWICK-KRIMIS

COLLEEN CROSS

Übersetzt von
ELKE WILL

DIE WEIHNACHTSLISTE DER HEXEN

VERHEXTE WESTWICK-KRIMIS

Essen, Trinken und .... oh je ...
Cendrine West freut sich auf ein gemütliches Weihnachtsessen, während draußen ein Schneesturm wütet und eine Flut unerwarteter Gäste ins Haus bringt. Aber beschwipste Hexen und schelmische Magie ist das beste Rezept für eine Katastrophe, vor allem, als plötzlich einer der Gäste das Zeitliche segnet. Cens Detektivarbeit deckt einen Sack voller Ärger auf, und jeder ist verdächtig, sogar ihr gutaussehender Freund, der Sheriff. War es ein tödlicher Unfall durch eine betrunkene Hexe ... oder etwas Schrecklicheres? Mord steht auf der Speisekarte und nur Zauberei kann die Wahrheit in dieser hexenhaften, verrückten und aufregenden Fahrt in die Weihnachtszeit ans Licht bringen!
Die Verhexten Westwick-Krimis sind für Fans von unterhaltsamen Krimis Schuss Humor und etwas Zauberkraft.

Merry ›Witchmas‹ von den Westwick-Hexen!

Es ist Heiligabend mit frisch gefallenem Schnee,
Hexen küssen ihre Lieben unter dem Mistelzweig, oh weh …
Die Wests bewirten ein paar ungewöhnlichen Gäste,
Mindestens einer unter ihnen ist verliebt in eine Hexe.
Die Hexen haben wieder alte Tricks auf Lager
Auf Biegen und Brechen - oh, hoffentlich gibt es keinen Versager
Bis plötzlich ihr Magen rebelliert,
Und nichts mehr richtig funktioniert.
Die Hexen trinken und essen zu viel mitunter,
Bald geht alles drüber und drunter,
Zauber und Magie geraten außer Rand und Band,
Und niemand hat das Schicksal mehr in der Hand.
Obwohl sich alle so sehr auf Weihnachten freuen
Wird es einer ihrer Gäste bitter bereuen.
Währenddessen draußen ein Schneesturm weht und alles hüllt in
    ein weißes Kleid,
Schnallt euch an zu einer aufregenden Fahrt in die
    Weihnachtszeit!

KAPITEL 1

Weihnachten ist meine Lieblingsjahreszeit. Dieses Jahr war es etwas ganz Besonderes, denn es war mein erster Urlaub mit Tyler. Allein der Gedanke an meinen großen, kräftigen Freund brachte ein Lächeln auf meine Lippen. Ich konnte es gar nicht erwarten, ihn zu sehen. Er war immer noch in der Arbeit und ein wenig zu spät wegen des massiven Schneesturms, der Westwick Corners umhüllt und uns vom Rest der Welt abgeschnitten hatte.

Seine verspätete Ankunft machte meine Vorfreude nur noch süßer. Mein Puls beschleunigte sich, als ich mir vorstellte, ihn zu küssen und seine starken Arme um meine Taille herum zu spüren. Unser erster Heiligabend wäre ein Feiertag, der uns noch eine lange, lange Zeit in Erinnerung bliebe und den wir zu schätzen wüssten.

Als Westwick Corners Sheriff und einziger Polizist war Tyler Gates immer beschäftigt. Vor allem wegen Tante Pearl, die immer wieder das Gesetz brach und Tyler das Leben ziemlich schwer machte. Ihre oberste Priorität war es, ihn aus der Stadt zu vertreiben, so, wie sie es mit allen Sheriffs vor ihm getan hatte.

Ich hatte gehofft, dass es heute Abend anders sein würde, zum Teil, weil Tante Pearl nicht im Schneesturm herumfuhrwerkte, um Ärger zu bereiten. Stattdessen hatte sie den ganzen Tag mit dem Rest meiner Familie zu Hause gehockt. Das war ungewöhnlich für meine unsoziale

Tante. Aber das Merkwürdigste von allem war, dass es Tante Pearl war, die Tyler zu unserem traditionellen Familien-Weihnachtsessen eingeladen hatte.

Ich hatte unsere Weihnachtsfeierlichkeiten bis ins kleinste Detail geplant. Weihnachten war die einzige Zeit des Jahres, in der wir unser Familienunternehmen schlossen und uns eine Auszeit von unserem geschäftigen Leben gönnten.

Als Hexe bekam man keinen Gehaltsscheck, also brauchten wir alle einen Job, um über die Runden zu kommen. Wir hatten unseren Familiensitz in das Westwick Corners Inn, eine gemütliche Familienpension, oder moderner gesagt, in ein Boutique-Bed and Breakfast, verwandelt. Ebenfalls auf unserem Grundstück befand sich ein kleines Weingut und die Witching Post Bar and Grill, eine Kneipe, die hauptsächlich von Einheimischen besucht wurde.

Unser Familiensitz war aus der absoluten Notwendigkeit umgewandelt worden, weil es in unserer ›Fast-Geisterstadt‹ keine lebensfähigen Arbeitsplätze gab. All das änderte sich für eine kurze Woche zur Weihnachtszeit, in der wir die Familienpension schlossen und erneut zum Familientreff umfunktionierten.

Abgesehen von meinen Aufgaben in der Familienpension betrieb ich auch eine Zeitung, die Westwick Corners Weekly. Ich hatte gerade die Weihnachtsausgabe veröffentlicht und sogar meine Artikel für die folgende Woche im Voraus geschrieben. Im winzigen Westwick Corners passierte nie viel, also konnte ich es mir leisten, meinen Ein-Frau-Zeitungsbetrieb über die Feiertage zu schließen.

Ich hatte mich wochenlang auf das Heiligabend-Essen gefreut und wollte, dass es der Beginn vieler Feiertage mit Tyler sein würde.

Aber erstens kommt es anders und zweitens, als man denkt.

Ich hatte die weiße Weihnacht, von der ich geträumt hatte, aber das Winterwunderland draußen hatte sich in ein verschneites Gefängnis verwandelt. Es lagen bereits mehrere Meter Schnee auf dem Boden und es schneite immer weiter. All das wäre perfekt, wenn Tyler und ich vor einem knisternden Kaminfeuer kuscheln würden, während Schneeflocken vor dem Fenster tanzten und alles in einen weißen Mantel hüllten.

Stattdessen war Tyler auf der Autobahn hängengeblieben und half gestrandeten Autofahrern. Ich schloss die Augen und seufzte. Wenn dieser Sturm nur für einen einzigen Tag aufhören würde. Ich zitterte bei dem Gedanken, Tyler wäre möglicherweise auch gestrandet. Die Straßen waren tückisch. Draußen war es schon dunkel, und ich hatte den ganzen Tag nichts von ihm gehört. Ich machte mir Sorgen, dass er nicht rechtzeitig zum Heiligabend-Essen da sein würde.

Normalerweise mochte ich die dumpfe Stille, die sich mit einer dicken Schneedecke ansiedelte, aber heute Abend war es anders. Der Wintersturm war plötzlich, völlig unerwartet gekommen, so stark, dass er im Nullkommanix Schneeverwehungen hervorgerufen und ein paar Autos unter sich begraben hatte. Der Schnee fiel immer stärker. Ich schloss meine Augen und stellte mir Tyler und mich vor, wie wir unter dem Mistelzweig stehen. Nun war meine Erwartung mit Sorge gefärbt.

Ich holte mein Handy aus der Tasche und rief ihn an. Es schien alles normal zu sein, so wie immer, bis er schließlich antwortete.

»Cen ... ich wollte dich gerade anrufen.« Tylers tiefe Stimme klang fern und statisch. »Ich bin gerade erst mit einem Sattelschlepper fertig geworden. Die Straße ist jetzt fast unpassierbar, aber ich bin auf dem Weg. Ich bin bald da. Du fehlst mir.«

»Du fehlst mir auch.« Allein, mir Tylers warmen braunen Augen vorzustellen, ließ mich lächeln. Wir sahen einander täglich. Na ja, eigentlich war es schwierig, sich in unserer winzigen ›Fast-Geisterstadt‹ nicht ständig zu begegnen. In letzter Zeit hatten wir beide allerdings bis spät abends gearbeitet, sodass wir gerne etwas ununterbrochene Freizeit zusammen genießen würden. »Ich werde Mama bitten, mit dem Abendessen zu warten, versuche, einfach nur so schnell wie möglich hier zu sein.«

Ich seufzte, als ich das Gespräch beendete. Dann erinnerte ich mich an die anderen Hindernisse in meinen Plänen.

Merlinda.

Tante Pearls Superschülerin war nicht, wie geplant, für die Feiertage nach Hause, nach Vanuatu gefahren. Der Flug zurück zu ihrem tropischen Paradies im Südpazifik war wegen des Schneesturms abgesagt worden. Jetzt verbringt sie Weihnachten mit uns.

Merlinda war ein extrem mächtiger Hexen-Azubi. Alles floss ihr mühelos zu. Im Grunde war sie alles, was ich nicht war. Es ist nicht so, dass ich sie nicht mochte. Eigentlich kannte ich sie kaum. Sie hatte ständig die Nase in ein Zauberbuch gesteckt und war meistens in sich gekehrt. Ich hatte sie zufällig kennengelernt, weil sie während des

Schuljahres von Pearls Zauberschule in unserer Familienpension wohnte.

Jetzt war Merlinda ein integrierter Bestandteil unserer traditionellen Familienzeit und das gefiel mir absolut nicht. Mit ihr fühlte ich mich fast wie eine Fremde in meinem eigenen Haus. Tante Pearl war vernarrt in ihre Lieblingsschülerin und ignorierte deswegen den Rest der Familie. Selbst Mama und Tante Amber schienen von Merlinda total begeistert zu sein. Neben ihr fühlte ich mich als inkompetente Hexe. Ich kam mir auch unsichtbar vor.

Merlindas Zauberei wetteiferte mit den besten im Geschäft, dabei war sie noch nicht einmal mit der Schule fertig. Zudem sah sie auch noch verdammt gut aus. Ihr dunkles exotisches Aussehen erregte bei den wenigen Gelegenheiten, bei denen sie sich in die Stadt wagte, Aufmerksamkeit. Sie hatte sich nie sozialisiert, aber das machte sie umso Verlockender und geheimnisvoller für fast jedem Mann in Westwick Corners. Sie wurden sowohl von ihrer Schönheit als auch von ihrem charmanten südpazifischen Akzent in den Bann gezogen.

Eigentlich hätte ich Mama und Tante Amber mit dem Abendessen in der Küche helfen sollen, zog es aber vor, mit Abwesenheit zu glänzen, da sie sonst meine saure Stimmung bemerkt hätten. Stattdessen sah ich mich im Wohnzimmer um, in der Hoffnung, dass die festliche Dekoration meine Stimmung heben würde.

Für Hexen waren wir ziemlich traditionell, wenn es um Heiligabend ging. Das Wohnzimmer war voll mit Lichtern geschmückt, Dekorationen und Lametta. Ein zwei Meter hoher Christbaum stand an der einen Seite des Kamins, und Mamas handgefertigten Weihnachtsstrümpfe hingen am Sims. Jeder von uns hatte seinen Filzstrumpf mit handgefädelten Perlen. Mama, Tante Amber, Tante Pearl und ich. Und einen zusätzlichen, den Mama heute Morgen für Merlinda genäht hatte, nachdem Merlinda von ihrem annullierten Flug erfahren hatte.

Merlinda hier zu haben, ruiniert einfach alles. Ich fühlte mich schuldig, so zu denken, aber ich hatte auch das Gefühl, dass ihre Anwesenheit bei Tante Pearl viel Schlechtes hervorbrächte. Und ich musste zugeben, dass ich mehr als nur ein wenig neidisch auf Merlinda war. Hexerei und alles andere fiel ihr mühelos in den Schoß.

Wenn man vom Teufel spricht – Merlinda und Tante Pearl stürzten lachend durch die Vordertür und traten ihre schneebedeckten Stiefel auf dem Flur aus.

Das war noch etwas, was mich störte. Meine verschrobene, aufmüpfige Tante war in der Regel eine Einzelgängerin und eine Querulantin, scharf darauf, Unruhe zu stiften, um Sheriffs wie Tyler aus der Stadt zu jagen. Doch in Merlindas Gegenwart hatte sie sich in einen kichernden Gutmenschen verwandelt, der überall weiße Magie verbreitet. Mit Merlinda natürlich, nicht mit mir.

Tante Pearl und Merlinda machten sich im Wohnzimmer breit, und schienen mich nicht zu bemerken, während sie über einen fortgeschrittenen Zauber lachten, der weit über meine Fähigkeiten hinausging. Verdammt, ich konnte noch nicht einmal verstehen, über was sie redeten. Innerhalb weniger Minuten zauberten sie Hologramme von Elfen und Rentieren und versuchten, sich gegenseitig zu übertrumpfen.

Tante Pearl hatte sich sogar zum Abendessen adrett gemacht. Sie trug einen grünen Samthosenanzug, wahrscheinlich aus praktischen Gründen gewählt. Er sah festlich und elegant aus, während sie immer noch uneingeschränkte Bewegungsfreiheit für ihre sogenannten sportlichen Aktivitäten hatte. Was sie sportliche Aktivitäten nannte, so handelte es sich wahrscheinlich um Brandstiftung, daher hielten die meisten Menschen in der Stadt bei besserem Wetter eine Brandwache oder eher gesagt eine Pearl-Wache. Hoffentlich sorgten das Weihnachtsessen und der Sturm draußen für genug Ablenkung, um sie wenigstens für eine Nacht vom Ärger machen fernzuhalten.

Tyler, der einzige Polizist in Westwick Corners, hatte durch die heutigen Schneeverhältnisse bereits alle Hände voll zu tun und war ausgeschaltet. Er brauchte Heiligabend nicht damit zu verbringen, auf Tante Pearl aufzupassen. Das heißt, solange er es nicht bis hierherschaffen würde.

Meine Gedanken wurden vom Geklimpere von Tante Pearls Zauberarmband gestört, als sie ihren Arm mit einer überschwänglichen Geste herumwirbelte.

Merlinda lachte und zeigte ein strahlend weißes Lächeln.

Jede Eifersucht, die ich fühlte, war allein meine Schuld. Merlinda konnte nichts dafür, so schön zu sein. Und ich sollte mich an meiner eigenen Nase dafür anpacken, dass ich mir keine Mühe beim Zaubern gab. Kein Wunder, dass Tante Pearl so enttäuscht von mir war.

Hexerei war praktisch das Familienunternehmen der Wests. Obwohl es finanziell gesehen nicht sehr viel einbrachte. Eigentlich brachte es gar nichts ein. Deshalb hatte auch jeder von uns einen Job in unserer Familienpension. Zahlende Gäste brachten dringend benötigtes Bargeld ein. Eine Familienpension zu betreiben, war nicht ganz so glamourös wie Hexerei, aber zumindest bezahlte es die Rechnungen.

»Schade, dass es Earl nicht geschafft hat, herzukommen.« Es war rachsüchtig von mir, aber ich konnte nicht über meinen Schatten springen. Merlinda konnte Earl nicht ausstehen. Er war entweder Tante Pearl glühendster Verehrer oder ihr heimlicher Liebhaber, je nachdem, mit wem man darüber sprach. Er war auch ein Konkurrent für Merlinda.

Earl war ein süßer, harmloser Einheimischer um die siebzig, ein pensionierter Landwirt und Witwer, der seine Farm vor Kurzem verkauft hatte, um in die Stadt zu ziehen. Ich hatte keine Ahnung, was so ein gemächlicher Mann wie Earl an Tante Pearl fand oder warum Merlinda ihn so sehr verachtete. Beide wetteiferten ständig um Tante Pearls Gunst. Merlindas Eifersucht auf Earl war der einzige Haken, den ich an ihrem sonst perfekten Verhalten bemerkte.

»Earl kommt nicht«, schnauzte Tante Pearl. »Es stürmt zu viel für ihn.«

»Wie schade.« Das erinnerte mich nur daran, dass auch Tyler noch immer mit den Konsequenzen des Schneesturms zu kämpfen hatte. Da sich die Wetterverhältnisse draußen immer weiter verschlechterten, gab ich meine Hoffnungen auf ein romantisches, inniges Weihnachten auf.

Tante Pearl blickte finster drein. »Aufgepasst Cen! Du könntest etwas lernen. Du wärst eine bessere Hexe, wenn du dich so wie Merlinda konzentrieren würdest.«

Merlinda flüsterte etwas mit leiser Stimme und schob ihre langen schwarzen Haare über die Schulter.

Das Licht im Raum wurde so hell wie an einem sonnigen Tag. Währenddessen verwandelte sich das Geräusch von plätscherndem Wasser in tosende Wellen. Eine neunzig Zentimeter große Kugel schwebte ein paar Zentimeter über Merlindas ausgestreckten Händen und pulsierte dabei mit Energie und Licht. Darin befand sich ein kaleidoskopischer Blick auf eine tropische Insel komplett mit Palmen, Cabanas und einer Pool-Bar.

Eine Ukulele klimperte leise.

Ein tropisches Paradies unter Glas, komplett mit einem Titelsong.

Wie könnte ich damit konkurrieren?

Merlinda war mindestens eine genauso gute Hexe wie Tante Pearl. Oder sogar noch besser. Ich hatte es bisher nie für möglich gehalten, weil Tante Pearl für mich die mächtigste Hexe war, die ich je gesehen hatte.

Nicht mehr.

Unnötig zu sagen, dass Merlindas Begabung jenseits meiner jemals erreichbaren Fähigkeiten waren. Ich konnte noch nicht einmal ein Glas Wasser heraufbeschwören, wenn mein Leben davon abhinge, geschweige denn ein Paradies am Meer in meiner Handfläche herbeizuzaubern. Ich setzte ein gezwungenes Lächeln auf, in der Hoffnung, dass der Groll, der in mir brannte, nicht zum Vorschein kam.

»Bravo!« Tante Amber stand mit einem Staunen auf dem Gesicht an der Esszimmertür und klatschte Beifall. »Das ist die beste Ausführung dieses Zaubers, die ich je gesehen habe.«

Kein Wunder, dass Tante Pearl Merlinda verehrte.

Sie war die perfekte Schülerin und ihr Schützling. Äußerst liebenswürdig, lernbegierig und soweit ich das beurteilen konnte, brillierte sie in allen Disziplinen. Merlinda lehnte sich nicht gegen Tante Pearls Wutanfälle auf und stellte auch keinen ihrer pyromanischen Streiche infrage. In Tante Pearls Augen war sie perfekt.

Es ist kein Wunder, dass Merlinda die Lieblingsschülerin der Lehrerin war. Ich konnte es Tante Pearl nicht verübeln. Ich war das genaue Gegenteil, ich hatte Pearls Zauberschule verlassen. Ich habe mich nie so wirklich für meine Zauberfähigkeiten interessiert, weil Zauberei nicht mein bevorzugter Karriereweg war.

Dennoch war dieser Weg für mich gewählt worden. Auch wenn ich die Hexerei mit Absicht nicht auf einer täglichen Basis anwende, klebt immer noch ein Teil meiner Identität als Hexe an mir. Tante Pearl sagt, dass es mein Schicksal ist, ob ich es mag oder nicht. Es ist meine Pflicht, Zaubersprüche auszusprechen, Zaubertränke zu kochen und andere wichtige hexischen Aufgaben zu erfüllen. Es ist das letzte Element in der Stellenbeschreibung, das an mir nagt. Warum kann ich nicht einfach meinen eigenen freien Willen ausüben und ein normales Leben?

Denn egal, wie sehr ich mich anstrenge, ich scheine nicht im

Entferntesten das Familientalent zu besitzen. Mama zeichnet sich durch die Herstellung von Zaubertrank aus, während Tante Amber eine Expertin in Zaubersprüchen ist. Tante Pearl ist ein Allround-Meister aller Hexerei-Disziplinen, sodass sie die perfekte Zauberlehrerin ist. Sie erwartet, dass alle Hexenschüler die Pearl-Zauberschule als Zauberexperten verlassen. Alles andere ist nicht akzeptabel.

Ich habe nichts davon auf die Rolle gebracht. Zum einen, weil ich risikoscheu bin (definitiv *nicht* ideal für eine Hexe) und zum anderen, weil es mir an Disziplin fehlt. Ich bin besser beim Herausfinden von Fakten, bei logischen und journalistischen Aufgaben; etwas, das meine Tante Pearl als gescheiterten Back-up-Plan bezeichnete. Sie lässt mir keine Chance, mich zu rehabilitieren.

»Siehst du, wie es gemacht wird, Cendrine?« Tante Pearl sprach nur dann meinen vollen Namen aus, wenn sie mir böse war oder ich ihr auf den Keks ging. Sie verschränkte die Hände, während sie ihrer Superschülerin zunickte. »Du kannst keinen Erfolg erwarten, wenn du dich nicht in die Materie hineinkniest. Richtig, Merlinda?«

Merlinda wurde bei der Erwähnung ihres Namens rot. Oder vielleicht war es ihr auch peinlich, dass mich Tante Pearl kritisierte.

»Dort steht mein Haus, direkt neben dem Korallenriff.« Merlinda deutete auf ein palastartiges Anwesen auf einer Klippe, die über ein türkisblaues Meer ragte. »Ich liebe Westwick Corners, aber ich wäre wirklich gerne für die Ferien nach Hause gefahren. Vanuatu unter Glas zu sehen, ist die nächstbeste Sache, aber dort zu sein, noch besser.«

Wellen schwappten gegen das Glas der tropischen Schneekugel, als ob sie zustimmen würden.

»Wow, so detailliert. Deine Kugel ist wunderschön.« Tante Amber, mit Eierlikör in der Hand, rückte näher an Merlindas tropische Schneekugel, um besser die Details sehen zu können. »He, ist das deine Insel?«

Merlinda nickte. »Ja. Vanuatu in Echtzeit.«

»Das ist verblüffend.« Tante Amber verzog das Gesicht, als sie einen Schluck Eierlikör nahm. »Etwas stimmt mit diesem Eierlikör nicht. Ich muss zu viel Muskatnuss hineingetan haben.«

Wir starrten alle auf die Kugel, fasziniert von den kleinen Leuten, die auf dem großen Strand rund um das Anwesen herumliefen. Miniaturautos fuhren auf der angrenzenden Straße vorbei. Ein grauhaariges Ehepaar saß Hand in Hand auf der großen Terrasse, während einige

Männer, die großen formalen Gärten pflegten, die die Villa umgaben. Es erinnerte mich an ein Museumsdiorama, mit dem Unterschied, dass sich alle bewegten. Es war eine Realityshow, bei der die Persönlichkeiten keine Ahnung hatten, dass sie beobachtet wurden.

Gruselig, wenn man darüber nachdachte.

»Ich kann fast die tropische Brise spüren. Viel besser als Google Earth.« Tante Amber steckte eine rote Haarlocke hinter ihr Ohr, während sie in die Kristallkugel schaute. »Du bist verdammt talentiert, Merlinda.«

»Ich hatte diesmal nur Glück mit dem Zauberspruch.« Merlinda zuckte mit den Achseln.

»Wie kommt denn das Tageslicht in die Kugel? Es ist doch schon dunkel draußen.« Ich freute mich insgeheim, sie auf diesen Fehler aufmerksam zu machen.

»Weil dort schon der nächste Tag angebrochen ist«, antwortete Merlinda. »Vanuatu befindet sich etwa tausend Meilen östlich von Australien.«

»Oh.« Ich wünschte, ich hätte meine Klappe gehalten. Ich kam mir doof vor, dass ich das mit der Zeitzone nicht bemerkt hatte.

»Was deine Vanuatu-Kugel noch erstaunlicher macht. Es sind deine übernatürlichen Kräfte und hat mit Glück nichts zu tun.« Tante Pearl strahlte Merlinda an. Dann drehte sie sich mit einem bösartigen Funkeln im Auge zu mir um. »Cendrine, warum versuchst du es nicht einmal?«

Tante Pearl wusste sehr gut, dass ich nicht fähig war, etwas Annäherndes auf die Beine zu stellen. Es war eine Falle, um mich zu blamieren, daher wechselte ich das Thema. »Wer sind diese Leute?«

»Das Paar hier auf der Terrasse sind meine Eltern«, sagte Merlinda. »Der Rest ist das Hauspersonal.«

»Versuchs doch mal selbst, Cendrine.« Tante Pearl setzte ein hämisches Lächeln auf. »Üb schon mal für die Spiele.«

Die Zauberspiele zu Heiligabend waren eine West-Familientradition, aber ich war meistens nur ein Beobachter. Ich hatte ein paar eigene Zaubersprüche ausgesprochen, aber nur in Anwesenheit meiner Familie. Ich würde es nicht in Gegenwart von Merlinda tun. Abgesehen von dem starken Leistungsdruck war ich mir sicher, dass Tante Pearl mit ihrer Aufforderung etwas im Schilde führte.

»Lieber nicht. Lass uns doch einfach einen normalen Weihnachtsabend haben«, protestierte ich. »Ohne Hexerei.«

»Aber wir zaubern doch immer«, warf Tante Amber ein. »Heiligabend ohne Zauberei ist wie Schokoladenkuchen ohne Glasur. Wie sollen wir uns sonst die Zeit vertreiben?«

»Andere Familien können das doch auch.« Ich suchte den Raum nach Rettung durch Mama ab, aber sie war noch in der Küche beschäftigt.

»Nun, wir sind nicht gerade eine typische Familie, oder?« Tante Amber trank den Rest des Eierlikörs und stellte ihr leeres Glas auf dem Couchtisch ab. »Komm schon Cen, gib dir einen Ruck.«

Ich schüttelte den Kopf. »Ihr habt mir beide versprochen, dass wir heute Abend ganz normal sein würden.«

»Normal?«, fragte Tante Pearl. »Du meinst so wie in einer nicht Hexen-Familie? Ehrlich Cendrine, du bist verdammt undankbar. Du hältst deine Hexentalente für völlig selbstverständlich. Es ist dir gar nicht bewusst, wie viel Glück du hast.«

Sie schüttelte langsam den Kopf. »Heute Abend ist genau wie jeder andere Heiligabend in der West-Familie. Merlinda gehört praktisch zur Familie. Sie hat großzügig eine Momentaufnahme einer Vanuatu-Weihnacht mit uns geteilt. Warum kannst du nicht auch etwas Ähnliches beitragen?«

Jetzt hatte sie mich wirklich in Verlegenheit gebracht. Tante Pearl führte gewiss etwas im Schilde, aber was genau? »Merlinda hat bereits etwas Tolles gezaubert. Was könnte ich noch hinzufügen?«

Tante Pearl kratzte sich am Kinn. »Du könntest Merlinda zeigen, was ein echtes Westwick Corners-Weihnachten ist.«

Ich zuckte mit den Achseln. »Es ist genauso wie jetzt.«

»Du verstehst nicht; was ich meine«, sagte Tante Pearl. »Mit allem Schnickschnack.«

Ich konnte mir nicht helfen, aber ich wurde das dumpfe Gefühl nicht los, als ob sie im Begriff war, mir etwas zu zeigen. Ich blickte zu Merlinda. Sie fixierte Tante Pearl mit anbetenden Augen.

Ihre gegenseitige Verehrung war wirklich ätzend.

»Wow, Vanuatu ist wirklich schön. Vielleicht sollten wir dort einen Familienurlaub planen«, sagte Tante Amber. »Du musst sehr enttäuscht sein, dass du den Flug nach Hause verpasst hast.«

Merlinda blickte wehmütig auf die großen Schneeflocken vor dem Fenster, die wie eindringende Fallschirmjäger fielen. »Ist schon in Ordnung. Jetzt erlebe ich endlich einmal weiße Weihnachten. Es schneit nie in Vanuatu, sodass nie wirklich ein Weihnachtsgefühl aufkommt.«

Sie schwenkte das Handgelenk und die Kugel schwebte in Richtung Christbaum. Sie senkte sich sanft ab, bevor sie sich etwa in der Hälfte des Baumes auf den Zweigen absetzte.

Ich blickte durch das Wohnzimmer. Winzige Schneeverwehungen schmückten die quadratischen Fensterscheiben und umrahmten draußen die Winterlandschaft. Unser majestätischer Weihnachtsbaum war beladen mit Dekorationen und mit einem funkelnden Stern gekrönt.

Und jetzt wurde er auch noch mit Merlindas magischer Kristallkugel geschmückt. Sie hatte unser Weihnachtsfest an sich gerissen.

Die Weihnachtsszenerie sah aus wie auf einer Hallmark-Weihnachtskarte. Aber in der West-Familie siedeten die Emotionen immer knapp unter der Oberfläche, insbesondere zwischen Tante Pearl und Tante Amber. Unsere Abendessen arteten in der Regel kurz vor dem Nachtisch in Gezänk aus, aber vielleicht würden sie vor Merlinda ihre Geschwisterrivalität beiseitelegen. Im Augenblick schienen sie sich zumindest zusammenzureißen.

Ich konzentrierte mich wieder auf Merlinda. Zum ersten Mal tat sie mir ein wenig leid, zu einer solchen Jahreszeit so weit weg von ihrer eigenen Familie zu sein. »Ich weiß, es ist nicht so, wie du es gewohnt bist, aber Westwick Corners ist an Weihnachten recht gemütlich, auch bei einem Schneesturm.«

»Wir können es sogar noch besser machen«, sagte Tante Pearl. »Wir werden Weihnachten aus Cens Kindheit nachbilden, sodass du es hautnah miterleben kannst.«

»Was für eine großartige Idee«, sagte Tante Amber. »Völliges Eintauchen. Versuchs doch mal!«

Ich öffnete meinen Mund, um zu sprechen, aber es kam nichts heraus. Stattdessen drang plötzlich eiskalte Luft in meine Lungen und nahm mir den Atem. Ich hustete so stark, dass ich auf den Rücken fiel. Ich drückte mich in eine sitzende Position und stellte fest, dass ich mich nicht mehr im Wohnzimmer befand. Was ich fälschlicherweise für den dick gepolsterten Sessel gehalten hatte, war in Realität Pulverschnee. In der Tat steckte ich bis zum Hals darin. Merkwürdigerweise befand ich mich im Freien bei Minusgraden, halb begraben unter einer Schneedecke.

Allein.

Ich zitterte und rieb mir die bereits tauben Arme.

Obwohl sie mein Weihnachten erleben sollte, glänzte Merlinda mit Abwesenheit. Eigentlich war gar niemand mehr da. Vielleicht war der Zauber schiefgelaufen. Oder vielleicht war jeder damit beschäftigt, das Weihnachten aus meiner Kindheit zu erleben, nur ich nicht.

Die niedrigen Wolken ließen alles eng und unheimlich erscheinen. Es gab keine erkennbaren Gebäude oder Sehenswürdigkeiten. Nur Schneeverwehungen.

Etwas anderes stimmte nicht. Es war noch hell. Entweder war es ein paar Stunden früher am Nachmittag, was mit einem heiklen Zeitreisezauber verbunden gewesen wäre, oder ich war in einer zeitverzögerten Schneekugel gefangen. Ich vermutete Letzteres, weil ich wusste, dass Mama Zustände kriegen würde, wenn mich Tante Pearl an Heiligabend in die Vergangenheit geschickt hätte.

Aber wenn die anderen außerhalb der Schneekugel waren, könnte ich sie weder sehen noch hören. Ich dachte, ich würde ihre Anwesenheit fühlen, aber vielleicht war das nur Wunschdenken. Ich fühlte mich wie ein Zootier unter einer Glasglocke, das von anderen begafft wird. Allerdings war der Schnee sehr real. Er wirbelte um mich herum und die nassen Flocken setzten sich auf meinen nackten Armen ab. Ich zitterte und fragte mich, ob dies ein weiterer von Tante Pearls Tricks war, um Tyler und mich auseinanderzuhalten.

Was, wenn er käme und ich wäre nicht da? Alle Arten von Szenarien schossen mir durch den Kopf. Was, wenn Tante Pearl ihn in den Sturm hinausschicken würde, um mich zu suchen?

Mein Herz sank bei der Erkenntnis, dass Tante Pearl wieder zu ihren alten Tricks greifen würde, um mir jegliche Chance auf eine romantische und gemütliche Weihnacht zu vereiteln. Sie verachtete Tyler, weil er sie jedes Mal bestrafte, wenn sie gegen das Gesetz verstieß. Er würde sie niemals mit etwas entkommen lassen. Ihr Groll gegen ihn wurde jetzt auf mich gerichtet, in der Hoffnung, dass ich mit ihm Schluss machen würde.

Nun, so schnell gab ich nicht auf.

Aber im Moment war ich tatsächlich gefangen. Aus meiner kleinen Welt ausgesperrt, ganz nach Lust und Laune von Tante Pearl, die sich eher verhielt wie ein schreckliches, zwei Jahre altes Kind als eine zweiundsiebzig Jahre alte Hexe.

Ich verschränkte die Arme und zitterte vor Kälte. Mein ärmelloses Kleid war kaum für die eisigen Temperaturen und den immer stärker werdenden Schneefall geeignet. Innerhalb weniger Minuten wäre ich unterkühlt. Sicher würde mich Tante Pearl kurz vor der Erfrierung retten.

Falls nicht, brauchte ich einen Back-up-Plan. Ich durchsuchte meine Umgebung und sah einen altmodischen Schlitten in der Nähe, den ich vorher nicht bemerkt hatte. Ich näherte mich ihm von hinten und stellte fest, dass der Schlitten eher einer Pferdekutsche glich, nur viel größer. Der offene Wagen war mit Frachtkisten beladen. Die Kisten verdeckten mir die Sicht und ließen mir keinen Platz, zu sitzen oder zu stehen.

Ich stapfte bis zum Oberschenkel durch den tiefen Schnee und ging um den Schlitten herum, bevor ich fast von einer Windböe umgeworfen wurde. Ich schlüpfte unter das Heck des Schlittens, um Schutz zu suchen. Schnee sickerte in meine knöchelhohen Stiefel und meine nackten Beine wurden so taub vor Kälte, dass ich sie kaum spüren konnte.

Der Wind heulte und wurde immer stärker. Der geringe Schutz, den mir der Schlitten bot, wurde durch den Hautkontakt mit dem Schnee zunichtegemacht. Nun war mein Hintern auch noch taub. Hier zu bleiben würde bedeuten, zu erfrieren. Ich kroch wieder heraus und stapfte in Richtung Vorderseite des Schlittens.

Meine Hoffnung stieg, als ich merkte, dass ich nicht allein war. Sie verblasste genauso schnell, wie sie gekommen war, als ich die Rückseite eines großen Mannes auf dem Vordersitz sah.

Als ich näherkam, erkannte ich ihn.

Santa Claus.

Oh, je!

Nein, Rentiere.

Acht Stück und ich.

Ich lachte aus vollem Halse, als ich bemerkte, dass die Rentiere nicht echt waren. Die übergroßen Rasenverzierungen waren Tante Pearls Handschrift. Aber wenn es Tante Pearls Magie war, warum erfror ich langsam, aber sicher? Manchmal war sie unglaublich gedankenlos, aber sie war nicht grausam.

Sie hätte mich bestimmt schon gerettet, vor allem mit Tante Amber im Zimmer. Irgendwas war wohl schrecklich schiefgelaufen. Waren die beiden so sehr von Merlinda verhext, dass sie mich völlig vergessen hatten?

Ich lehnte mich an den Schlitten und heckte einen Plan aus. Zumindest bot der Schlitten ein wenig Schutz vor dem Wind. Ich duckte mich wieder unter dem Schlitten, aber die Lücke zwischen dem Wagenboden und der ständig wachsenden Schneeverwehung hatte sich bereits auf etwa zwanzig Zentimeter verringert.

Das ginge nicht gut. Ich stand hilflos da und fragte mich, was ich tun kann. Der Schneefall war so stark, dass ich im Handumdrehen einschneien würde.

Ich musste unbedingt aus diesem Dilemma raus.

»Hilfe!« Ich war den Tränen nahe.

Niemand antwortete. Ich seufzte niedergeschlagen. Es war Heiligabend und fast Abendessenszeit, und statt mich am Kaminfeuer bei einem Drink zu entspannen, war ich in einer heraufbeschworenen Schneekugel gefangen und dabei, zu erfrieren.

Ich musste mich bewegen, solange ich noch die Kontrolle über meine halb erfrorenen Beine hatte. Ich taumelte wie ein Betrunkener, obwohl ich keinen Tropfen Alkohol zu mir genommen hatte. Ich hatte meinen Orientierungssinn verloren und keine Ahnung, welchen Weg ich gehen sollte, daher ging ich in die Richtung, in die der Schlitten zeigte.

Der Boden unter mir grollte.

Ich zuckte zusammen, als plötzlich etwas hinter mir klimperte. Ich drehte mich um und erstarrte.

Die Rentiere.

Sie waren wie aus heiterem Himmel zum Leben erwacht. Sie schnaubten und scharrten auf dem verschneiten Boden wie Rennpferde am Starttor. Sie zogen am Gurtzeug und den Schlitten hinterher. Ich war im Begriff, von acht wilden, lebenden Rentieren übertrampelt zu werden, und es war niemand da, der mir half.

Ich stolperte durch den Schnee, verzweifelt versuchend, der widerspenstigen Herde zu entkommen. Aber jedes Mal, wenn ich die Richtung änderte, taten es die Rentiere auch.

Der Boden bebte noch schlimmer und als ich versuchte, mein Gleichgewicht zu halten, stieß ich mit dem Ellbogen an etwas.

Glas.

Ich schlug mit aller Kraft dagegen. »Lasst mich raus!«

KAPITEL 2

»Siehst du, Cen? So macht man einen perfekten Transportzauber.« Tante Pearl betrachtete Merlinda bewundernd und vergaß dabei meine Hypothermie und die Erfrierungen, die ich möglicherweise erlitten hatte.

Merlinda strahlte.

»Ich hätte erfrieren können.« Meine Erinnerung an den Ausbruch aus der Schneekugel war verschwommen. Alles, an was ich mich erinnerte, waren Rentiere und zerbrochenes Glas. Meine fast erfrorene Haut fühlte sich jedoch sehr real an.

Meine Finger brannten, als ich nach dem Weinglas griff. Ich hatte mir ein großzügiges Glas Merlot eingeschenkt, bevor ich es mir in dem überdimensionalen Sessel am offenen Kamin gemütlich machte. Ich schluckte den Rotwein hastig hinunter, während ich langsam am prasselnden Feuer auftaute. Ich hatte immer noch keine Ahnung, wie ich aus meinem Schneekugelgefängnis entkommen war. Geschweige denn, wie ich wieder ins Haus gelangt bin.

»Manche Menschen lernen besser durch praktische Erfahrung. So wie du, Cendrine.« Tante Pearl setzte ein hämisches Lächeln auf.

Tante Amber schenkte mir einen mitfühlenden Blick. »Pearl hatte den letzten Satz des Zauberspruchs vergessen. Ich musste ein wenig nachhelfen.«

Tante Pearl verdrehte die Augen. »Mach dich doch nicht lächerlich, Amber. Ich vergesse nie etwas. Ich habe es absichtlich nicht gesagt, um Spannung aufzubauen. Gehört alles zur Erfahrung.«

Ich trank den Rest meines Weins und stellte das Glas auf den Beistelltisch. Ich rieb mir die Hände vor dem prasselnden Kaminfeuer. Meine Finger waren noch weißlich blau und taten höllisch weh. »Ich glaube, ich habe Erfrierungen. Wie konntest du es zulassen, mich bei dieser Kälte draußen zu lassen? Ich hätte sterben können.«

Tante Pearl verdrehte die Augen. »Meine Güte, Cen! Du bist wie eine Treibhausblume. Es war höchste Zeit, dass ich dir geholfen habe, dich ein wenig abzuhärten.«

»Du hattest mich vollkommen vergessen, stimmts?« Ich wusste nicht, was beunruhigender war: dass Tante Pearl mich oder einen Zauberspruch vergessen hatte. Vielleicht holte sie das Alter ein, denn sie schien ein wenig verwirrt. Eine senile Hexe war nicht zum Lachen.

Meine Gedanken wurden von der Türklingel unterbrochen.

Tyler. Mein Herz klopfte mir bis zum Hals, als ich mir meinen eins achtzig großen Freund in seiner Sheriffuniform vorstellte. Nun war er da war, konnten wir endlich unser Weihnachtsfest zusammen beginnen. Tante Pearl, Merlinda, nichts davon zählte mehr.

Ich warf einen Blick durch das Wohnzimmerfenster, während ich zur Tür rannte. Es war pechschwarz draußen, und der Wind hatte fast Sturmstärke erreicht. Er rüttelte an der alten Einzelverglasung und es pfiff den Kamin hinunter.

Irgendwie hatte es Tyler trotz des Sturms geschafft, und nichts anderes zählte.

»Es wurde aber auch Zeit, dass dein Nichtsnutz-Freund hier auftaucht. Lasst uns essen!« Tante Pearl scheuchte Merlinda und Tante Amber in den Speisesaal.

* * *

ICH BEDAUERTE SOFORT, die Eingangstür geöffnet zu haben. Meine normalerweise vorsichtige Natur hatte mich im Stich gelassen, entweder durch die Weihnachtsstimmung oder vom Wein und anderen Spirituosen, die ich mir selbst nach dem Wein gemixt hatte. Ich war immer noch von meiner Schneekugelrettung traumatisiert, und dieses neue Ereignis hatte meinen Puls hochgejagt. Ich hatte niemand außer Tyler erwartet. Sicherlich nicht den Fremden, der mich gerade anstarrte.

Halstätowierungen lugten unter seiner Lederjacke hervor. Er trug einen kurzen, ungleichmäßigen Bürstenhaarschnitt und sah aus, als habe er seit Tagen nicht geschlafen.

Mein Herz rutschte mir in die Knie. Einbrüche und Diebstähle passierten überall in Großstädten und Städten an Autobahnkreuzen. Aber doch nicht hier, in einem winzigen Dorf, das am Heiligabend durch einen Schneesturm von der Welt abgeschnitten ist. Wie auf ein Stichwort, blies ein großer Windstoß die Vordertür weit auf und besprühte die Türschwelle mit feuchten Schneeflocken.

»Tut mir leid, aber wir haben über die Feiertage geschlossen.« Ich griff nach hinten, tastete vorsichtig nach dem Türgriff und versuchte, meine Augen nicht von dem Koloss von einem Mann zu nehmen, der ganz dicht vor mir stand. Wir hatten keine Gästebuchungen, und unsere Pensionsgäste waren fast ausschließlich Paare, die einen romantischen Urlaub suchten. Dieser Kerl war eindeutig allein unterwegs.

Er zuckte mit den Schultern und kratzte sich am unrasierten Gesicht. »Ja, ich weiß.«

Es war schon dunkel draußen und später Heiligabend, mitten in einem Schneesturm. Alles gute Gründe, warum dieser Typ nicht hier sein sollte. Ich hatte ein allgemein ungutes Gefühl bei diesem stämmigen Fremden, der Auge in Auge mit mir auf der Türschwelle stand. Was mir an übernatürlichen Hexenfähigkeiten fehlte, wurde mit viel gutem, altmodischem gesunden Menschenverstand ausgeglichen.

Mein Ur-Gehirn riet mir, die Tür zuzuschlagen. Mein logisches Gehirn war stärker und wollte mich beruhigen. »Wenn Sie die Richtungen zurück zur Autobahn wissen wollen, kann ich Ihnen helfen …«

»Nein, ich habe mich nicht verirrt. Ich bin hier vollkommen richtig. Was ich meine, äh … ich suche nicht nach einem Zimmer.« Er lächelte und enthüllte einen Goldzahn. »Aber vielleicht tue ich es doch.«

»Tut mir leid, aber wir haben heute Abend nichts frei.« Ich wollte gerade die Tür schließen, als dieser Mann um die dreißig versuchte, die Tür geöffnet zu halten. Er trat vor und stellte seinen Stiefel auf die Schwelle, um die Tür zu blockieren.

Ich wich zurück und prüfte meine Optionen. Er wog mindestens hundertzehn Kilo. Sein muskulöser Brustkorb war offensichtlich, auch unter seiner schweren Winterjacke, der, so mutmaßte ich, durch intensives Gefängnistraining entstanden war und nicht vom YMCA. Seine Halstätowierungen und der harte Gesichtsausdruck bestätigten das.

Körperlich könnte ich mich nicht mit ihm messen, aber immerhin war ich eine Hexe. Ich hatte andere Kräfte, um ihn zu entfernen, falls erforderlich.

Wenn ich mich nur daran erinnern würde, wie man sie benutzt.

Schade, dass ich eine gescheiterte Hexe war, die sich nicht mehr als an Bruchstücke von einer Handvoll alltäglichen Zaubersprüchen erinnern konnte. Nichts Nützliches, um einen Eindringling abzuwehren.

»Mama? Tante Amber? Kann mal bitte jemand zur Tür kommen?« Ich drehte mich in Richtung Esszimmer. Natürlich stand ein ganzer Haushalt voller Hexen hinter mir.

Oder auch nicht. Niemand antwortete auf meinen Hilferuf. Sie konnten mich bei dem ganzen Gelächter und Gläserklirren nicht hören. Ich drehte mich wieder zu meinem Gegner um.

Er schenkte ihr sein Goldzahngrinsen. »Klingt, als hätten Sie eine Party.«

»Sie sollten sich jetzt besser auf die Socken machen, sonst schaffen Sie es nicht mehr in diesem Schneesturm.« Ich versuchte, ruhig zu bleiben, und deutete auf sein Fahrzeug, ein glänzender schwarzer Cadillac Escalade SUV, der planlos in der Mitte der Einfahrt parkte.

Wahrscheinlich gestohlen.

Er lehnte sich an die Türöffnung, so nah, dass ich Kaffee in seinem Atem roch. »Nee. Ich bin am richtigen Ort. Ich soll hier jemanden treffen.«

»Wie ich schon sagte, die Pension ist geschlossen. Es ist niemand hier …« Ich trat unwillkürlich zurück, fühlte mich durch seine Nähe zurückgestoßen.

Er runzelte die Stirn, stampfte den Schnee von seinen Stiefeln ab und hinterließ die Schneekrusten seiner Sohlen auf der Veranda. Was auch immer seine kriminellen Absichten waren, zumindest hatte er einen Anschein von Manieren. Ich schob das Bild des gelben Absperrbands aus meinem Kopf, als ich hoffnungsvoll in Richtung Auffahrt blickte. Aber es gab immer noch kein Anzeichen von Tylers Jeep.

Nichts.

Mein Herz rutschte mir in die Knie.

Wir hatten niemand anderen, außer Tyler erwartet und die Menschen kamen nicht an Heiligabend auf einen spontanen Besuch. Nicht einmal die Einheimischen, da die Witching Post Bar und Grill auch für die Feiertage geschlossen war. Jeder, der das Schild ›geschlossen‹ am Fuße unserer langen ungepflasterten Einfahrt verpasst hatte, würde bald jeden Versuch aufgeben, weiterzufahren.

Unsere Pension befand sich außerdem am Rande der Stadt, Meilen von der Autobahn entfernt. Die meisten Menschen fanden Westwick Corners nicht, geschweige denn im Schnee. Ich kannte auch jede Seele in der Stadt und die wenigen, erwarteten Besucher waren bereits heute früh gekommen. Dieser Kerl gehörte nicht zu ihnen. Irrtum ausgeschlossen.

Mein Herz klopfte laut.

Es war wirklich Hausfriedensbruch.

Ich trat hinter die Tür und begann, sie zu schließen. Was zum Teufel hatte ich mir dabei gedacht? Vor lauter Weihnachtszeit hatte ich meine sonst übliche Wachsamkeit vergessen.

Der Mann trat vor. Nun hatte er die Hälfte seines Körpers fest zwischen Tür und Türrahmen gepflanzt. »Tschuldigung, ich habe mich verspätet. Es ist ein schrecklicher Verkehr.«

Ich drückte ihn zurück, in der Hoffnung, seinen Fuß zu entfernen. »Ich glaube, Sie sind an der falschen – «

Er ignorierte mich und wiederholte sich. »Ich bin froh, es endlich geschafft zu haben. Der Schnee ist jetzt wirklich klebrig. Ich bin mit meinem Escalade kaum den Berg hinaufgekommen. Diese Autos sind nicht besonders geeignet für den Schnee.«

Ich starrte an ihm vorbei auf den Escalade. Es war nervig, ihn mitten in unserer ungepflasterten Einfahrt stehen zu lassen. Er hatte es geschafft, den Hügel zu Fuß hinaufzustapfen, dennoch hätte er noch zwanzig Meter weiterfahren können, um das Auto auf dem Parkplatz abzustellen. Ich legte meine Verärgerung beiseite. Es zählte kaum, da wir niemanden erwartet hatten.

Mit Ausnahme von Tyler, der jetzt eine Stunde überfällig war. Was, wenn ihm etwas passiert wäre? Oder noch schlimmer, was, wenn uns gerade etwas zustieß? Wenigstens würde Tyler den schwarzen Escalade als mögliche Warnung sehen, dass etwas im Busch ist.

Als Sheriff könnte Tyler gut auf sich selbst aufpassen. Aber auch ein Polizist würde keinen Hausfriedensbruch am Heiligabend erwarten.

Trotz der Kälte schwitzte ich. Ich wischte mir die Stirn mit dem Handrücken und war fest entschlossen, meine Fassung wieder zu erlangen.

»Haben Sie sich verlaufen?« Mein Puls beschleunigte sich. Da Westwick Corners wirklich abgelegen war, konnte nur das die logische Erklärung sein. »Biegen Sie unten am Hügel rechts ab, fahren Sie etwa fünf Meilen und biegen Sie dann an der Kreuzung links ab. Dann kommen Sie wieder auf die Autobahn zurück.«

Er bewegte sich keinen Zoll.

Und meine Back-up-Posse war bereits ertrunken und außer Hörweite.

<h1 style="text-align:center">KAPITEL 3</h1>

»*L*assen Sie mich hinein?« Die grünen Augen des Fremden schauten mich eindringlich an. Ein Grinsen breitete sich langsam auf seinem Gesicht aus und er streckte die Hand aus. »Äh … Sie wissen nicht, wer ich bin, oder? Ich bin Dominic, Merlindas Partner.«

Partner schien eine seltsame Wortwahl für dieses Raubein, aber vielleicht war die Sprache ein wenig mehr formal, dort, wo er herkam. Mir war vage bewusst, dass Merlinda einen Freund in Vanuatu hatte, aber Dominics Akzent klang eher texanisch als südpazifisch. Außerdem erwähnte ihn Merlinda nur selten, sodass ich so gut wie gar nichts von ihm wusste.

»Merlindas Freund?« Ich ließ meinen verkrampften Griff auf der Türklinke los und schüttelte ihm die Hand. Noch ein weiterer Eindringling an unserem Heiligabend. So viel zu meinem gemütlichen Familienfest. »Sie hatte nicht erwähnt, dass Sie kommen würden.«

»Sie klingen etwas enttäuscht.«

»Nein. Es ist nur so, na ja … das macht nichts.« Nun, da ich keine Angst mehr um mein Leben haben musste, konnte ich mir Dominic ein wenig objektiver betrachten. Dieser raue rockerartige Typ sah verdammt gut aus. Und der Schneestaub auf seinen kurz geschorenen dunkelblonden Haare verlieh ihm einen gewissen Charme.

Dominic schob seinen bulligen Körper vor, bis er den Türeingang vollständig blockierte. »Merlinda hat keine Ahnung, dass ich hier bin. Es sollte eine Überraschung werden. Pearl ist aber darüber informiert. Sie hat mich heute Abend zum Essen eingeladen.«

Meine Kinnlade klappte herunter. Nicht nur, weil Dominic auf der fadenscheinigen Grundlage einer Einladung zum Abendessen den ganzen Weg hierher gefahren ist, sondern weil Tante Pearl die unsozialste Person ist, die ich kenne. Sie hasste Besucher jeglicher Art und vermied Menschen, so gut sie es konnte. Es war eine ständige Ursache von Reibungen mit Gästen in der Pension. Warum war sie plötzlich so gastfreundlich? Die Rechnung ging einfach nicht auf.

Tante Pearls Zauberei mit Merlinda hatte ihre Persönlichkeit völlig verändert. Es ging ja nicht darum, dass sie einen Fremden zum Essen eingeladen hatte. Aber sie hatte Dominic am Heiligabend eingeladen. Ich war nicht sicher, was Ungewöhnlicher war, Tante Pearls Einladung oder dass sie vergessen hatte, es zu erwähnen.

Selbst Rudolph, Donner und Blitzen waren bei dem Schneesturm heute Abend nicht verkehrstauglich. Es bedeutete auch, dass Dominic nicht nur zum Abendessen blieb. Er würde über Nacht bei uns bleiben müssen oder vielleicht sogar noch länger. Der einzige Schneepflug der Stadt würde erst losfahren, nachdem es aufgehört hatte, zu schneien. Das wäre frühestens am ersten Weihnachtstag.

Aber die Folgen hatte allein Tante Pearl zu tragen. Sie machte Sicherheit in den besten Zeiten unmöglich, also könnte dies eine Lektion sein. Als ich die Tür öffnete und Dominic hineinwinkte, fiel mir auf, dass Merlinda gar nicht geplant hatte, Weihnachten in Westwick Corners zu verbringen. Sie ist nur hier, weil ihr Flug annulliert worden ist. Wann genau hatte Tante Pearl Dominic eingeladen?

Dominic fuhr sich mit der Hand durch die Haare. »Pearl hatte tatsächlich nicht erwähnt, dass sie mich zum Abendessen eingeladen hat?«

Ich schüttelte den Kopf und trat einen Schritt zurück, als er an mir vorbeirauschte. »Leider nein.«

Dominic hielt seine Handflächen als Zeichen der Entschuldigung nach außen. «Ich wollte etwas Wein mitbringen, aber alle Geschäfte sind geschlossen.«

Ich winkte ab. »Nicht nötig. Wir haben genug zu trinken.« Falls erforderlich, konnte unsere gut sortierte Bar immer von der Witching Post Bar und Grill wieder aufgefüllt werden. Das Essen war auch kein Problem, da Mama immer zu viel machte. Vielleicht war dies der Grund, warum Tante Pearl es vergessen hatte, Mama mitzuteilen. Oder vielleicht hatten beide vergessen, es mir zu erzählen.

Jedenfalls konnte ich das alles mit genug Essen und Alkohol überstehen.

Pfützen sammelten sich auf dem Parkett, als Dominic seine Stiefel auszog.

Ein Zauberspruch hätte im Handumdrehen alles wieder gesäubert, aber ich war von seiner Gedankenlosigkeit verärgert. Er war lässig und das genaue Gegenteil von der perfekten Merlinda, und ich mochte weder sie noch ihn. Vielleicht war ich diejenige, die ein Problem hatte. Ich wurde von Minute zu Minute immer grantiger.

Ich lächelte gezwungen, nahm Dominics Mantel und hängte ihn an der Flurgarderobe auf, bevor ich ihn ins Wohnzimmer führte. Ich rief: »Merlinda Besuch für dich.«

Merlindas Augen weiteten sich vor Schock, als sie aus dem Speisesaal trat. Sie stand an der Tür und war für einen Moment lang sprachlos. Dann trottete sie in ihren hohen Absätzen zu Dominic und umarmte ihn.

Er beugte sich vor und küsste sie auf die Wange.

Sie löste sich aus seiner Umarmung und runzelte die Stirn. »Du solltest doch eigentlich in Vanuatu sein. Wie hast du es geschafft, bei diesem Sturm hierher zu kommen?«

Dominic zuckte mit den Schultern. »Ich bin heute Morgen nach Shady Creek geflogen. Ich wollte dich eigentlich schon früher überraschen, aber bei dem Sturm habe ich es gerade erst hierhergeschafft. Ich versuche es schon seit über fünf Stunden. Die Straßen sind ein komplettes Chaos.«

»Aber eigentlich wäre ich über Weihnachten zu Hause gewesen«, sagte Merlinda. »Das wusstest du doch.«

Dominic zuckte mit den Schultern. »Ich weiß, aber ich hatte geplant, vor deinem Abflug anzukommen. Bei diesem Sturm hätte ich nicht gedacht, es hierher zu schaffen.«

»Gut, dass mein Flug annulliert wurde, sonst hätten wir uns verpasst.« Merlinda sah gegenüber ihrem tätowierten Freund noch viel schöner und prinzessinnenartiger aus. Sie bildeten ein so seltsames Paar und Merlinda schien nicht besonders begeistert zu sein, ihn zu sehen. Ihre glückliche, quirlige Stimmung von vorher war verpufft.

Dominic machte einen seltsamen Eindruck auf mich. Ich in der gleichen Situation hätte Tylers Reisepläne mit Sicherheit nicht vergessen. Stattdessen würde ich die Tage bis zu seiner Rückkehr zählen. Dominic reagierte auch nicht wie ein verliebter Freund. Irgendetwas stimmte hier nicht, aber mein mit Alkohol angereichertes Gehirn war nicht auf der Höhe, um eine objektive Analyse zu erstellen.

Ich hatte keine Ahnung, wie lange es dauerte, von Vanuatu nach Seattle zu fliegen und dann nach Shady Creek, aber es war ein Langstreckenflug, wahrscheinlich mindestens zwölf Stunden. Kommt noch die Fahrt nach Westwick Corners im Winter hinzu und der angebliche Überraschungsbesuch wurde unglaubwürdig.

Ich ließ resigniert die Schultern fallen, als ich mir Tyler draußen im chaotischen Wetter vorstellte. Er würde den ganzen Heiligabend mit dem Abendessen und unsere spezielle West-Family-Weihnachtsfeier verpassen. Ich hatte mich so darauf gefreut, ihn bei mir zu haben.

»Fünf Stunden Fahrt ist eine lange Zeit«, sagte Merlinda. »Shady Creek ist nur eine Stunde entfernt.«

Dominic nickte. »Die Autobahn war ein totales Chaos. Ich hatte Glück, den letzten SUV an der Mietwagenagentur zu bekommen.«

Ich dachte an den Escalade, der mitten in der Einfahrt parkte. Er schien mehr fantasiemäßig als schneetauglich auszusehen und ich hatte bisher noch nie etwas Annäherndes in einer Autovermietung gesehen, vor allem nicht in Shady Creek. Ich vermutete, dass Dominic log, aber warum? Es war ein kleines Detail, aber es deutete auch an, dass an seiner Geschichte etwas faul war.

Plötzlich erschien mir der bevorstehende Abend viel interessanter, selbst wenn Tyler zu spät war. Was fand diese hübsche Merlinda an diesem harten Kerl? Mit Ausnahme, dass er körperlich fit zu sein schien, war er ein bisschen schmuddelig und sah etwas durchschnittlich aus. Nichts falsch daran, aber Merlinda könnte jeden anderen Typen haben, den sie wollte. Was um alles in der Welt wollte sie mit diesem Kerl?

KAPITEL 4

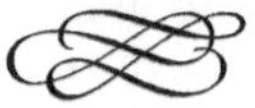

Der Duft von gebratenem Truthahn und Gewürzen wehte auf uns zu, während wir ins Esszimmer gingen.

An der Esszimmertür hielt ich an und schob Merlinda und Dominic vor mir hinein. Ich spürte einen Anflug von Mitleid für Tyler, der noch draußen in der Kälte feststeckte und arbeitete. Mein Magen knurrte und erinnerte mich daran, dass ich seit dem Frühstück nichts gegessen hatte.

»Die wichtigsten Dinge zuerst.« Dominic entdeckte die Mistel, als sie unter dem Türbogen standen. Er legte seine Arme schützend um Merlinda. Er zog sie an sich heran und küsste sie.

»Autsch.« Merlinda zog sich abrupt zurück und setzte einen gequälten Gesichtsausdruck auf. Sie lehnte sich an die Tür und krümmte sich vor Schmerzen.

»Was ist los, Schätzchen?« Dominic strich eine Locke von Merlindas dunklem Haar und steckte sie zärtlich hinter ihr Ohr.

»Magenkrämpfe. Aber Pearl hat mir schon etwas von ihrem speziellen Milchdisteltee gegeben. Ich glaube, ich fühle mich schon ein wenig besser.« Merlinda sah in Dominics Augen und küsste ihn.

Dominic und Merlinda blockierten die Esszimmertür, und ich steckte so lange fest, wie sie unter dem Mistelzweig blieben. Der

Kontrast zwischen der wunderschönen, superdünnen Merlinda und dem rau wirkenden Dominic war verblüffend.

Dominics Ankunft hatte einen Vorteil, da seine Anwesenheit die seltsame Dynamik zwischen Merlinda und Tante Pearl unterbrechen könnte. Jetzt musste Tante Pearl mit Dominic um Merlindas Aufmerksamkeit konkurrieren.

Tante Amber erschien plötzlich auf der anderen Seite der Esszimmertür. Sie stand nur ein paar Zentimeter von dem Paar entfernt. Innig umschlungen waren sie sich ihrer Gegenwart nicht mehr bewusst.

»Wie süß.« Tante Amber schwebte ein paar Meter über dem Boden hinter dem Paar und langte an die Mistel über ihrem Kopf. Sie riss einen Zweig von der Mistel ab, während sich Dominic und Merlinda küssten. Ein Stück der Pflanze fiel auf Dominics Kopf, aber er schien es nicht zu bemerken.

Ich war nicht sicher, ob Tante Ambers Kommentar das sich liebende Paar bezeichnete oder ob sie die Geste von Tante Pearl meinte, die sonst für niemanden Tee kochte.

»Tante Amber, komm da runter!« Ich war erschrocken über ihren offensichtlichen Gebrauch von Hexerei vor Fremden. Tante Amber war eine höhere Führungskraft bei der Witches International Community Craft Association und hätte es doch wirklich besser wissen müssen. Normalerweise war sie so pedantisch mit den Vorschriften. Vielleicht waren es die Auswirkungen von der Weihnachtsfreude, aber ihre unverhohlene Missachtung der WICCA-Vorschriften war alarmierend.

»Sprich nicht mit mir wie mit einem Hund, Cendrine.«, zischte Tante Amber. »Gehe respektvoll mit deiner Tante um.

Ich zuckte mit den Achseln. »Ich wollte nur unsere Familiengeheimnisse schützen. Und dich vor Ärger mit WICCA bewahren.«

Tante Amber seufzte und verdrehte die Augen. »Ich bin nicht in Schwierigkeiten. Und ich kann mich sehr gut um mich selbst kümmern.«

Jeder schien ein wenig gereizt zu sein heute Abend. Feiertage haben das so an sich.

Ich warf einen Blick auf Merlinda und Dominic. Trotz unseres kleinen Disputs waren sie noch immer in ihrer eigenen kleinen Welt eingehüllt und blieben völlig unberührt von Tante Ambers Spielereien.

»Wo ist das Problem?« Tante Amber hatte wieder festen Boden unter den Füßen, machte aber noch einen verärgerten Eindruck.

»Wir haben einen Gast, erinnerst du dich?« Es war unwahrscheinlich, aber dennoch möglich, dass Dominic nicht wusste, dass seine Freundin eine Hexe und das Pearls Zauberschule kein biederes Mädchenpensionat war. Aber selbst wenn er von Merlindas Hexentalenten wusste, kannte er nicht unsere. Ich wollte das bewahren. Zumindest hoffte ich, dass Merlinda unser Geheimnis nicht verraten hatte. Auf jeden Fall sollten wir unsere besonderen Talente sicherlich keinem Fremden offenbaren.

»Oh, reg dich ab, Cen. Es ist Weihnachten.« Tante Amber ging schwankend neben mir her. Nach meinen Berechnungen hatte sie bereits ihren vierten Eierlikör geschlürft. Ein wenig Feiertagsfreude und alle Vorschriften blieben auf der Strecke.

Merlinda löste sich aus Dominics Umarmung und schaute mich stirnrunzelnd an. »Was ist los?«

Ich verfluchte meine eigene Dummheit. Merlinda und Dominic hatten Tante Ambers Schwebezustand nicht bemerkt, aber unseren etwas lauteren Disput.

Bevor ich antworten konnte, reichte Tante Amber Merlinda den abgebrochenen Mistelzweig. »Du brauchst das, Herzblatt. Mistel hat schützende Eigenschaften. Du bist in Sicherheit, solange du ihn bei dir trägst.«

Dominic verdrehte die Augen. »Du brauchst keine tote Pflanze, um dich zu schützen. Dein Vanuatu-Stalker kann dir hier nicht schaden. Vor allem nicht, weil ich dich beschütze.«

Dominics Versprechen schien unsinnig, da Westwick Corners im Dezember eine Einöde war. Ich bezweifelte, dass sich selbst ein Stalker die Mühe machen würde, diesen Ort zu finden. Merlinda benötigte so gut wie keinen Schutz. Dennoch stellte sich die Frage. »Du hast einen Stalker?«

»Nein, nein, da ist wirklich nichts. Dominic übertreibt.« Merlinda wandte sich an Dominic und lächelte. »Du hast recht. Hier bin ich sicher. Alle mögliche Bedrohungen sind Tausende von Meilen entfernt.«

»Was für eine Art von Bedrohungen? Was genau wollen sie von dir?«

Merlindas Leben schien so Bilderbuch mäßig, dass ich mir beim besten Willen nicht vorstellen konnte, dass sie irgendetwas beunruhigen könnte. Was könnte in einem Inselparadies wie Vanuatu schlimmes passieren? Ich stellte mir eine verschlafene Insel im Südpazifik, ohne eine düstere Wolke vor.

Merlinda zuckte mit den Achseln. »Es spielt keine Rolle. Dominic wird mich beschützen.« Sie löste sich aus seiner Umarmung und lächelte.

»Jeder, der meinem Schatz etwas zuleide tun will, bekommt es mit mir zu tun.« Dominic packte Merlinda fest am Arm und führte sie ins Esszimmer. Er begleitete sie zu ihrem Stuhl am Esstisch und zog ihn für sie heraus. Nachdem sie sich gesetzt hatte, nahm er neben ihr Platz.

Tante Amber und ich folgten dem Paar. Das Weihnachtsessen schien plötzlich viel Interessanter.

»Ich habe meinen Überraschungsbesuch schon seit Wochen geplant. Pearl weiß alles darüber.«, sagte Dominic. »Ich hätte es wegen des Schnees fast nicht geschafft. Ich habe eine große Überraschung für dich, mein Schatz.«

Merlinda blickte ein wenig besorgt drein, obwohl sie ein leichtes Lächeln zustande brachte. »Welche Art von Überraschung?«

Dominic antwortete nicht. Stattdessen schlug er mit der Hand auf den Tisch. »Wo ist denn Pearl eigentlich? Ich kann es nicht erwarten, Merlindas Mentor persönlich kennenzulernen.«

Ich lächelte bei dem Gedanken an meine gesetzesbrecherische, querulierende Tante als Mentor. Ich konnte es auch nicht erwarten, zu sehen, wie Tante Pearl sich über Dominic hermachte. Abgesehen davon, dass sie Männer hasste, würde sie in Dominic eine Bedrohung sehen und um die Gunst ihrer besten, wenn auch einzigen, Schülerin wetteifern. Das machte ihre Einladung an ihn noch rätselhafter.

»Ich glaube, sie ist in der Küche«, sagte ich. »Kann ich Ihnen etwas zu trinken anbieten, während wir warten?«

»Haben Sie Bier?«

Ich ging in die Küche, wo Mama und Tante Pearl mit dem Rücken zu mir standen. Mama stand am Herd und rührte in einem großen Topf mit Soße, während Tante Pearl an der Küchentheke stand und Mamas Spezialweihnachtskuchen in Stücke schnitt und auf einem großen

Teller anordnete. Tante Pearl hatte den Teller mit Dutzenden von Stücken belegt, genug, um eine kleine Armee zu füttern. Aber auch genug, um sie alle Sturz besoffen zu machen. Mamas Weihnachtskuchen war in Alkohol getränkt.

Tante Pearl wusste, dass keiner von uns den Kuchen tatsächlich essen würde. Stattdessen machten wir untereinander einen Wettbewerb daraus und versteckten unsere nicht gegessenen Stücke in allen Ecken und Enden des Esszimmers, bis wir sie später suchen und entsorgen konnten. Es war irgendwie ungerecht, ihn Gästen anzubieten, aber das würde ich Tante Pearl überlassen. Immerhin hatte sie ihn eingeladen.

Trotz Mamas Kochkünste war ihr alkoholhaltiger Weihnachtskuchen scheußlich. Mama konnte nicht gut mit Kritik umgehen, daher brachten wir es nicht übers Herz, ihr zu sagen, wie entsetzlich er war. So verstecken wir Jahr für Jahr unsere intensive Abneigung für den Kuchen, und Mama machte immer mehr von diesem Zeug. Sie glaubte wirklich, wir könnten nicht genug davon bekommen.

Das Rezept des Weihnachtskuchens der West-Familie reichte zurück bis zu unseren britischen Vorfahren. Sie war seit Generationen überliefert worden, zusammen mit der Legende, dass der Kuchen der eigentliche Grund dafür war, dass in der Nacht vor Weihnachten keine ungewünschten Kreaturen auftauchten. Unser altes Haus war einst voller Mäuse. Das heißt, bis Mama vor etwa einem Jahrzehnt das alte Familienrezept wiederentdeckt und wiederbelebt hatte. Plötzlich verschwand unser Mausproblem. Ihr Kuchen hatte einen erlösenden Faktor: er war tödlich für die armen Tierchen.

Es schien in vielerlei Hinsicht falsch, ihn unseren ahnungslosen Gästen anzubieten.

In diesem Jahr war es ein wenig anders. Mama hatte den Kuchen nicht vor der Zeit gemacht, so wie sie es sonst immer tat. Sie hatte ihn erst heute Morgen gemacht, zu spät, um zu verhindern, dass unser kleines Mausproblem wieder auftaucht. Unsere Familienvilla war alt und zugig mit reichlich Möglichkeiten für die Viecher nach innen zu gelangen und der Kälte zu entkommen.

Ich rümpfte meine Nase und schlich mich unbemerkt an Mama und Tante Pearl heran. Gerade hatte ich den Kühlschrank geöffnet, um für Dominic ein Budweiser zu nehmen, fühlte ich etwas an meiner Schulter. Ich sah ein rotes Blitzen im Augenwinkel und schrie.

»Was zum Teufel – «. Tante Pearl ließ das Messer auf den Küchentresen fallen und stolperte rückwärts. »Meine Güte, Cen! Du hast mich zu Tode erschreckt. Was ist denn los mit dir? Hast du noch nie in deinem Leben Santa Claus gesehen?«

»Hä? … S–Santa?« Ich drehte mich um und starrte auf den großen, aber leicht untergewichtigen Mann im Weihnachtsmannkostüm, der in der Küche stand. War das derselbe vom Schlitten in der Schneekugel? Wenn ja, dann war er nur ein weiterer von Tante Pearls Tricks. Irgendwie hatte sie es geschafft, alle Erinnerungen meiner Kindheit zu ruinieren. Nun war Santa gruselig und sah aus wie ein Stalker. Gut, dass hier keine Kinder herumliefen, sonst wären sie für immer traumatisiert.

Ich starrte auf Santas hellblaue Augen und hatte einen Geistesblitz. Das war gar keine Erscheinung. Es war Earl, Tante Pearls nicht so heimlicher Verehrer. Ich hatte ihn zunächst nicht in der Verkleidung erkannt, aber das war auch verständlich. Er war ein sachlicher Landwirt im Ruhestand, von dem niemand jemals gedacht hätte, er würde sich als Weihnachtsmann verkleiden.

Aus unerklärlichen Gründen mochte der gelassene Earl die widerspenstige Tante Pearl. Sein ruhiges Verhalten war das genaue Gegenteil meiner verschrobenen, hinterhältigen Tante. Er schien bereit zu sein, alles zu tun, um sie glücklich zu machen, was wahrscheinlich sein Weihnachtsmannkostüm erklärte. Darüber habe ich mich auch sehr gefreut. Ich mochte Earl sehr, vor allem für die beruhigende Wirkung, die er auf Tante Pearl hatte.

Mama kicherte. »Du hast direkt hinter Earl gestanden, Cen. Du warst so in deinen Gedanken verloren, dass du ihn nicht gesehen hast.«

Santas Augen funkelten amüsiert. »Dieser Anzug ist ziemlich auffällig, Cen. Kann man nur schwer übersehen.«

Auf alle Fälle war ich besorgt und fragte mich, ob es Tyler gut ginge. »Äh, tschuldigung, Earl. Ich hatte nicht damit gerechnet, dich hier zu sehen.« *Schon gar nicht in einem ausgebeulten Weihnachtsmannanzug.* »Tante Pearl sagte, du würdest nicht kommen.«

»Ich habe nichts dergleichen gesagt«, schnauzte Tante Pearl. »Warum zeigst du Earl nicht das Esszimmer?«

Sobald wir aus Hörweite waren, vertraute mir Earl an: »Das ganze Weihnachtsmannding war allein Pearls Idee. Um ehrlich zu sein, fühle ich mich irgendwie albern in diesen Klamotten. Aber wenn es Pearl glücklich macht, lohnt es sich.«

Amen!

Im Prinzip wäre es für mich keine Überraschung gewesen, Earl zu sehen. Er lebte in der Nähe und wüsste sonst nicht, wohin er über die Feiertage gehen sollte. Er war am Thanksgiving zum Abendessen zu uns gekommen. Aber Tante Pearl hatte uns erzählt, Earl habe eine neue Freundin und würde deshalb nicht kommen.

Eine weitere Flunkerei aus Spaß an der Freude. Ich wusste nie, ob ich Tante Pearl glauben konnte oder nicht.

»Lasst uns ins Esszimmer gehen.« Ich gab Earl ein Winkzeichen, uns zu folgen und nahm eine Flasche roten Witching Hour, einen Jahrgangsmerlot aus unserem kleinen Vor-Ort-Weinberg mit. Als wir den Speisesaal betraten, machte niemand eine Bemerkung zu Earls Weihnachtsmannkostüm, was alles umso seltsamer machte. Offensichtlich waren sie sprachlos.

Earl setzte sich ans Tischende. Seine Platzwahl war strategisch neben Tante Pearls Stammplatz zu seiner Linken. Ihr Stock ruhte an der Stuhllehne, obwohl sie sich in der Küche befand. In Wirklichkeit war der Stock ihr Zauberstab.

Es war schwer zu erahnen, ob Earl wirklich unwissend war oder einfach nur die Augen vor Tante Pearls hexischen Talente schloss. Was immer der Grund war, er stellte nie die Frage, wieso sie ohne Stock herumläuft und er bemerkte nie eine ihrer übernatürlichen Spielereien. Liebe macht blind, denke ich.

Mein Magen knurrte trotz der Ansicht des Kuchens. Ich stellte den Wein auf den Tisch und reichte Dominic das Budweiser. »Ich bin beeindruckt, dass Sie den ganzen Weg von Vanuatu hierhergekommen sind, um Merlinda zu überraschen.«

»Na ja ...«, sagte er, während er den Drehverschluss von der Bierflasche abschraubte und einen großzügigen Schluck aus der Pulle nahm. Er stellte die Flasche energisch auf dem Tisch ab, stieß einen Seufzer aus und lehnte sich wieder zurück. Er drückte Melindas Hand. »Sie ist es mir wert.«

Ich warf einen Blick nach draußen und sah, dass das Verandageländer unter einem Haufen Schnee verschwunden war. Irgendwie hatte es Dominic durch Straßensperrungen und den Schneesturm des Jahrhunderts geschafft. Zudem hatte er ein tropisches Paradies verlassen, nur um seine Freundin tausende von Meilen und ein halbes Meer entfernt zum Abendessen zu überraschen. Kein Mensch hatte je so etwas im Entferntesten für mich getan.

Nicht, dass ich von Tyler erwartete, seine gestrandeten Autofahrer zurückzulassen. Als Sheriff konnte er nicht einfach aufstehen und gehen, weil das Abendessen winkte. Aber irgendwie wünschte ich es mir. Ich erachtete alle Menschen, die bei diesem Wetter draußen herumfuhren, als unverantwortlich. Wenn sie nicht im Sturm gestrandet wären, dann würde Tyler nicht feststecken, um sie zu retten. Vielleicht war es egoistisch, so zu denken, aber war es so falsch, meinen Freund an Heiligabend an meiner Seite haben zu wollen?

»Sie haben Sonne und Sand für dieses Wetter verlassen? Das muss hart gewesen sein«, sagte Tante Amber.

»Keineswegs.« Dominic schlang seinen Arm um Merlinda und drückte ihre Schulter so stark, dass ihr Stuhl auf zwei Beinen zu ihm kippte. »Nichts konnte mich fernhalten.«

Merlinda stützte sich mit einer Hand am Tisch ab. »Wer kümmert sich um den Tauchladen? Du bist während der Hauptsaison weggegangen.«

»Sie haben einen Tauchladen?« Dominic machte mir eigentlich keinen sportlichen Eindruck. Sein muskelbepackter Körper würde wie ein Anker versinken. Oder vielleicht würde er nur jemand anderes als Anker verwenden. Sein Tauchladen war wahrscheinlich ein Deckmantel für Drogenschmuggel oder etwas ebenso Ruchloses und Zwielichtiges. Irgendwas stimmte nicht mit ihm, obwohl ich nicht genau wusste, was.

»Nicht mein Geschäft. Ich arbeite nur da.« Dominic wandte sich wieder Merlinda zu. »Alles in Butter, ich habe jemanden gefunden, der sich während meiner Abwesenheit darum kümmert. Ich hab dich so sehr vermisst, mein Schatz. Ich wollte unbedingt zu Weihnachten mit dir zusammen sein.«

Dominic öffnete Merlindas Handfläche und nahm die Mistel heraus. Er legte sie auf den Wohnzimmertisch zwischen ihre Getränke. »Du brauchst keine Glücksbringer. Ich bin hier, um dich zu beschützen, jetzt und immer.«

Merlinda machte ein trübes Gesicht. Sie schluckte den Wein und stellte das Glas so energisch auf dem Tisch ab, dass es überschwappte. Kleine rote Tröpfchen färbten die weiße Tischdecke. »Du solltest ein Auge auf die Dinge haben. Ich dachte, wir hätten ausgemacht–«

Dominic hielt einen Finger an seine Lippen. »Psst, Schätzchen. Wir brauchen nichts vor ihnen geheim zu halten.«

»Was für ein Geheimnis?« Mama tauchte mit einer dampfenden Schüssel Kartoffelbrei aus der Küche auf. Sie stellte die Schüssel auf den Esstisch und wischte sich die Hände an ihrer Schürze ab.

»Es gibt Probleme in Vanuatu. Man hat ein Kopfgeld auf Merlinda ausgesetzt«, sagte Dominic.

Mama schnappte nach Luft. »Merlinda, du hast uns nie erzählt, dass du in Gefahr bist! Wer um alles in der Welt will dir etwas antun?«

Merlinda zuckte mit den Achseln. »Dominic übertreibt. Es ist wirklich nicht so schlimm, wie er behauptet.«

Dominic schüttelte den Kopf. »Nein, du bist in Vanuatu nicht sicher. Noch nicht einmal hier. Deshalb bin ich hierhergekommen, um dich zu beschützen.«

»Merlinda wovor beschützen?«, fragte Mama. »Westwick Corners ist einer der sichersten Orte.«

»Merlindas Feinde sind versessen darauf, sie zu finden. Sie wollen ihre Kräfte für John Frum und dem Cargo-Kult benutzen«, sagte Dominic.

»Wer ist John Frum?«, fragte Tante Amber?

Merline winkte ab. »Er ist keine reale Person.«

»Was auch immer der Grund ist, niemand wird in absehbarer Zeit hierherkommen", sagte Earl. »Wir sind mitten in einem Schneesturm, der noch eine Weile anhalten wird.«

Merlinda starrte Earl an. »Sie sind kein Wetter-Experte.«

Earl schien gar nicht zu bemerken, wie sehr Merlinda ihn verachtete. »Ich hätte Ihnen von diesem Sturm schon vor Wochen erzählen können. Wenn Sie mich gefragt hätten, hätte ich Ihnen vorgeschlagen, einen früheren Flug zu nehmen. Der Bauernkalender hat für dieses Jahr sehr viel Schnee und einen kalten Winter vorhergesagt.«

»Nun, ich habe Sie aber nicht gefragt, oder?« Merlinda verdrehte die Augen. »Glauben Sie tatsächlich an den Bauernkalender?«

Earl hob eine Augenbraue an. »Natürlich glaube ich daran. Er hat in den letzten 50 Jahren oder länger alles richtig vorhergesagt.«

»Earl ist schon sehr lange in der Landwirtschaft tätig«, sagte ich. Merlindas Unhöflichkeit war unentschuldbar, aber ich musste zugeben, dass ich ein kleines Gefühl der Befriedigung verspürte, einen Riss in Merlindas perfekter Fassade zu entdecken. Earl hatte nur versucht, hilfsbereit zu sein, und sie hatte ihn total angemotzt.

»Warum sind diese Leute hinter dir her, Liebes?« Tante Amber runzelte die Stirn. »Wer ist dieser John Frum? Und was um Himmels willen ist ein Cargo-Kult? Ist es für Menschen, die Designer-Gepäck lieben? Oder hat es etwas mit der Seefahrt zu tun?«

Ein schwaches Lächeln huschte über Merlindas Lippen, während sie langsam den Kopf schüttelte. »Ich wünschte, es wäre so einfach.«

Tante Pearl stand direkt hinter Merlinda, obwohl ich gar nicht bemerkt hatte, dass sie ins Esszimmer gekommen war. Sie stellte die Sauciere vorsichtig vor Merlinda auf den Tisch, wie eine Opfergabe an eine Göttin.

»Merlinda braucht Ihre Hilfe nicht, Dominic«, keifte Tante Pearl. »Sie ist durchaus in der Lage, sich um sich selbst zu kümmern.«

»Nun Pearl… « Earls beruhigende Stimme hatte seine Wirkung, und jeder war für einen Moment still.

Dominic schluckte und runzelte die Stirn. »Du hast ihnen nichts erzählt, Schatz?«

»Uns was erzählen?« Mama hatte einen Teil des Gesprächs verpasst, während sie wieder in die Küche gegangen war. Diesmal brachte sie einen Korb mit frisch gebackenen Brötchen. »Ich hoffe, dass alle hungrig sind. Ihr könnt euch ja während des Abendessens unterhalten.«

»Aber Tyler ist noch nicht da.« Ich schaute aus dem Fenster, bestürzt, noch keine Spur von seinem Jeep zu sehen. Dominics Escalade war bereits mit ein paar Zentimetern frischem Schnee bedeckt und sah aus wie ein weißer Klumpen, der mitten in der Einfahrt stand. »Können wir nicht noch ein paar Minuten warten?«

»Er kommt bestimmt nicht mehr, Cen.« Tante Pearls Augen blitzten schelmisch. »Oh ... ich wette, dass er ein besseres Angebot bekommen hat.«

Ich öffnete den Mund, um zu antworten, hielt aber inne. Tante Pearl provozierte mich gern, aber ich wollte nicht als Köder dienen.

Mama schüttelte den Kopf. »Ich habe es so lange wie möglich warm gehalten, Liebes. Ich fürchte, dass Tyler da draußen feststeckt. Ich werde ihm einen Teller warmmachen, sobald er hier ist.«

»Okay.« Ich seufzte und tat mir selbst leid. Aus gutem Grund. Mit Dominic und Merlinda hier, ähnelten die Dinge nicht im Entferntesten an das spezielle Weihnachtsabendessen, auf das ich so sehr gehofft hatte.

KAPITEL 5

Ich warf einen Blick auf den leeren Stuhl neben mir und hörte das Gespräch mit halbem Ohr zu. Mama und Tante Pearl brachten noch mehr dampfende Gerichte, bevor sie ihre Plätze am Tisch einnahmen.

Auf dem Tisch standen jede Menge Schüsseln mit Gemüse, Füllung, Cranberry-Sauce und natürlich dem Truthahn. Die zwei Dutzend Gerichte waren mehr als genug, um einen kalorienausgehungerten Hexenzirkel und noch mehr zu ernähren.

Aber mein Appetit war vergangen und machte mir Sorgen, dass Tyler etwas zugestoßen war. Ich rief auf seinem Handy an, aber er antwortete nicht.

Mama bemerkte es und lächelte mitfühlend.

Ich lächelte zurück, in der Hoffnung, dass meine Enttäuschung nicht für jedermann offensichtlich war. Ich ließ ein warmes Brötchen auf den Teller fallen und reichte Tante Pearl den Korb. Wenn ich vorgeben würde, mich zu amüsieren, dann würde ich es vielleicht tatsächlich tun.

Ich warf einen Blick in die Runde und bemerkte, dass sich Tante Pearl in ihrem grünen Samt Hosenanzug und Earl in seinem Weihnachtsmannanzug auf seltsame Art und Weise ergänzten. Tante Pearl ähnelte mit ihren grauen Haaren und dem festlichen grünen Samt einer magersüchtigen älteren Mrs Santa Claus. Earls roter Anzug hing lose an seiner großen Statur und verlieh ihm den Look eines alternden Santa-Hippies.

Tante Amber löffelte eine große Portion kandierte Möhren auf den Teller und reichte Mama die Platte. »Ich möchte eine Insider-Info über diesen Cargo-Kult. Kann man da mitmachen?«

»Es gibt keine formelle Mitgliedschaft oder so etwas. Es ist nicht diese Art von Kult«, sagte Merlinda. »John Frum ist eher eine Legende. Selbst wenn er eine reale Person war, sind die meisten Geschichten über ihn erfunden. Aber auf Vanuatu glauben die Leute ehrlich, dass er die Macht hat, Gläubige mit Reichtümern zu beschenken.«

»Gläubige von was?« Ich hatte nur halb zugehört, während ich aus dem Fenster blickte, um nach Anzeichen von Tyler zu suchen.

»Es ist vor allem ein Mythos, der alles im Laufe der Jahre zusammengewürfelt hat. Einige wahre Ereignisse wurden verschönert, weil die Leute glauben wollten, sie könnten alles wieder zurückholen.« Merlinda warf einen Blick auf Dominic. »Die US-Marine und andere Flotten hielten während des Zweiten Weltkrieges in Vanuatu an. Sie hatten alle Arten von Gadgets bei sich, die die Einheimischen noch nie gesehen hatten, wie Radios, Uhren und andere Dinge. Und erstaunliches Essen und Trinken, wie Dosenfleisch und Coca-Cola.«

»Ich würde Dosenfleisch nicht erstaunlich nennen«, sagte Earl zu Melinda, die rechts von ihm saß. »Du musst ein paar meiner mit Getreide gefütterten Hühner probieren…«

»Du hast deinen Bauernhof verkauft, Earl. Erinnerst du dich?« Tante Bernstein wandte ihren Blick Dominic zu. »Ich denke, dass sie damals solche Dinge in Vanuatu nicht hatten. Es ist harmlos Wunschdenken.«

»Wie Weihnachten und Weihnachtsmann«, fügte Tante Pearl hinzu. »Die Geschichte ist teilweise richtig und teilweise erfunden.«

»Vor Jahren konnte man keine Dinge online bestellen.«, sagte Dominic. »Vor allem nicht in Vanuatu. Es ist eine entfernte Inselgruppe in der Mitte von Nirgendwo. Nichts als Sand und Palmen.«

Merlinda nickte. »Die Inselbewohner dachten, dass die Fremden auf magische Weise alle Arten von Luxusgüter und Annehmlichkeiten heraufbeschwören könnten. Niemand auf Vanuatu hatte je zuvor solche Dinge gesehen. Das heißt, bis zu den 30er und 40er Jahren, als die US-Marine die Inseln im Zweiten Weltkrieg als Stationierungsplatz verwendeten. Als die Soldaten nach ein paar Jahren die Insel verließen, erwarteten die Leute, dass das amerikanische Marinepersonal zurückkehren würde.«

»Und alle guten Sachen und gute Zeiten zurückbringen«, fügte Dominic hinzu. »Aber das taten sie nicht.«

»Magie ist, was Leute die Dinge bezeichnen, die sie nicht verstehen.« Ich hoffte, dass das Gespräch genügen würde, um Tante Pearl abzulenken und von was auch immer sie im Ärmel ihres grünen Samtanzugs hatte.

Merlinda nickte. »Vanuatu ist auch heute noch schwer zu erreichen, und nur wenige Menschen besuchen die Insel. Es ist sehr teuer, Sachen dorthin zu versenden. Es gibt noch viele Dinge, die auf Vanuatu nicht erhältlich sind, die man aber leicht anderswo kaufen kann. Sie können sich vorstellen, wie die Fantasie mit den Menschen durchgegangen ist, als die Fremden mit allen Arten von modernen Annehmlichkeiten ankamen, die sie noch nie zuvor gesehen hatten. In anderen Worten, Cargo. Die Einheimischen glaubten, dass alle Waren heraufbeschworen wurden, weil sie es sich sonst nicht erklären konnten. Deshalb wird es Cargo-Kult genannt.«

»Aber waren denn nicht noch andere Leute auf den Schiffen außer John Frum? Warum verehren sie einen einzigen Mann?«, fragte ich.

Merlinda zuckte mit den Achseln. »John Frum war nur eine Vereinigung aller Soldaten, die damals die Inseln besuchten. Als sie alle am Ende des Zweiten Weltkriegs die Insel verließen, kanalisierten die Einheimischen ihre Energien auf alles, von dem sie glaubten, es würde die Schiffe wieder zurückbringen. Es war ein kollektiver Wunsch, der im Laufe der Jahre immer größer geworden ist.«

»Ein Haufen Verrückte«, sagte Earl. »Statt des Wunschdenkens hätten sie ihre eigene Nahrung anbauen können. Haben Sie denn nicht damit aufgehört und an so etwas gedacht?«

»Sie können kein Coca-Cola und Dosenfleisch anbauen. Was wissen Sie denn schon?« Merlinda verzog das Gesicht. »Sie waren doch noch nie da gewesen? Wahrscheinlich haben Sie noch nicht einmal den Bundesstaat Washington verlassen.«

Earl schnaubte. »Man muss kein Weltreisender sein, um magisches Denken zu erkennen, wenn ich es sehe.«

Tante Pearl runzelte die Stirn. »Nun Earl ... ich denke, was Merlinda versucht, zu sagen ist, dass sie –«

»Merlinda! Was ist denn in dich gefahren?« Dominic schüttelte den Kopf. »Der arme Earl hatte doch nur eine einfache Frage gestellt.«

»Nein, er sucht Streit mit mir, so wie er es immer tut.« Sie drehte sich zu Earl um. »Sehen Sie es doch ein, Earl. Pearl kann Sie nicht leiden und will, dass Sie aufhören, ihr hinterherzustiefeln.«

»Das habe ich nie gesagt, Merlinda.« Tante Pearls Gesicht wurde Scharlachrot und bildete einen Kontrast zu ihrem grünen Samthosenanzug. Die festliche Weihnachtsstimmung von vorher war verpuff.

Earl lachte. »Das hast du bestimmt nicht, Pearl. Ich meine, du hast ja praktisch gebettelt, dass ich zum Abendessen komme.«

Das klang weit hergeholt, aber auf der anderen Seite, hatte Tante Pearl in der Tat Fremde eingeladen, sodass Earls Behauptung ein Körnchen Wahrheit enthielt. Noch nie zuvor hatte sie andere Leute in unser Haus eingeladen. Nun saßen wir hier mit einem Haufen ungewöhnlicher Gäste zum Essen an Heiligabend. Sie hatte mit Sicherheit etwas vor.

Mama wechselte das Thema und kam wieder auf Vanuatu zurück. »Was hat der Cargo-Kult mit Merlinda zu tun?«

»Merlinda hat besondere Kräfte«, sagte Dominic. »Sie kann Sachen aus dem Nichts erscheinen lassen.«

Also wusste Dominic doch, dass Merlinda eine Hexe ist. Ziemlich offensichtlich, da sie Schülerin in Pearls Zauberschule war. Er hatte es vermutlich jetzt herausgefunden, dass auch wir Hexen sind.

Ich warf einen Blick auf Earl. Wenn er etwas über unsere hexischen Kräfte wusste, hatte er es sich bisher nicht anmerken lassen. Aber da er ständig um Tante Perle herumschwänzelte, war es irgendwie logisch, dass er es wusste, nicht wahr?

»Ich weiß nicht, wie Merlinda all das Zeug heraufbeschwört, nur, dass sie es tut. Es ist ziemlich erstaunlich. Oh, das hätte ich fast vergessen!« Dominic griff in seine Hosentasche und reichte ihr ein kleines Paket mit getrockneten Kräutern. »Deine Medizin.«

»Gott sei Dank! Das habe ich dringend gebraucht.« Merlinda öffnete das Paket und streute den gesamten Inhalt auf ihren Kartoffelbrei. Sie mischte das grüne Pulver mit einer Gabel unter die Kartoffeln.

»He, was ist das?« Earl zeigte mit seinem pelzbesetzten, roten, samtbekleideten Arm auf Merlindas Teller. Sein Arm streckte sich diagonal über den Tisch bis über Dominics vollem Teller. Earl schielte auf Merlindas Püree. »Sieht aus wie Marihuana.«

Dominic stieß Earls Arm weg. »He, tun Sie den Arm aus meinem Essen.« Er beugte seine Schulter vor und blockierte Earls Arm. »Haben Sie überhaupt schon mal Gras gesehen, alter Mann? Das sieht absolut nicht so aus.«.

Merlinda ignorierte sie. Sie schluckte einen Löffel Kartoffelbrei und setzte ihre Geschichte fort. »Was ich tue, ist nicht so erstaunlich, wirklich. Pearl hat mich gelehrt, dass wenn du unbedingt etwas willst, dann musst du nur die Kraft deines Geistes darauf konzentrieren und Wünsche werden wahr. Das ist im Grunde alles, was ich tue.«

»Hast du das gehört, Cen?« Tante Pearl deutete mit ihrer Gabel auf mich.

Ich sah finster drein.

Tante Pearl hatte endlich den Schützling, den sie wollte. Und wahrscheinlich auch Vertraute. Ob Merlindas Kränkung beabsichtigt war oder nicht, ich nahm es so auf, ein verschleierter Hinweis auf Hexerei und dass ich eine lausige Hexe war, weil ich mich nicht anstrengte.

Aber das war absolut nicht der Grund. Ich habe einfach immer das Gefühl gehabt, dass mir meine hexischen Talente einen so unfairen Vorteil verschafften, da die meisten Leute nicht zaubern konnten. Ich fühlte mich, als ob ich betrügen würde. Gleichzeitig schien es falsch, meine natürlichen Talente zu verschwenden. Wenn ich nicht an mich selbst glaube, warum sollte es dann jemand anderes?

Ich hätte Hexerei verwenden können, um Tyler zu helfen, seinen Arbeitstag zu beenden. Das heißt, wenn ich überhaupt die nötige Zauberkunst gelernt hätte. Vielleicht war es noch nicht zu spät. Ich stellte mir Tyler auf der Autobahn vor, gegen den Wind kämpfend, während er sich den Türgriff seines Jeeps schnappte. Dann, wie er den Zündschlüssel dreht, wenn er im Wagen sitzt.

»Cen?« Tante Pearls Stimme riss mich aus dem Tagtraum.

»Hä?«

»Kannst du dir nicht die Motivation vorstellen, die du hättest, wenn du in Vanuatu leben würdest?«, fragte Tante Pearl. »Du hättest den ganzen Tag nichts anderes zu tun, als zu üben –«, unterbrach ich Tante Pearls Versuch, das Thema zu wechseln. Ich hatte Angst, sie würde uns alle als Hexen entlarven.

»Vanuatu klingt wie ein Paradies.«

»Es gibt Vor- und Nachteile. Es gibt wirklich nicht viel zu tun, außer Geschichten zu erfinden.«, sagte Dominic. »Und trinken und surfen.«

»Und vielleicht ein wenig Hexerei üben.« Tante Pearl schlug ihre Wimpern in spöttischer Unschuld.

Tante Amber schnappte nach Luft, während ihre Gabel in der Luft posierte.

»Pearl!« Mama starrte ihre Schwester an.

»Ich habe nur Small Talk gemacht«, sagte Tante Pearl. »Was ist daran so falsch?«

Ich bemerkte Tante Pearls lange gefälschte Wimpern zum ersten Mal. Sie trug auch grünen Lidschatten im exakten Farbton ihres grünen Samthosenanzugs. Sie trug nie Augen Make-up, niemals.

Das einzige Mal, dass sie sich um ihr Aussehen kümmerte, war, als sie sich in Carolyn Conroe, ihr Marilyn Monroe Alter Ego, verwandelte. Und das war immer mit der Absicht, Menschen zu betrügen. Jetzt, wo ich daran denke, hatte sie sich in den letzten Monaten keinen Deut verändert. Sie schien zufrieden, sogar glücklich zu sein, sich in ihrer Haut wohlzufühlen.

Es musste der Earl-Effekt sein. Tante Pearl hätte ihn nicht eingeladen und seine Aufmerksamkeit erweckt, wenn sie nicht das Gleiche wie er für ihn empfinden würde. Vielleicht war er deswegen bei Merlinda so unbeliebt. Earl war Merlindas Konkurrent im Wettbewerb um Tante Pearls Zuneigung. Komische und unromantische Dreiecks-Liebesgeschichte.

Tante Pearl fiel plötzlich der Kartoffelbrei von der Gabel. Jedoch fiel er nicht auf den Tisch. Stattdessen schwebte er auf mich zu und trieb knapp außer Reichweite.

Wir hatten eine stille Vereinbarung, dass wir vor gewöhnlichen Menschen keine Magie ausüben oder darüber reden. Allerdings hatte Tante Pearl sie heute Abend absichtlich zur Schau gestellt, als ob sie es wagte, uns etwas mitzuteilen.

Nun, ich würde ihr nicht die Genugtuung geben, in ihre Falle zu tappen. Stattdessen beugte ich mich vor und griff nach dem Püree. Ich drückte sie mit ein wenig zu viel Energie nach unten. Aber es standen überall Speisen in Schüsseln und auf Platten auf dem Tisch. Anstelle auf eine leere Stelle zu fallen, schlug der Kartoffelbrei auf der Sauciere auf und sie kippte um. Bratensoße lief überall auf Mamas weiße Leinentischdecke.

»Oh nein! Ich hole ein Tuch.« Tante Amber stand wie von der Tarantel gestochen auf und eilte in die Küche. Minuten später kehrte sie zurück und wischte den Schlamassel auf. »Erzähle uns mehr über diesen Cargo-Kult.«

»Sie nehmen diesen Cargo-Kult auf Vanuatu wirklich ernst«, fügte Dominic hinzu. »Es gibt jedes Jahr einen John Frum Tag. Die Einheimischen kleiden sich wie Soldaten, komplett mit improvisierten US-Marine-Uniformen und gefälschten holzgeschnitzten Waffen. Die meisten Menschen genießen nur die Feier, aber viele andere glauben insgeheim, dass, wenn sie konsequent die Rituale durchführen, John Frum zurückkehren und sie mit Reichtum überschütten wird.«

Merlinda wedelte zur Betonung mit der Gabel. »Die Leute auf Vanuatu glauben – oder teilweise – an das Übernatürliche. Aber die Gläubigen sind jetzt in der Minderheit. Das ist ein großes Problem für ein paar lokale Anführer, die behaupten, eine spirituelle Verbindung zu John Frum zu haben. Der Mythos ist lukrativ für sie, sodass sie die Menschen abschrecken, um ihnen zu folgen. Sie halten ihre Kontrolle über die Macht, indem sie Menschen glauben lassen, dass sie eine besondere Verbindung haben. Sie behaupten, dass wenn John Frum schließlich nach Vanuatu zurückkehrt, nur die wahren Gläubigen belohnt werden.«

»Wie ein religiöser Messias?« Das Gespräch des Abendessens war viel Interessanter als ich erwartet hätte.

Dominic lachte. »Es ist wirklich keine Religion. Mehr wie der Weihnachtsmann, der mit Geschenken für die Kinder kommt, außer, dass der John Frum Tag am 15. Februar ist.«

»Oh, welch ein Spaß! Valentinstag und dann John Frum Tag. Zurück zu den Feiertagen!« Tante Amber trank den Rest des Eierlikörs und stellte ihr leeres Glas auf den Tisch.

Merlinda runzelte die Stirn, blieb aber stumm, während sie sich Rübenpüree servierte.

»Dominic, was hat das alles mit Ihnen zu tun?« Ich löffelte eine große Portion Cranberry-Sauce auf meinen bereits vollen Teller.

»Mit mir gar nichts, aber Merlinda ist eine echte Bedrohung für sie«, sagte Dominic. »Sie wissen, dass sie eine Hexe ist. Wenn sie nicht kooperiert, werden sie sie außer Gefecht setzen, damit sie keine Bedrohung für ihre lukrative Existenz darstellt.«

Also wusste Dominic von Merlindas übernatürlichen Fähigkeiten. Hexen vertrauten ihre Geheimnisse nur ihren engsten Freunden und der Familie an, sodass die Beziehung der beiden ernst sein musste.

»Kooperieren, inwiefern?«, fragte Mama.

Dominic seufzte. »Ein paar lokale Anführer boten Merlinda eine Menge Geld an, um neue Lkws und Computer hervorzuzaubern.«

»Das ist absolut gegen die WICCA-Regeln.« Im Gegensatz zu Tante Pearl machte Tante Amber alles nach Vorschrift – außer, wenn sie etwas zu festlich gestimmt war. »Ich hoffe, du hast das Angebot nicht angenommen.«

»Natürlich nicht, Amber.« Ich kenne die Regeln.« Merlinda schien von Tante Ambers Unterstellung beleidigt.

Earls Gesicht blieb ausdruckslos. Sollte ihn die Erwähnung von WICCA verwirrt haben, so ließ er es sich nicht anmerken. Offensichtlich hatte er bereits geahnt, dass wir hexische Fähigkeiten haben, aber nie Fragen gestellt. Vielleicht war es ihm egal. Oder vielleicht wusste er alles darüber.

KAPITEL 6

»Erzähle uns mehr über John Frum«, sagte Tante Pearl.

Merlinda nickte. »Die Mythen sind so alt, dass ich nicht viel mehr darüber weiß als das, was ich euch bereits erzählt habe. Der Kult ist in den letzten Jahren abgestorben.«

»Dies ist ein weiterer Grund, warum sie Merlindas Hilfe wollen – um den Mythos mit einem neuen Pseudo-John Frum wiederaufleben zu lassen«, sagte Dominic. »Macht jeden glücklich und die Politiker werden wiedergewählt. Aber wir müssen die Verantwortlichen sein. Merlinda hält den Mythos aufrecht, und wir können auch viel Geld verdienen.«

»Was meinen Sie mit ›wir‹?«, fragte ich. »Sie wollen die Rückkehr von John Frum vortäuschen?« Jetzt mochte ich Dominic noch weniger als vorher.

Dominic wedelte mit der Hand in der Luft. »Nee. Nur den Leuten geben, was sie wollen. Irgendjemand wird es sowieso tun, also können wir es auch.«

»Aber Merlinda ist eine Frau«, protestierte Tante Amber. »Sie kann sich nicht für einen Mann ausgeben.«

»Deshalb komme ich ins Spiel«, sagte Dominic. »Ich werde mich verkleiden und mich als Frum ausgeben. Ich werde neue Lkws und TVs verteilen, während Merlinda sie hinter den Kulissen herzaubert. Wir werden sie unter dem Marktwert verkaufen und ein Vermögen machen.«

»Auf diese Weise ernten Sie die ganzen Lorbeeren. Doch Merlinda macht die ganze Arbeit«, sagte Tante Amber.

Merlinda zuckte mit den Achseln. »Das macht nichts, Amber. Ich möchte nicht die ganze Aufmerksamkeit auf mich ziehen.«

»Du würdest trotzdem noch davon profitieren. Du hast gerade gesagt, dass du deine Kräfte nicht mit den lokalen Anführern missbrauchen würdest. Das Ganze mit Dominic durchzuziehen macht hier keinen Unterschied.« Ich ließ alle guten Vorsätze fallen, unser Hexengeheimnis zu verbergen. Alle anderen hatten es bereits getan, sodass es für mich unmöglich war, den Schaden zu mindern.

»Ich missbrauche nichts«, sagte Merlinda. »Ich ziehe einfach nur mein eigenes Ding durch. Es ist nichts falsch daran, Wünsche anderer Menschen zu erfüllen, oder? Wenn Dominic davon profitieren will, werde ich ihn nicht daran hindern. Ich bin für diesen Teil nicht verantwortlich, daher breche ich die WICCA Regeln nicht. Die Leute können ihre eigenen Schlüsse über John Frum ziehen.«

»Das ist nur eine Formsache.« Niemand schien mir zuzuhören.

»Aber wenn Wünsche erfüllen genau das ist, warum die Leute hinter dir her sind, warum tust du es dann? Ermutigt es sie denn nicht noch mehr? Kein Geld der Welt ist es wert, wenn du um deine Sicherheit fürchten musst.« Tante Ambers unschuldig klingende Frage war ihre Art, um Details zu erhalten, um eine Übertretung zu finden, um den ganzen Plan zunichte zu machen. Merlinda schien die Regeln nicht mehr so zu beachten. Oder aber Dominic hatte sie einer Gehirnwäsche unterzogen.

»Irgendwie muss ich ja meinen Lebensunterhalt verdienen«, sagte Dominic. »Es gibt nicht viele Arbeitsplätze auf Vanuatu. Der Tauchladen ist nicht besonders gewinnbringend. Ich könnte meinen Job von heute auf morgen verlieren.

Es gab auch nicht viele Arbeitsplätze in Westwick Corners. Dennoch schworen wir keine Konsumgüter herauf. Auch Tante Pearl nutzte das System in diesem Ausmaß aus.

»Bereichern Sie sich denn nicht nur auf Kosten armer Menschen und deren Fantasien?«, fragte ich. »Sie glauben an etwas, das nie passieren wird.«

»Nicht im Geringsten«, sagte Dominic. »Wir machen Ihre Träume wahr. Wir unterhalten sie, indem wir ihnen geben, was sie wollen. Und wenn ich als John Frum posiere, nimmt es eine Menge Druck von Merlinda weg.«

»Wie selbstlos von dir«, schnauzte Tante Pearl. Sie war eifersüchtig auf Dominic. Er hatte ihr das Rampenlicht gestohlen, zumindest in ihren Augen.

»Wir geben den lokalen Anführern, was sie wollen, und jeder gewinnt dabei.« Er tätschelte Melindas Hand. »Einer von ihnen kämpft darum, seine Macht zu behalten. Er will nicht von einer Frau in den Hintergrund gedrängt werden. Ich denke, wir haben die perfekte Lösung gefunden!«

Und Pearl schnaubte. »Merlinda macht die ganze Arbeit, und die Männer heimsen die Lorbeeren ein? Sie sind auch nicht viel besser. Nein, ganz bestimmt nicht.«

Dominica verdrehte die Augen. »Der Geschichte nach muss John Frum ein Mann sein. Wer kümmert sich um Lorbeeren, wenn wir dadurch reich werden? Die Leute können neue Lastwagen, Fernseher bekommen, oder was auch immer, zu einem Bruchteil des Preises. Jeder ist glücklich. Die Leute sind zufrieden, ich verdiene ein wenig Geld, und die lokalen Anführer heimsen die Lorbeeren für John Frums Rückkehr ein. So können sie ihre Macht behalten.«

Merlinda blieb stumm und ließ Dominic reden.

»So funktioniert das, zumindest in der Theorie. Die Anführer sind abhängig von Merlindas Zauberkraft. Sie brauchen sie, um die Luxusgüter zu produzieren, die alle glücklich machen. Aber Merlinda ist nicht nur eine große Chance für sie.« Dominic atmete tief durch. »Sie ist auch eine Bedrohung. Die Anführer werden ihre Wettbewerbsvorteile einbüßen, wenn sie die Kontrolle über Merlindas Talente an einen Rivalen verlieren. Sie können nicht ewig mit Merlindas Ergebenheit rechnen. Sie planen, sie zu entführen, um eine ununterbrochene Versorgung und ein Monopol über den Cargo-Kult zu gewährleisten.«

»Die Anführer können Merlinda nicht gegen ihren Willen zur Arbeit zwingen. Habt ihr keine Arbeitsgesetze auf Vanuatu?« Tante Amber wandte sich an Merlinda. »Du kannst nicht dorthin zurückgehen. Du musst zu deiner eigenen Sicherheit hierbleiben.«

Merlinda nickte, sagte aber nichts.

Für eine so mächtige Hexe, wirkte Merlinda ziemlich hilflos. Sie schien sich damit zufrieden zu geben, dass Dominic an ihr Geld verdiente und dass die örtlichen Anführer ihre Magie einsetzten. Selbst Tante Pearl wollte Merlinda für immer in Pearls Zauberschule festhalten. Doch Merlinda hatte die Macht, es zu stoppen – wenn sie es nur wirklich wollte.

»Merlinda hat wirklich eine Menge Ärger am Hals«, sagte Dominic. »Die Rivalität zwischen den Anführern ist so groß, dass einer von ihnen Merlinda sogar töten könnte, nur um die anderen daran zu hindern, sich ihrer Kräfte zu bedienen. Deshalb komme ich ins Spiel. Ich sorge für Merlindas Sicherheit und dafür, dass die anderen glücklich sind.«

»Es klingt gefährlich.« Mama keuchte und legte ihre Hand an die Brust. »Warum müsst ihr zwei denn überhaupt wieder dorthin zurückgehen? Ihr könnt beide woanders einen Job bekommen.«

Tante Pearl kratzte sich am Kinn. »Ihr könnt gegen diese Rabauken ankommen. Ihr müsst sie mit ihren eigenen Waffen schlagen.«

Ich warf Tante Pearl einen warnenden Blick zu. Sie war ein wenig zu sehr bereit, Unruhe zu stiften.

Tante Amber seufzte. »Wenigstens bist du hier sicher. Ich verstehe, warum du zurückgehen willst. Zuhause ist Zuhause und deine Freunde und Familie sind alle dort. Apropos Familie, hat noch jemand in deiner Familie diese besonderen Talente?«

Merlinda zuckte mit den Achseln. »Ich bin ein Einzelkind, die einzige in meiner Familie mit diesen Kräften. Meine Mutter hatte sie, aber sie ist gestorben.«

»Kann dich denn die Polizei nicht vor diesen Menschen schützen?«, fragte ich.

»Ich wünschte, sie könnte es.« Merlinda schüttelte langsam den Kopf. »Einer der Anführer ist der Polizeichef. Der andere ist der Bürgermeister, sodass mir niemand helfen wird. Beide verewigen die Legende von John Frum. Wenn ich ihnen nicht helfe, riskieren sie, dass ich ihre Tricks aufdecke. Ich kann beweisen, dass dieser Kult eine Farce ist.«

Mama seufzte. »Du Ärmste. Gibt es denn niemand in Vanuatu, der dir helfen kann?«

»Nicht wirklich, sagte Merlinda. »Der Polizeichef ist mein Vater.«

KAPITEL 7

Wir sprachen noch über Merlindas Cargo-Kult Dilemma, als es plötzlich klingelte.

Mein Herz rutschte mir in die Knie. Tyler war endlich da!

Ich rannte zur Haustür und riss sie auf. Erleichterung überflutete mich, als ich in Tylers warme braunen Augen starrte. Seine feuchte Skijacke war geöffnet und enthüllte seine Sheriff-Uniform. Seine khakifarbenen Hosen waren bis zu den Knien durch den Schnee tropfnass, und er sah erschöpft aus.

Und zum Umfallen sexy, selbst völlig durchnässt.

Als ich ihn zu mir heranzog und ihn küsste, kitzelten seine Bartstoppeln mein Kinn. »Ich habe mir Sorgen um dich gemacht! Ich habe versucht, dich anzurufen ... Gott sei Dank, du hast es geschafft.«

Er grinste. »Entschuldigung, meine Handybatterie ist leer. Ich hätte nie gedacht, dass ich es bis hierher schaffen würde. »Ich habe mich schon den ganzen Abend darauf gefreut. Hat sich Pearl bisher ruhig verhalten?«

Ich nickte. »Sie ist beschäftigt. Merlinda hat ihren Flug verpasst, und wir haben auch einen unerwarteten Gast.« Ich erzählte ihm alles, während ich seine Jacke an die Garderobe hing. Bei all den Ablenkungen und der Weihnachtszeit, hoffte ich, Tante Pearl würde Tyler nicht verhöhnen, so wie sie es in der Regel tat.

Tyler neigte den Kopf zur Tür. »Das erklärt den Escalade. Jemand, den ich kenne?«

Ich schüttelte den Kopf. »Merlindas Freund, Dominic, ist von Vanuatu hierhergeflogen und den ganzen Weg von Shady Creek für einen Überraschungsbesuch hierher gefahren. Tante Pearl hat ihn heimlich für Merlinda eingeladen, nur hatte sie uns nichts davon erzählt. Aber das Seltsame ist, dass Merlinda eigentlich gar nicht hier gewesen wäre. Ihr Flug wurde wegen des Sturms in letzter Minute abgesagt.«

»Vanuatu ist im Südpazifik, nicht wahr?«

Ich nickte. »Dominic ist ähem... ein ganz normaler Typ.« Tyler wusste, dass wir Hexen sind. Er wusste unweigerlich, dass Merlinda auch eine war, da sie Pearls Zauberschule besuchte. Wie die meisten Einheimischen, hatte Tyler nicht viel mit Merlinda zu tun gehabt, weil sie in sich verschlossen war und nur selten in die Stadt ging.

Tyler kicherte. »Pearl hat ihn wirklich eingeladen? Seit wann gibt Pearl eine Party?«

»Seit jetzt.« Ich drückte seinen Arm und zog ihn zu mir für einen weiteren Kuss. »Du musst es sehen, um es zu glauben. Oh, und Earl ist auch hier.«

Tyler grinste. »Oh, gut! Ein weiterer ganz normaler Kerl, sodass ich nicht unterlegen bin.«

Ich sprang auf, als eine Frauenstimme hinter mir trällerte. »Jujuuu! Dieser heiße Feger kommt mir heute Nacht gerade recht.« Sie stieß einen leisen Pfiff aus.

Ich hatte unsere gespenstische Oma Vi völlig vergessen. Es störte mich immer, dass sie Tyler fast genauso sehr mochte wie ich.

Tyler merkte, dass ich zusammenzuckte. »Warum bist du so schreckhaft?«

Ich zog mich aus Tylers Umarmung zurück und zuckte mit den Schultern. Er konnte Oma Vi weder hören noch sehen und ihm von meiner gespenstischen Oma zu erzählen, würde nur noch mehr Fragen als Antworten aufwerfen. Er wusste, dass wir Hexen sind, hatte aber keine Ahnung, dass unsere Familienmatriarchin noch lange nach ihrem Tod als Geist verweilte. Ich hasste es, Geheimnisse vor ihm zu haben. Andererseits war ihr dummes Schwärmen und ihre ständige Präsenz, wenn er da war, ein wenig störend, gelinde gesagt.

»Ich war so besorgt um dich, draußen im Schneesturm«, sagte ich.

»Und dann kam auch noch Dominic. Um ehrlich zu sein, Merlindas Freund macht mir Angst. Ich glaube, ich bin ein wenig nervös.«

Großmutter schwebte ein paar Meter über uns. »Tyler kann uns vor diesem Gangster beschützen. Ich kann immer noch nicht glauben, dass du diesen Grobian hereingelassen hast.«

»Ich hatte keine andere Wahl –« Ich hielt mitten im Satz inne.

»Hä?« Tyler runzelte die Stirn.

»Tante Pearl hat irgendetwas vor«, sagte ich. Sie hat Dominic nicht aus reiner Herzensgüte eingeladen. Sie plant etwas. Was genau, weiß ich nicht.«

Ich hoffte nur, dass die Dinge nicht aus der Kontrolle gerieten.

Tyler kicherte. »Ich kann es kaum erwarten, zu sehen, was Pearl auf Lager hat. Es würde mich ausnahmsweise mal entlasten.«

Tante Pearl verachtete Tyler. Seit er Sheriff geworden ist, hatte sie ihre Feuerteufelei verstärkt. Ihre Versuche, ihn aus der Stadt zu vertreiben hatte nie geklappt. Er hat sie immer für ihre gefährlichen Spielchen mit hohen Geldstrafen belegt und gelegentlich mit öffentlicher Beschämung. Niemand sonst hielt sie in Schach, auf eine Weise, wie er es tat, und sie nahm es ihm sehr übel.

»Du bist ein heißer Feger, Söhnchen.« Großmutter schwebte hinter Tyler her. Sie schielte mit Anerkennung auf seinen Hintern. »Wenn ich etwas jünger wäre, würde ich mich in dich verknallen.«

»Hör auf damit!«. Ich funkelte Großmutter Vi an und machte ihr mit einer Lippenbewegung deutlich, sie solle den Mund halten.

»Mit was soll ich aufhören? Ich mache gar nichts.« Tyler zog die Stirn in Furchen. »Warum verhältst du dich so merkwürdig?«

»Entschuldige. Es war ein langer Tag.« Auch mit Tyler in meiner Nähe hatte ich jetzt keine Hoffnung mehr auf meinen perfekten Weihnachtsabend. Während ich erleichtert und glücklich über Tylers sichere Ankunft war, wollte ich nicht, dass unsere gemeinsame Zeit voller Ablenkungen, unterhaltsamer Gäste oder irgendetwas anderem war.

Oma Vi spitzte die Lippen und blies mir einen Kuss zu. Damit verspottete sie mich auf eine Weise, wie es nur Geister können.

Ich ignorierte sie, abgelenkt durch das Heulen des Windes, der Schnee über die Schwelle blies. Ich war so begeistert, Tyler zu sehen, dass ich vergessen hatte, die Tür zu schließen. Ich schlug sie zu. »Vergiss Tante Pearl. Ich bin nur froh, dass du es endlich geschafft hast.«

Er legte seine Arme um meine Taille und zog mich zu einem langen, langsamen Kuss heran. »Ich habe mich schon den ganzen Tag danach gesehnt.«

»Bravo.« Oma Vi schwebte ein paar Meter von uns entfernt und klatschte.

Wenigstens hatte Tylers Ankunft Oma Vi von ihrer Depression abgelenkt. Sie wurde um die Weihnachtszeit immer etwas melancholisch. Die Feiertage erinnerten sie an vergangene Tage, und dass wir nicht mehr flüssig waren.

Der Gastwirtschaftsbetrieb war nicht unbedingt eine schlechte Sache. Die Pension beschäftigte uns alle und hielt uns die größten Schwierigkeiten vom Hals. Wir trafen neue Leute und hielten die Stadt in Schwung. Die Erträge ermöglichten uns ein komfortables Leben, ohne, wie viele unserer Nachbarn, zur Arbeit in größere Gemeinden pendeln zu müssen. Es war wirklich das Beste aus beiden Welten.

Aber Geister brauchen kein Geld und Oma Vi wollte nur ihr Haus zurück. Nun waren wir auch noch in der einzigen Woche, in der wir für die Weihnachtszeit geschlossen hatten, von Fremden umzingelt. Dominic war noch nicht einmal ein zahlender Gast.

Zumindest heute Abend teilte ich Oma Vi's Gefühle. Immerhin war Heiligabend. Wenigstens war Tylers Anwesenheit ein kleiner Trost für sie. Sie vergötterte Tyler, obwohl er nicht wusste, dass sie existierte.

Oma Vis Gesicht erhellte sich, als ob sie meine Gedanken gelesen hätte. In der Tat, sie hatte. Gedankenlesen war eine ihrer übernatürlichen Fähigkeiten.

Ihr Lächeln war ansteckend. Bevor ich mich zurückhalten konnte, lächelte auch ich.

»Was ist denn so lustig?« Tyler folgte meinem Blick. »Schon zu viel Weihnachtsfreude?«

Oma Vi wackelte mit dem Finger. »Ooh! Da hütet jemand ein Geheimnis. Weiß Ruby wie heiß verliebt ihr ineinander seid? Vielleicht wird er heute Abend die berühmte Frage stellen.«

Natürlich wusste Mama davon. Oma wollte nur eine Reaktion von mir provozieren. Ich hob den Arm an, Handfläche nach außen, wie ein Verkehrspolizist. »Lass es einfach!«

»Mit was soll ich aufhören?« Tyler suchte den Flur ab und runzelte die Stirn, als er niemanden sah. »Ist das wieder etwas von deinem seltsamen Familienzeugs?«

»Äh, ja … so ähnlich. Warum gehst du nicht schon mal ins Esszimmer? Wir haben uns gerade zum Essen hingesetzt. Ich bin in einer Sekunde bei dir.«

»Oh. Ok.« Enttäuschung huschte über sein Gesicht.

Hervorragend. Nun dachte Tyler, dass ich auf ihn böse bin. Ich wartete, bis er aus Hörweite war. »Lass das, Oma.«

Oma Vi schlug die Hände zusammen. »So ein netter junger Mann, und du bist so mürrisch. Lass ihn nicht weglaufen, Cen. Ihr wärt ein so süßes Paar!«

»Wir sind schon ein Paar. Und du bist nicht ganz dicht.« Ich wandte mich von Oma Vi ab und ging ins Esszimmer.

Sie schwebte mir hinterher mit einer gespenstischen Aura aus wütendem Orange und Rotschattierungen. »Du hältst mich für verrückt? Meine Enkelin, mein eigenes Fleisch und Blut, schleudert mir Beleidigung entgegen, nur weil ich Freunde finden will –«

»Du übertreibst Oma.« Du weißt ganz genau, dass ich es nicht so gemeint habe.« Ich blieb im Wohnzimmer stehen, fest entschlossen, unseren Streit zu beenden, bevor wir uns zu den anderen im Esszimmer gesellten. »Komm, wir gehen essen.«

»Ich bin ein Geist, Cen. Du weißt, dass ich nicht essen kann. Hör auf, mich zu verspotten!« Sie rieb sich den Bauch mit einer durchsichtigen Hand.

»Sorry, Oma. Ich meinte nur, dass ich dich vermissen werde, wenn du nicht zu uns an den Tisch kommst.«

Wir erschraken beide, als ein Windstoß plötzlich die Haustür aufblies. Die Tür prallte gegen die Wand, bevor sie sich wieder halbwegs schloss.

Ich lief zur Tür, denn ich war sicher, sie geschlossen zu haben.

Eine Frauenstimme lies mich erstarren. Es war gar nicht der Wind.

KAPITEL 8

»Warten Sie!«. Eine Wasserstoffblonde in schwarzer Lederjacke winkte mir zu, während sie über die Einfahrt eilte. Ihr Pailletten-Minirock endete kurz unter ihrem Jackensaum und legte ihre molligen Beine frei. Ihre einzige, dem Wetter angepasste Kleidung waren die Moonboots. Ihrem abgehackten Gang nach zu urteilen, waren sie ihr zu groß und geliehen. Eine überdimensionale rote Lederhandtasche hing über ihrer Schulter. Sie trug ein Paar rote Lackpumps in einer Hand und eine Flasche Wein in der anderen.

»Kann ich Ihnen helfen?« Ich trat auf die Veranda und schloss die Haustür hinter mir. Ich stand in Socken mit verschränkten Armen im beißenden Wind und in eisigen Temperaturen.

»Ich bin mir sicher, dass Sie mir helfen können. Sie müssen Cen sein.« Sie hielt am Treppenabsatz inne und stieß einen enormen Seufzer aus. Sie stand einfach da, als ob sie von mir erwarten würde, die Treppe zu ihr hinabzusteigen.

Diesen Gefallen tat ich ihr nicht. »Ja, das bin ich. Kennen wir uns?«

Sie stieg die Treppe hinauf, ohne mir zu antworten. Sie drückte mir die Weinflasche in den Arm. »Hier, nehmen Sie das.«

Ich nahm die Flasche und als sie an mir vorbeiging, sprühte sie Schnee über meine Strümpfe. Ich erkannte das Etikett. Es war ein billiger Weißwein, der in Tankstellen und Rund-um-die-Uhr-Mini-märkten beliebt ist, wahrscheinlich ein Last-Minute-Kauf, obwohl er noch nicht einmal gekühlt war.

Ich hatte sie noch nie zuvor gesehen, und Westwick Corners war so klein, dass ich jeden in der Stadt kannte. Ich kannte sogar die meisten der auswärtigen Gäste der Einheimischen. Die meisten dieser Gäste hatten es wegen des Schneesturms noch nicht einmal in die Stadt zurück geschafft. Doch diese hier benahm sich, als gehöre ihr das Haus.

Ich folgte ihr, während sie erwartungsvoll an der Haustür wartete.

Die Wasserstoffblonde trampelte sich den Schnee von den Stiefeln. Sie wartete ungeduldig darauf, dass ich die Tür öffne. »Lassen Sie mich hinein? Ich muss mich unbedingt aufwärmen.«

»Ach du dickes Ei!« Oma Vi schwebte neben mir. »Mir gefällt diese Tussi nicht.«

Ich warf Oma Vi einen warnenden Blick zu, bevor ich mich zu der Frau umdrehte. »Vielen Dank. Der Wein sieht köstlich aus. Sind Sie eine Freundin von –?«

Sie streckte mir die Hand entgegen. »Ich bin Gitty. Hat Brayden Ihnen nicht sagen, dass ich komme?«

»Wie bitte – was?« Ich schüttelte ihre Hand und drehte mich um. Ein Mann eilte über die Einfahrt. Mein Herz rutschte mir in die Knie, als ich Brayden erkannte, meinen Ex-Verlobten. Es musste ihm doch klar gewesen sein, dass die Einladungen zum Weihnachtsessen bei der West-Familie mit der aufgelösten Verlobung zu Beginn des Jahres zu Ende waren. Brayden war zwar egozentrisch, aber selbst er konnte doch nicht so dumm sein.

Oder aber er wusste es und hatte beschlossen, trotzdem aufzutauchen. Zudem auch noch mit seiner neuen Errungenschaft. Wie ich ihn kenne, wollte er mich wahrscheinlich eifersüchtig machen. Oder zumindest, sich mit einer Freundin zeigen, da er ja wusste, dass ich mit Tyler zusammen bin.

Brayden winkte und beschleunigte seinen Schritt. »He, Cen. Ich sehe, du hast schon meine Freundin Gitty kennengelernt.« Er betonte die zwei vorletzten Worte.

»Ich äh … ich hatte dich nicht erwartet. »Was machst du hier?« Als Westwick Corners' Bürgermeister war Brayden auch Tylers Vorgesetzter. Ich bezweifelte, dass sein Besuch etwas mit der Arbeit zu tun hatte. Gittys Weinflasche bestätigte das. Mein Weihnachtsabend verschlechterte sich von Minute zu Minute.

»Hat es dir Pearl denn nicht gesagt? Sie hat mich – uns eingeladen.« Er legte eine Hand auf Gittys Schulter. »Lasst uns hineingehen. Es ist eiskalt hier draußen.«

Oma Vi spitzte die Ohren, wie Gitty und Brayden an ihr vorbei huschten und in den Flur gingen. Sie sang die ersten Worte eines Liedes von Shania Twain: »It's gonna be a party, yeah, yeah, …«

»Oma, hör auf damit!« Mein Flüstern war laut genug für Braydens Gehörgang und er blieb wie angewurzelt stehen. Er drehte sich um.

»Na, redest du immer noch mit dir selbst?« Brayden warf ihre Mäntel auf das Treppengeländer im Flur. Er drehte sich um und grinste, bevor er Gitty ins Esszimmer folgte.

Sie schloss die Tür und ich lehnte mich dagegen. Tante Pearl führte gewiss etwas im Schilde. Ich war stinksauer auf sie, dass sie all diese Leute eingeladen hatte. Sie hatte sich plötzlich von Gesellschaftsfeindlich zur Partyplanerin entwickelt und lud Leute ein, mit denen ich noch nicht einmal eine Minute verbringen wollte. Vielleicht war das auch ihre Absicht, angesichts des Erscheinens meines Ex-Verlobten und seiner seltsamen neuen Freundin.

»Es hat nichts mit dir zu tun, Cen.« Oma Vi hatte wieder einmal meine Gedanken gelesen. »Entspann dich.«

Vielleicht war unsere seltsame Gästeliste Tante Pearls Versuch einer Komödie. Hexenspiele waren eine Familientradition am Heiligabend. Wir wirkten schelmische Zaubersprüche und versuchten, uns gegenseitig mit übernatürlichen Kräften auszutricksen. Aber wir hatten nie gewöhnliche Menschen daran beteiligt. Ich machte mir Sorgen, dass Tante Pearl dabei war, zu übertreiben.

Ich ging ins Esszimmer und stellte Gittys Tankstellenwein auf den Tisch. Mein Traumweihnachten gestaltete sich langsam zu einem Alptraum, und es würde noch schlimmer werden.

Und es gab absolut nichts, was ich dagegen tun konnte.

Auch wenn die letzte Person, mit der ich Heiligabend verbringen wollte, der Mann war, den ich vor dem Altar habe stehen lassen. Auch wenn er den Nerv gehabt hatte, seine neue Freundin mitzubringen.

Auch wenn mein romantischer Traum von Weihnachten ruiniert wurde.

Und auch wenn ich wusste, dass Tante Pearl etwas in Petto hatte, war ich machtlos, es aufzuhalten.

KAPITEL 9

Das Gespräch am Esstisch war seltsam und gestelzt mit unserer seltsamen Mischung von Gästen. Tante Pearl hatte Gitty und Brayden gegenüber von Tyler und mir gesetzt, sodass wir uns den ganzen Abend anglotzen mussten. Ihre Sitzanordnung war zweifelsohne dazu gedacht, Unruhe zwischen meinem aktuellen und dem ehemaligen Liebhaber zu stiften.

Tante Amber saß links von Tyler und Tante Pearl rechts von mir in einer Art Tanten-Sandwich.

Merlinda saß links von Brayden. Dominic saß neben Merlinda mit Santa-Earl auf der anderen Seite am Tischende. Mama thronte an der Spitze der Tafel, in der Nähe der Küchentür.

Gittys Lächeln von vorher hatte sich nun in ein Stirnrunzeln verwandelt. Sie war auf Merlinda fixiert und nicht auf positive Weise. Zuerst wagte sie nur seitliche Blicke, aber jetzt schaute sie ihr ins Gesicht. Kein Wunder, denn Brayden starrte Merlinda ungeniert an.

Obwohl ich Gitty nicht vorwerfen konnte, dass sie eifersüchtig war, schien ihre Reaktion ein wenig zwanghaft zu sein. Ihre Augen blitzten mit Hass, während sie Merlindas kleinste Bewegung beobachtete. Es braute sich Ärger zusammen. In der Tat war er fast am Siedepunkt.

Brayden genoss es offensichtlich, zwischen den beiden Frauen eingeklemmt zu sein. Trotzdem wurde er sich Gittys immer schlechter werdende Laune nicht bewusst, während er sich ein frisch gebackenes Brötchen servierte.

»Rotwein oder Weißwein?« Earl öffnete den Merlot und goss den Rotwein in die Gläser, gefolgt von Weißwein, einem Sauvignon Blanc. Ich entschied mich für den Roten, so wie fast jeder, mit Ausnahme von Gitty, Brayden und Merlinda, die den Weißen vorzogen.

Dominic schüttelte den Kopf und tippte auf seine Flasche. »Ich bleibe beim Bier.«

Nachdem Earl den Wein ausgeschenkt hatte, nahm er ein Glas Eierlikör. »Ich werde etwas von Ambers Gebräu probieren. Soweit ich das beurteilen kann, ist es nicht von schlechten Eltern.«

Tante Amber kicherte und hob ihr Glas zu einem scheinbaren Trinkspruch an. »Ja, der Eierlikör hat es in sich.«

Tante Pearl war ungewöhnlich gesprächig und prahlte mit Merlindas akademischen Leistungen, wenn auch in unspezifischen Begriffen. Sie versuchte zweifellos, Schuldgefühle bei mir zu erwecken, damit ich wieder in Pearls Zauberschule zurückgehe. Aber ich habe nicht angebissen.

Während Tante Pearl ihre Lobreden über Merlinda schwang, trieben meine Gedanken in eine andere Richtung.

Gitty hob ihr Weinglas an die Lippen und stellte es ebenso schnell auf den Tisch zurück. Dabei verschüttete sie den Wein überall.

Ich wurde brutal in die Realität zurückgeholt, als ich eine wütende Gitty auf der gegenüberliegenden Seite des Tisches sah. Irgendjemand hatte sie verärgert, obwohl ich zu abgelenkt war, um es zu bemerken. Was auch immer es gewesen war, es hatte Gittys Zorn ausgelöst. Sie war wie eine Sicherung, die jederzeit durchbrennen konnte. Ich wollte etwas sagen, aber niemand sonst schien sie zu registrieren, außer mir.

Tante Pearl tätschelte mir die Hand und schien Gittys Wut nicht wahrzunehmen. »Alles, was Du tun musst, ist, dich anzustrengen, Cen. Kein Grund, auszusteigen. Schule ist nicht so schwierig.«

Gitty unterbrach, bevor ich die Chance bekam, zu antworten. Sie beugte sich vor und starrte Merlinda von der Seite an. »Was genau studieren *Sie* hier in Westwick Corners, Merlinda?«

»Ähem ... Philosophie und Mystik«, antwortete Merlinda.

Brayden zappelte auf dem Stuhl herum.

Ich bezweifelte, dass sein Unbehagen von Gittys schlechter Stimmung oder ihrer Anmerkung zur Mystik herrührte. Er nahm die Gefühle anderer Menschen im Allgemeinen nicht wahr. Wahrscheinlich war er nervös, weil ihm noch niemand die Putenplatte gereicht hatte.

»Es gibt hier in Westwick Corners keine Universität«, betonte Gitty. »In welche Schule gehen Sie?«

Trotz meiner gemischten Gefühle für Merlinda hatte ich das Bedürfnis, mich einzumischen. »Merlinda forscht an ihrer Doktorarbeit. »Was wollen Sie hier, Gitty?«

Mamas Kinnlade klappte herunter. »Was Cen sagen will, ist –«

»Ich habe Sie noch nie zuvor in der Stadt gesehen, Gitty«, fuhr ich fort. » Sind Sie gerade erst hierher gezogen?« Es war möglich, dass ich sie in Westwick Corners nicht bemerkt hatte, weil Brayden mich absichtlich mied. Auf der anderen Seite hatte Brayden Gitty zu unserer Familienweihnachtsfeier mitgebracht. Kaum zu umgehen. Nein, er war zu egozentrisch, um meine Gefühle sogar als sozialen Fauxpas zu registrieren. Er nahm nur eine einzige Person wahr.

Merlinda. Brayden konnte einfach nicht seinen Blick von ihr lassen. Wäre sie nicht so eine Einsiedlerin, hätten sie sich wahrscheinlich schon früher in der Stadt getroffen. Und vielleicht hätte das alles etwas vereinfacht.

Gitty schüttelte den Kopf. »Äh, nein. Ich wohne in Shady Creek. Brayden und ich sind oft dort. Wir konnten heute Abend nicht nach Shady Creek zurückfahren, weil die Autobahn gesperrt ist, also bestand Pearl darauf, dass wir zum Abendessen hierher kommen …«

»Ich bin froh, dass wir die Einladung angenommen haben.«, sagte Brayden und seine Stimme verformte sich, während er Merlinda wie in Trance angaffte.

Ich wandte mich Tyler zu. Er schien immun gegen Merlindas Charme zu sein.

»Brayden sagte, die Straßen seien zu gefährlich. Nicht wahr, Bray?« Gitty reckte ihren Hals, um Braydens Aufmerksamkeit zu erregen, aber es nützte nichts.

In der Zwischenzeit gaffte Brayden Merlinda hemmungslos an. Er hatte sich nun völlig auf dem Stuhl umgedreht und zeigte Gitty den Rücken.

Für einen Moment dachte ich, Braydens Besessenheit wäre eine von Tante Pearls Hexerei gewesen aber selbst sie schüttelte angeekelt den Kopf.

Auch Dominic bemerkte Braydens Anmache. Dominic wurde krebsrot, obwohl er sich bemühte, sich zurückzuhalten. Er sog den Rest seines Biers ein und stellte die Flasche mit Karacho auf dem Tisch ab.

»Bray? Ich habe dich etwas gefragt.« Gitty richtete ihr Augenmerk zunächst auf Brayden, dann auf Dominic. »Was ist denn los mit euch Jungs?«

Die Dinge waren dabei zu eskalieren. Gitty war ein Pulverfass, bereit zu explodieren. Ich musste die Situation irgendwie zerstreuen, aber wie?

»Brayden hat neben dir noch andere Dinge im Kopf, Gitty«, sagte Tante Pearl. »Er hat kein Wort gehört, von dem, was du gesagt hast.«

»Tante Pearl!« Ich starrte sie an, wütend über ihren Versuch, eine Rebellion aufzustacheln.

Sie lächelte mich unschuldig an und tupfte sich mit einer Serviette die Lippen ab.

»Brayden!« Gitty gab Braydens Schulter einen Ruck. »Sieh mich an!«.

Als Brayden sich von Merlinda abwendete, schlug sein Ellbogen an sein Weinglas und verschüttete den Weißwein auf der Tischdecke.

»Schau dir an, was du angerichtet hast«, rief Gitty. »Ein volles Glas Wein, verschwendet.«

Brayden schüttelte den Kopf. »Wenn du mich nicht an der Schulter gepackt hättest ... «

Niemand wagte zu erwähnen, dass Gitty selbst nur wenige Augenblicke zuvor ihren Wein verschüttet hatte. Man konnte die Spannung im Raum buchstäblich mit einem Messer schneiden. Sogar Oma Vi nahm die Stimmung auf. Sie schwebte über Gittys Kopf mit einem Buttermesser in der Hand.

»Was zum Teufel –?« Gitty fuhr sich mit der Hand durch die Haare. »Irgendetwas ist auf meinen Kopf gefallen.« Sie bürstete einen Butterklumpen aus den Haaren, während sie an die Decke starrte.

Oma Vi, unsichtbar wie immer, kicherte. Dann lachte Tante Pearl, gefolgt von Tante Amber. Alle brachen in Gelächter aus.

Außer mir.

Und Gitty.

Sie zog die Augenbrauen hoch, während sie den Butterklumpen in der Handfläche untersuchte. »Wie um alles in der Welt ist das in meine Haare gelangt? Es sieht aus wie geschmolzene Butter.«

Tante Pearl schnaubte. »Ich kann nicht glauben, dass es Butter ist.«

»Ich weiß, wessen Brötchen ich gerne schmieren möchte.« Oma Vis unangemessener Kommentar brachte zumindest Tante Amber zur Vernunft.

Tante Amber schnappte nach Luft. »Sorry, Liebes. Ich habe es aus Versehen von meinem Messer geschnippt, als ich mein Brötchen geschmiert habe. Interessante Nebenbemerkung: Ich denke, es ist gut für Ihre Haut.«

»Meine Haut braucht nichts Anderes. Kann mir bitte jemand die Brötchen reichen?« Gittys Stirnrunzeln vertiefte sich. Sie suchte den Tisch nach den Brötchen ab. Ihre Augen blieben an Brayden hängen, der gerade den Brotkorb genommen hatte.

Braydens Augen waren auf Merlinda fixiert, während er den Brot-korb wie ein liebeskranker Butler mit zwei Händen ausstreckte. Er saugte seinen Atem ein, als sie eine lohfarbene, maniкürte Hand ausstreckte und zärtlich ein Brötchen auswählte

Die Gespräche rund um den Tisch stoppten, während sich das stille Drama entfaltete.

Ich hatte schon fast erwartet, dass Brayden sich verbeugt oder Merlindas Hand küsst, allerdings hatte er bereits die Hände mit dem Brotkorb voll.

Gitty räusperte sich und starrte auf Braydens Rücken. Sie errötete, während sie darauf wartete, dass sich Brayden wieder umdrehte, um ihr die Brötchen zu reichen.

Stattdessen nickte Brayden Merlinda herzlich zu und stellte den Brotkorb auf den Tisch zurück.

Gitty räusperte sich erneut. »Hast du gehört, was ich gesagt habe? Brayden, hallo?«

»Hä?« Brayden blickte drein wie ein verängstigter Hirsch in Auto-scheinwerfer.

Mein normalerweise selbstbewusster Ex-Freund hatte Angst vor Gitty. So hatte ich ihn noch nie gesehen, und es beunruhigte mich.

»Macht nichts. Ich bediene mich selbst.« Gitty griff vor Brayden und schnappte sich den Brotkorb. »Du machst dich lächerlich.«.

Irgendwie verstand ich, warum Gitty so reagierte. Es war keine Hexerei oder gar weibliche List im Spiel. Aber was auch immer es war, Männer schmolzen einfach in Merlindas Gegenwart dahin. Noch verrückter als die Tatsache, dass sie die Männer in ihren Bann zog, war, dass sie sich deren seltsames Verhalten gar nicht bewusst war. So war das Leben für schöne Menschen. Sie waren so daran gewöhnt, mit Scharen von Bewunderern umzugehen, dass sie sich ihrer Sonderbehandlung nicht bewusst waren.

Keine Ahnung. Obwohl ich es geschafft habe, dass sich ein paar Männer nach mir umgedreht haben, wenn ich Make-up und ein figurbetontes Kleid trug, war dies kein Vergleich zur Reaktion, die Merlinda hervorrief. Ich spürte, dass die meisten Männer so gut wie alles tun würden, um ihre Aufmerksamkeit zu erregen. Und damit meine ich alles – knapp vor einem Verbrechen. Sie war einfach umwerfend schön.

Ich konzentrierte mich wieder auf Gitty, die inzwischen so aussah, als wolle sie jemanden schlagen. Stattdessen goss sie sich etwas Rotwein ein. Innerhalb weniger Minuten hatte sie das Glas ausgetrunken. Sie lehnte sich zurück und seufzte. Sie war geschlagen, und sie wusste es.

Brayden starrte Merlinda an und hielt seine leere Gabel auf halbem Weg zwischen Teller und Mund.

»Etwas Wein?« In der Hoffnung, die Stimmung aufzuhellen, hatte Tante Amber den Tisch verlassen und kehrte mit einer frischen Flasche Rotwein zurück. Sie füllte Gittys leeres Weinglas zuerst und servierte dann die anderen Gäste.

Tante Ambers Strategie war brillant: die Reibung beseitigen, indem sie Gitty betrunken macht, damit sie sich nicht mehr darum kümmerte.

Oma Vi schwebte hinter mir und war immer noch auf Gitty fixiert. »Diese Frau ist nicht gut für Brayden.«

»Seit wann kümmert dich das?« Die Worte kamen heraus, bevor ich sie stoppen konnte. Oma Vi hatte Brayden nie gemocht, daher überraschte mich ihre Missbilligung von Gitty als geeignete Lebenspartnerin für Brayden.

»Was?« Tyler hielt inne mit dem Weinglas auf halbem Weg zum Mund. »Mit wem sprichst du?«

Brayden verdrehte die Augen. »Hast du es noch nicht bemerkt? Sie macht das ständig.«

Gitty starrte mich mit karminrotem Gesicht an. »Warum glotzt du mich so an?«

Ich vermied ihren Blick. »Entschuldige. Ich habe nur laut gedacht.« Ich konnte nicht mit Oma Vi vor den Gästen sprechen. Ich hätte zu gerne gewusst, was sie über Gitty dachte, aber das musste warten.

Oma Vi summte ›Whose Bed Have Your Boots Been Under‹, während sie über den Karotten und dem Kartoffelpüree hin und her tanzte. Sie war wirklich besessen von der kanadischen Sängerin Shania Twain.

Tante Amber, Tante Pearl und Mama brachen in Gelächter aus.

Oma Vis Shania-Parodien amüsierten mich auch, aber ich war entschlossen, es nicht zu zeigen.

»Was ist denn so lustig?« Gitty blickte sich um. »Warum glotzt ihr mich alle so an?«

»Wir schauen Sie nicht an, Liebes«, sagte Mama. »Zumindest nicht absichtlich. Es ist nur eine alte Farce der West-Familie.«

»Nun, ich finde sie nicht lustig.« schnauzte Gitty.

Wir saßen alle in peinlicher Stille da.

»Oh, du meine Güte«, rief Mama. »Bei diesen vielen Gästen hätte ich wirklich mehr Truthahn servieren sollen. Ich hab noch welchen in der Küche. Ich muss ihn nur schneiden.«

»Das mache ich.« Brayden sprang vom Stuhl auf, um Gittys Zorn zu entkommen. Er folgte Mama in die Küche.

Gitty observierte unsere Gesichter. Sie stand auf und ließ ihre Serviette auf den leeren Teller fallen. Sie folgte den beiden. »Ich helfe.«

»Wartet auf mich!« Oma Vi drehte sich um und schwebte, eine weitere Shania Twain Melodie trällernd, hinter ihnen her. ›Ooh, there's gonna be a party!‹

Ich stand auf und ging ebenso in die Küche. Mit Oma Vis Streichen, Gittys obsessiver Eifersucht und Braydens Händen an einem Fleischmesser, das konnte nicht gutgehen.

Gitty hielt an der Küchentür an. Sie drehte sich um und starrte mich an. »Ich weiß nicht, was du vorhast, aber du solltest jetzt besser aufhören.«

Ich war sprachlos.

Das war in diesem Fall eine gute Sache, denn ich hatte schon das dumpfe Gefühl, dass ich etwas tun würde, was ich später bereuen würde. So oder so, wir steuerten auf Ärger zu, und ich war mir nicht sicher, ob ich ihn aufhalten konnte.

Brayden machte sich daran, den Truthahn unter Gittys wachsamem Blick zu schneiden. Tante Pearl und ich beobachteten von der anderen Seite der großen Kücheninsel aus, achteten darauf, einen sicheren Abstand zu unserem Psychogast zu halten, falls sie ausrastete.

Gitty erdolchte mich mit Blicken. Ich lächelte höflich im Gegenzug, erleichtert, dass sie nicht diejenige war, die ein Messer in der Hand hielt. Ich hatte nichts getan, um ihre Wut zu verdienen, aber als Braydens Ex-Freundin war es vielleicht die bloße Tatsache, dass ich überhaupt existierte. Da Merlinda noch im Esszimmer war, war ich nun Gittys nächste Zielscheibe. Ich wusste etwas Besseres, als mich mit einer halbbetrunkenen, krankhaft eifersüchtigen Freundin in die Wolle zu kriegen.

Mama lächelte Gitty an. »Schade, dass du nicht bei deiner Familie in Shady Creek sein kannst. Ich weiß, dass es nicht ganz der Heiligabend ist, den du und Brayden erwartet haben.«

»Macht nichts.« Gitty ging nicht näher darauf ein. Sie ging auf uns zu und schaute zwischen Tante Pearl und dem Weihnachtskuchen hin und her. »Mmm … dieser Kuchen sieht köstlich aus. Darf ich kosten?«

»Selbstverständlich.« Tante Pearl grinste und drehte die Kuchenplatte herum, sodass Gitty das größte Stück Kuchen gegenüberstand. »Bedien dich.«

Es funktionierte. Gitty hatte angebissen.

Das war gemein von Tante Pearl, weil niemand diesen Kuchen verdauen konnte. Niemand hätte eine solche Strafe verdient. Ich öffnete den Mund, um zu antworten, hielt aber inne. Ein Biss von Mamas abscheulich schmeckendem Kuchen würde Gitty von selbst aufhalten.

So war es aber nicht. Sie aß das ganze Stück und servierte sich noch ein zweites von diesem alkoholbeladenen Kuchen.

»Essen Sie nicht zu viel, sonst haben Sie keinen Appetit mehr.« Mama wurde fast schwindlig beim Anblick von Gittys Kuchenorgie.

»Es wird viel mehr ruinieren als nur ihren Appetit«, sagte Oma Vi, die direkt hinter Mamas Schulter schwebte und mit einem durchsichtigen Finger zum Mund machte sie eine spöttische Würgegeste.

Tante Pearl machte eine schneidende Bewegung über ihren Hals.

Oma Vi schmollte. »Verliere nicht den Respekt vor mir, Pearl.«

Zum Glück war Mama so auf Gitty fokussiert, dass sie Oma Vis Kuchenbeleidigung verpasste.

Ich blickte Oma Vi böse an.

Gitty schimpfte, unter der Annahme, dass mein feindseliger Blick ihr gegolten hatte.

Mama zeigte auf Gittys Hand. »Dieser Kuchen verschwindet schneller, als ich ihn machen kann. Ich hätte mehr backen sollen!«

Tante Pearl schnaubte. »Schade, Weihnachten ist nur einmal im Jahr.«

Mama lächelte. »Ich kann den Kuchen jederzeit machen, Pearl. Frag mich einfach. Wir müssen nicht auf Weihnachten warten.

»Nein!« Ich hatte es etwas zu eindringlich gesagt. »Einmal im Jahr ist etwas Besonderes. Wir wollen der Westfamilie doch nicht die Weihnachtstradition verderben.«

Während ich Gitty beobachtete, wie sie bereits ihr zweites Stück Kuchen wegputzte, sagte ich mir, wie seltsam es doch ist, Brayden und sie hier bei uns an diesem Abend zu sehen. Braydens Familie wohnte außerhalb und er besuchte sie immer an den Feiertagen. Vielleicht hatten sie stattdessen geplant, Gittys Familie in Shady Creek zu besuchen. Aber wenn das der Fall gewesen wäre, wieso waren sie heute

Morgen nicht in Richtung Shady Creek gefahren, bevor die Autobahn gesperrt wurde?

Die größere Frage war, warum Gitty überhaupt einen Gedanken daran verschwendet hat, mit mir, Braydens Ex-Verlobten, den Heiligabend zu verbringen. Es sei denn, Brayden hatte es versäumt, ihr von mir zu erzählen. Das ergab einen Sinn, wenn man bedachte, wie egozentrisch er sein konnte.

Ich vermutete, dass Brayden, aus welchen Gründen auch immer, die Feiertage nicht mit Gittys Familie verbringen wollte. Vielleicht hatte er ihre Abreise absichtlich verzögert. Und da Gail wahnsinnig eifersüchtig war, hatte sie wahrscheinlich Angst, ihn zu Weihnachten allein zu lassen. Vielleicht war ihr einziger Grund, in der Stadt zu bleiben, ein Auge auf Brayden zu haben.

Inzwischen war ich mir sicher, dass Tante Pearl nichts Gutes im Schilde führte. Wenn sie Brayden wirklich erst vor Stunden in allerletzter Minute zu uns eingeladen hatte, dann wusste sie, dass Gitty mit von der Partie war.

Mama drehte sich von der Spüle um und strahlte Gitty an. »Ich bin so froh, dass Sie den Kuchen mögen! Ich würde Ihnen gerne das Rezept geben, aber das geht leider nicht. Es ist ein Familiengeheimnis. Sie werden nirgendwo einen anderen Kuchen wie diesen finden.«

»Das ist sicher«, sagte Tante Pearl.

Wir alle gaben vor, Mamas Kuchen so sehr zu mögen, dass wir sie davon überzeugt hatten, das Familienrezept nicht mit Außenstehenden zu teilen. Es war wohl eher aus Gründen der allgemeinen öffentlichen Sicherheit. Der Nachteil war, dass Mama jedes Jahr noch mehr von ihrem Geheimrezept backte, weil sie irrtümlich annahm, wir würden ihn alle mögen.

Das Merkwürdigste war, dass Mama eine ausgezeichnete Gourmet-Köchin und Meisterbäckerin war. Alles andere, was sie machte, war äußerst köstlich. Dennoch hatte sie wohl keinen Geschmackssinn, was ihren schrecklichen Weihnachtskuchen anbelangte. Niemand brachte es übers Herz, ihr die Wahrheit zu sagen. Es war alles, was wir tun konnten, um sie daran zu hindern, ihn unseren Pensionsgästen zu servieren. Doch entgegen allen Erwartungen schien er Gitty zu gefallen.

»Der Truthahn ist geschnitten.« Brayden hielt stolz die Platte hoch, damit sie alle sehen konnten, was er so Wunderbares vollbracht hatte.

Mama strahlte. »Sieht wunderbar aus, Brayden. »Lass uns jetzt essen gehen.« Cen, hol etwas mehr Wein.«

Ich schnappte mir noch eine Flasche Rot- und eine Flasche Weißwein, einen schönen Sauvignon Blanc aus einem nahe gelegenen Weingut.

Gitty tat das Gleiche und nahm noch zwei Flaschen Weißwein aus unserem Weinregal. Offenbar wollte sie sich betrinken. Ich konnte es ihr wirklich nicht verübeln bei Braydens wanderndem Auge. Heiligabend mit seiner Ex-Freundin zu verbringen war schlimm genug. Ich hoffte nur, dass Gitty nicht ausfällig würde, wenn sie betrunken wäre.

Brayden hielt Mama die Tür auf und sie ging ins Esszimmer. Gitty schleppte sich hinterher, gefolgt von Brayden mit der Truthahnplatte.

Ich wartete, bis sich die Tür geschlossen hatte und wandte mich Tante Pearl zu. »Es sollte ein Familienessen sein.«

Tante Pearl schnaubte. »Oh, Cen, entspann dich. Brayden gehört praktisch zur Familie.«

»Nein, das tut er nicht.« »Seit wir uns getrennt haben, gehört er nicht mehr zur Familie. Warum hast du ihn überhaupt eingeladen? Du mochtest ihn doch nicht.« Ihre Pläne zwischen mir und Tyler einen Keil zu schieben war offensichtlich.

Tante Pearl verdrehte die Augen. »Nur wegen dieser Leiche bei deiner Hochzeitsprobe ist Brayden jetzt nicht dein Mann. Weißt Du, technisch gesehen seid ihr beide immer noch Single. Es ist nicht zu spät, die Dinge umzukehren.«

»Das wird bestimmt nicht geschehen.« Meine fast-Hochzeit mit Brayden war aus gutem Grund abgeblasen worden und nicht wegen eines vorehelichen Mordes. Wir waren ganz einfach nicht für einander geschaffen. Mein Hochzeitsbammel hat mich in der letzten Minute davon abgehalten, den falschen Mann zu heiraten.

»Brayden hat viel mehr zu bieten als dieser Dingsda«, betonte Tante Pearl.

»Du kennst Tylers Namen. Auch wenn du ihn nicht magst, könntest du zumindest höflich sein.«

Tante Pearls Gesicht hellte sich plötzlich auf. Sie griff nach der Kuchenplatte. »Vielleicht sollte ich Tyler etwas Weihnachtskuchen anbieten? Als Friedensangebot.«

»Wag es nicht, Tante Pearl. Der arme Tyler ist so erschöpft von der

Arbeit und in diesem Kuchen ist so viel Alkohol, dass er vermutlich davon in Ohnmacht fällt.« Ich wusste, dass es besser wäre, jeglichem Streit aus dem Weg zu gehen, weil sie mich jedes Mal fertig machte.

Großmutter Vi schnaubte. »Hast du Gitty gesehen? Sie hat bereits zwei Stück gegessen! Das Mädchen muss eine starke Konstitution haben, denn sie hält immer noch durch. Jemand sollte wirklich einmal mit Ruby über ihren verdammten Kuchen reden. Sie könnte jemanden umbringen.«

»Man hätte es ihr schon vor Jahren sagen sollen«, flüsterte ich. Oma Vi wollte, dass eine von uns den Kopf hinhält, wie üblich. Der Weihnachtskuchen war seit Jahren eine Tradition gewesen, sodass es einfach zu spät war, Mama jetzt damit zu konfrontieren. Unsere große Familienverschwörung war nach hinten losgegangen.

Oma Vi zuckte mit den Schultern. »Jetzt ist es zu spät. Ich bin ein Geist. Ich kann nichts mehr essen, sodass es nicht mein Problem ist.«

»Es ist unser aller Problem, Oma. Kein Wunder, dass es ein Geheimrezept ist. So sollte es auch bleiben.« Das Familienrezept war wahrscheinlich von Oma Vi an Mama weitergegeben worden.

Oma Vi schüttelte den Kopf. »Es kommt mit Sicherheit nicht von mir und da gibt es nichts, was ich dagegen tun kann. Allerdings habe ich ein Problem mit all diesen Gästen. Dagegen könnte ich etwas tun.«

»Nein«, sagte ich. »In ein paar Stunden sind sie wieder weg. Oder zumindest morgen früh, wenn der Sturm nachgelassen hat.«

»Das ist viel zu lang. Wie soll ich mich mit all diesen Menschen entspannen?« Oma Vi schwebte durch die Esszimmertür.

Tante Pearl blickte finster drein. »Ist es ein Verbrechen in Weihnachtsstimmung zu kommen?

»Nein, aber irgendetwas hast du vor, Pearl«, sagte Oma Vi. »Du verabscheust Menschen und du verabscheust Geselligkeit. Du hast all diese Eindringlinge aus einem bestimmten Grund eingeladen. Ich wünschte mir, ich wüsste wieso.«

Ich spürte etwas hinter mir und als ich mich umdrehte, stand Gitty vor mir. Ich hatte keine Ahnung, wie lange sie schon an der Tür gestanden hatte.

Gitty runzelte die Stirn, als sie Tante Pearl und mich musterte. »Mit wem sprecht ihr?«

»Mit niemand Bestimmtem.« Tante Pearl setzte ein Lächeln auf.

Ich winkte ab. »Tante Pearl führt Selbstgespräche. Sie spricht oft mit sich selbst. Senilität und Alter denke ich.«

»Pass auf, was du sagst, Frolleinchen. Ich bin klarer als alle anderen hier im Saal.«, betonte Tante Pearl.

Brayden folgte Gitty, um zu sehen, worum es ging. Er schüttelte den Kopf vor Enttäuschung über Tante Pearl und mich. »Könnt ihr zwei euch denn nicht einmal vertragen?«

Meine Angelegenheiten gingen ihn nichts mehr an, seitdem wir uns getrennt haben. Ich öffnete den Mund, um etwas zu erwidern, hielt aber inne, als mir klar wurde, was Pearl vorhatte. Sie provozierte absichtlich einen Streit, in dem sie Brayden und Gitty eingeladen hatte. Alles nur, weil sie mir übelnahm, dass ich jetzt mit Tyler ging. Aber ihr Plan funktionierte nicht und das machte sie wütend.

Tyler war der erste Sheriff, der Tante Pearl und ihren brandgefährlichen Possen die Stirn bot. Als mein Freund war er öfter um mich herum, als ihr lieb war. Kein Wunder, dass sie mich lieber mit Brayden als mit Tyler, ihrem Erzfeind, gesehen hätte.

Ich war ein Bauer in Tante Pearls Schachspiel, genau wie Tyler. Brayden, mein Ex-Verlobter und Tylers Chef als Bürgermeister, war Tante Pearls Schachmatt. Braydens eifersüchtige Freundin war ein Last-Minute-Bonus, nur um Unruhe zu stiften.

Fügen wir dann noch die wunderschöne Merlinda hinzu und es war klar, dass Tante Pearl uns alle gegeneinander aufstacheln wollte. Nun, da hatte sie sich aber in den Finger geschnitten. Dies war nur ihr neuester Versuch, dass Tyler seinen Posten als Sheriff aufgibt und die Stadt ein für alle Mal verlässt. Nicht, wenn ich es verhindern könnte.

Brayden steuerte Gitty ins Esszimmer zurück und forderte uns auf, ihnen zu folgen. »Komm schon. Essenszeit.«

»Gute Idee.« Ich lächelte und scheuchte Tante Pearl durch die Esszimmertür. »Lass uns das Essen genießen.«

Brot an einem Feiertag gemeinsam zu brechen, konnte sowohl alte Wunden als auch neue heilen. Brayden und ich könnten versuchen, wieder wie normale Leute miteinander auszukommen. Und obwohl ich es nicht unbedingt erwartete, dass Tante Pearl and Tyler eines Tages Freunde werden würden, könnten wir vielleicht den Samen dazu pflanzen. Einen Versuch war es wert.

Tante Pearl musterte mich misstrauisch, aber sie gab nach.

»Lass sie Kuchen essen!« Oma Vi quietschte vor Vergnügen und klatschte in die Hände. »Oh, das wird ein Spaß.«

Ich öffnete den Mund, um zu antworten, hielt mich aber gerade noch rechtzeitig zurück.

Heute Abend war nicht gerade der Weihnachtsabend, den ich geplant hatte, aber es wurde immer interessanter. Ich könnte mich zurücklehnen und die Unterhaltung genießen.

er Sturm kämpfte weiter, aber drinnen hatte sich die Situation nach dem leckeren Truthahn-Abendessen gelegt. Welche Eifersüchteleien auch immer geschmort hatten, waren nun mit reichlich Alkohol aufgeweicht worden.

Wir waren alle ein wenig beschwipst von zu viel guter Laune. Wir hatten alle zusammen ein halbes Dutzend Flaschen Wein getrunken und Dominic hatte mindestens ein halbes Dutzend Bier gekippt. Tante Amber und Earl hatten mehrere gut gefüllte Gläser Eierlikör zu sich genommen, und jeder war glücklich, oder ging zumindest zivil miteinander um.

Der Alkohol hatte unsere Persönlichkeitskonflikte und romantischen Rivalitäten für einen Moment lang überdeckt. Wir waren zwar nicht gerade die bevorzugte Gesellschaft des anderen, aber wir hatten herausgefunden, wie wir uns amüsieren konnten, ohne uns an die Gurgel zu gehen. Wir hatten viel gutes Essen und viel zu trinken. Ich hoffte nur, dass dies keine falsche Ruhe vor dem Sturm war.

Die Lichter flackerten aus und der Wind heulte draußen. Dann hatten wir einen Stromausfall und Mama holte den doppelten Kerzenleuchter vom Sideboard. Das flackernde Kerzenlicht warf lange Schatten, aber zumindest konnten wir uns wiedersehen.

Ohne Strom hätten wir gerade einmal um einen Esstisch des 19.

Jahrhunderts herumsitzen können, aber nicht um einen aus dem 21. Jahrhundert. Die flackernden Flammen belebten die Atmosphäre noch zusätzlich und schienen sogar die Eifersüchteleien um den Tisch herum zu erweichen.

Die Teller vom Abendessen waren abgeräumt, und wir hingen alle zufrieden und vollgestopft auf unseren Stühlen. Wir schlürften Kaffee und Tee und knabberten am Nachtisch. Es gab Kürbiskuchen mit Schlagsahne, Buttercremetorten, Spritzgebäck und natürlich, Mamas Weihnachtskuchen aus dem Geheimrezept.

Nur Merlinda, Dominic und Gitty, unsere ahnungslosen Gäste, hatten tatsächlich vom Weihnachtskuchen gegessen. Ich war dankbar für die etwas verzögerte Reaktion des Kuchens. Wenn sich der Magen unserer Gäste später beschwerte, würden sie niemals Mamas Weihnachtskuchen verdächtigen.

Der Rest von uns verstaute den Kuchen in Servietten, Säckeln und Handtaschen zur späteren Entsorgung. In der Tat war der aktuelle Stromausfall die Gelegenheit schlechthin. Ich habe meinen Dessertteller näher an den Tischrand geschoben und leicht gekippt, bis mir der Kuchen in die Handfläche fiel. Ich wickelte ihn in meine Serviette und stopfte ihn in die Hosentasche.

»Es ist Spielezeit«, kündigte Tante Pearl an. »Oh, das wird ein Spaß.«

»Keine Familienspiele mit den anwesenden Gästen, Pearl«, sagte Mama.

»Wieso nicht? Ich liebe Spiele.« Gittys Gesichtsausdruck erhellte sich. »Was spielen wir?«

Tante Amber faltete die Hände. »Ooh, lasst uns Hungry Games spielen!«

»Geht das so wie *The Hunger Games*?«, fragte Gitty

»Ja und nein«, antwortete Tante Amber. »Statt für Ihre Gebiet zu kämpfen, kämpfen Sie für Essen.«

»Aber wir haben doch schon gegessen«, protestierte Mama. »Ich bin zu vollgestopft, um auch nur ans Essen zu denken, geschweige denn dafür zu kämpfen.«

»Ich auch«, fügte ich hinzu.

»Du musst es doch nicht essen, Ruby«, sagte Tante Amber. »Wir werden das Essen diesmal nur als Requisite benutzen. Wer das meiste

Essen gewonnen hat, dem wird ein Wunsch erfüllt. Lassen wir dieses Spiel zum Cargo-Kult-Thema machen!« Sie klatschte in die Hände.

In der West-Familie bedeutete ein Wunsch einen Zauberspruch. Ich fragte mich, wie wir das mit unseren Nicht-hexenhaften Gästen machen würden.

Mama lachte. »Wir werden das Dessert verwenden, das wir auf dem Tisch haben. Ein Kampf auf Leben und Tod um meinen Weihnachtskuchen.«

Wir starrten sie alle mit offenem Mund an.

Nach einigen Momenten der peinlichen Stille, fragte Merlinda etwas lallend: »Welche Art von Spiel ist das?«

»Ein blödes Spiel«, sagte Tante Pearl. »Essen motiviert mich nicht.«

Ich stimmte zu, obwohl ich es nicht wagte, es laut auszusprechen. Mit Mamas Weihnachtskuchen als Poker-Chips war eine Katastrophe vorausgeplant. Der Kuchen würde nicht jederzeit vom Tisch verschwinden und unsere Gäste wären versucht, noch mehr von dem Zeug zu essen. Was, wenn sie eine Alkoholvergiftung erlitten?

Plötzlich lehnte sich Merlinda auf dem Stuhl zurück und schloss die Augenlider. Der Wein und der schnapsgetränkte Weihnachtskuchen hatten eindeutig ihre Wirkung in einem Maße übertroffen, dass sie wie ohnmächtig wurde. Der Wein war alle. Jetzt mussten wir wirklich versuchen, den Kuchen loszuwerden, bevor sie noch mehr davon aß.

»Ich habe nur gescherzt, als ich sagte, wir würden um den Kuchen kämpfen.« Aber Mamas geknickter Gesichtsausdruck sagte etwas anderes. Es war ihr damit todernst gewesen.

Tante Amber spürte Mamas Enttäuschung und lenkte schnell ein: »Warum spielen wir stattdessen nicht Wahrheit oder Pflicht?«

»Mega-Idee.« In Wirklichkeit dachte ich, dass Wahrheit oder Pflicht angesichts der verschiedenen Persönlichkeiten am Tisch eine schreckliche Idee war. Aber es war besser als noch mehr alkoholgetränkten Weihnachtskuchen zu essen.

»Ich spiele, solange es geht.« Tante Pearl grinste. »Gewinnen um jeden Preis ist der Name des Spiels.«

»Ich bin dabei!« Gitty warf einen dunklen Blick in Merlindas Richtung. »Ich bin immer an der Spitze.«

Ich warf Tante Pearl einen warnenden Blick zu. »Es gibt keine

Gewinner bei Wahrheit oder Pflicht. Nur gewisse Verlegenheiten und mögliche emotionale Verletzungen.«

Mama holte tief Luft. »Aber nichts allzu Rücksichtsloses. Wir hören auf, bevor jemand verletzt wird.«

»Ändern Sie nichts wegen uns«, sagte Gitty. »Tun Sie so, als hätten Sie einen ganz normalen Heiligabend mit der Familie.«

Tante Pearl grinste. »Ha! Die Weihnachtsspiele unserer West-Familie sind alles andere als normal. Seid vorsichtig mit euren Wünschen.«

Ich schauderte. Immerhin waren wir Hexen und unsere hexischen Spiele konnten übel ausgehen, weil wir alle ein Konkurrenzdenken hatten. Aber Zaubern unter Außenstehenden, auch mit anderen Hexen, war definitiv verpönt. Tante Pearls verschleierte Drohung besorgte mich. Was auch immer sie für unsere Gäste im Sinn hatte, sie würde zweifellos die Grenze überschreiten.

Ich wusste, dass Tante Pearl nie Details über unsere übernatürlichen Zauberkräfte und Geheimnisse teilen würde. Aber ich misstraute ihr immer noch. Vielleicht war es der Earl-Effekt oder vielleicht wollte sie Merlinda mit ihrem Casting beeindrucken. Eigentlich mochte sie unsere Hexenspiele nicht, sodass ihre plötzliche Begeisterung Gefahr signalisierte. Etwas in diesem hexischen Geist brodelte.

Natürlich integrierten wir alle ein wenig Hexerei in unsere Spiele. Normalerweise wäre das kein Problem, aber diesmal befanden wir uns alle in verschiedenen Stadien der fortgeschrittenen Trunkenheit. Dazu gehörte auch Tante Pearl. Betrunken zu zaubern war gefährlich, ohne mindestens eine nüchterne Hexe zu haben, die alles wieder in Ordnung bringt.

Tante Pearl grinste sadistisch. »Okay, spitzt die Ohren. Jedes Paar bildet ein Team. Paar gegen Paar. Alles kommt auf den Tisch.«

Tante Amber sah sichtlich erleichtert aus. »Ich glaube, Ruby und ich sind raus aus dem Spiel. Wir sind die einzigen, die keine Partner haben.«

»Sei nicht albern«, sagte Tante Pearl. »Ihr beide handelt als Schwestern.«

Mama schüttelte den Kopf. "Nein! Ich will nicht –«

»Oh, komm schon, Ruby. Es wird Spaß machen.« Tante Ambers Gesicht erhellte sich. »Wir werden gewinnen, weil wir uns so gut kennen.«

»Das bezweifle ich«, sagte Dominic. »Merlinda und ich werde dieses Ding gewinnen. Nicht wahr, Merlinda?«

Merlinda öffnete wieder die Augen. Sie runzelte die Stirn. »Äh, sicher. Ich habe noch nie Wahrheit oder Pflicht gespielt.«

»Ganz einfach«, sage ich. »Ein Paar wird nach ›Wahrheit oder Pflicht‹ gefragt. Wenn Ihr Wahrheit wählt, dann müsst ihr eine Frage beantworten. Wenn Ihr Pflicht wählt, dann müsst ihr tun, was man von euch verlangt. Sobald ihr die Aufgabe durchgeführt habt, könnt ihr diese Frage an jemanden anderen stellen.«

Oma Vi schwebte hinter Earl und Tante Pearl. »Ooh! Ich kann es nicht erwarten, wie sich alle selbst zerstören. Ich werde die einzige sein, die am Ende unversehrt bleibt.«

Mama lächelte.

Tante Pearl deutete auf Mama. »Ruby, du beginnst.«

»Also gut. Earl und Pearl ... Wahrheit oder Pflicht?«

»Wahrheit.« Die beiden antworteten gleichzeitig, wie ein altes Ehepaar.

Mama kicherte. »Was habt ihr zwei an eurem ersten Date gemacht?«

»Das darfst du nicht fragen Ruby!« Tante Pearl errötete.

»Wieso nicht? Du hast gesagt, alles geht, Pearl.« Mama hob die Brauen und lächelte süß. »Das gilt auch für dich.«

»Wir hatten ein Candlelight-Dinner bei mir zuhause«, sagte Earl. »Es war sehr romantisch, aber ich muss zugeben, dass die Dinge dann ein wenig aus dem Ruder gelaufen sind.«

Tante Amber kicherte. »Seid ihr beide so richtig heiß aufeinander geworden? Öha ... ich verstehe.«

»Earl!« Tante Pearl schlug ihn auf die Hand.

Earl fuhr zurück. »Es war heiß, ja, das stimmt. Vor allem, nachdem die Vorhänge Feuer gefangen hatten und wir die Feuerwehr rufen mussten. Pearl liebt ihre Soja-Kerzen. Man kann sie schmelzen und zu Massage-Öl machen und ...« Er tätschelte ihre Hand. »Ich bin jetzt besser still. »Ich werde diese Nacht nie vergessen. Pearl ist so voller Überraschungen.«

Tyler und ich brachen in Gelächter aus, gefolgt von Mama. Der Gedanke, dass Tante Pearl eine Romanze mit jemandem hat, war unvorstellbar. Aber dann wiederum beeinflusste Earl sie auf eine Weise, wie ich es noch nie zuvor gesehen hatte. Sie war buchstäblich in seinen Bann gezogen.

»Oh Earl, hör auf. Du blamierst mich.« Tante Pearl wandte sich Tyler und mir zu und sagte ziemlich abrupt: »Jetzt seid ihr dran. Wahrheit oder Pflicht?«

»Pflicht«, sagte Tyler.

Mein Herz klopfte wie wild, weil ich wusste, dass Tante Pearl nichts anderes wollte, als Tyler lächerlich zu machen. Dennoch war Pflicht wahrscheinlich die klügste Wahl. Ich hatte erwartet, dass Tante Pearl selbst ein paar peinliche Fragen haben würde.

»Ich verlange von dir, Sheriff, dass du die Stadt verlässt.« Tante Pearl verschränkte die Arme und lehnte sich zurück. »Es wird sich für dich lohnen, wenn du schnell handelst.«

»Das ist keine gültige Pflicht, Pearl.« Tante Amber schüttelte den Kopf. »Verlange das nächste Mal etwas, das hier und jetzt getan werden kann.«

Tyler warf den Kopf zurück und lachte. »Netter Versuch, Pearl. Aber auch eine Bestechung kann mich nicht dazu bewegen, Westwick Corners in absehbarer Zeit zu verlassen. »Ich werde auch Cen nicht verlassen.«

»Wie viel willst du? Nenne eine Summe und ich werde sie bezahlen.«

»Pearl, hör auf!« Mama wedelte mit dem Finger vor ihrer älteren Schwester. Tyler wird nirgendwo hingehen, also gewöhne dich daran.«

Tante Pearls Augen verengten sich. »Wenn du das Spiel so spielen willst, gut. Sag bloß nicht, ich hätte dir keinen Ausweg angeboten, Sheriff.«

Tyler kicherte, antwortete aber nicht.

»Du hast gerade deine Gelegenheit verpasst, Tante Pearl.« Wenigstens hatte sie mich nicht gezwungen, Tyler zu verfluchen oder ihm ein paar schreckliche Flüche aufzuerlegen.

Tante Pearl verzog das Gesicht blieb aber stumm. In ihrer Eile, die unerwünschte Aufmerksamkeit von sich und Earl abzulenken, hatte sie keine bessere Pflichtübung für ihn gefunden.

Ich wandte mich an Brayden und Gitty. »Wahrheit oder Pflicht.«

»Wahrheit«, sagte Brayden grinsend. »Du kannst mich alles fragen.«

»Du meinst uns«, korrigierte Gitty. »Frag uns.«

Es war die perfekte Gelegenheit, um mehr über ihre Beziehung zu erfahren. »Was ist das größte Geheimnis, das ihr von eurem Partner hütet?«, fragte ich. »Brayden, du zuerst.«

Brayden errötete. »Na ja ... äh, Cen und ich waren einmal verlobt.«

Nicht das, was ich erwartet hatte. Offenbar auch nicht, was Gitty erwartet hatte.

Sie schoss wie von der Tarantel gestochen vom Stuhl. »Was? Du hast mich zum Abendessen zu deiner Ex-Freundin gebracht, ohne es mir zu sagen? Du hast mich angelogen! Du hast mir erzählt, dass sie ein alte Freundin ist!«

»Nun, sie ist beides. Ich wollte es dir erzählen ... es kam nur nie im Gespräch auf.« Braydens Augen suchten im Raum nach Hilfe.

Gitty schlug die Hände über dem Kopf zusammen. »Wie würde *das* im Gespräch aufkommen? Ich fass es nicht, dass du es mir nicht gesagt hast, Brayden. Ich stehe jetzt da wie ein Idiot!«

Wir schauten alle in betretenem Schweigen weg. Kein Wunder, dass Gitty nicht im Entferntesten daran gedacht hätte, zum Abendessen zu kommen. Sie hatte auch keine Ahnung, dass Brayden und ich fast geheiratet hätten. Ich mochte sie immer noch nicht, aber irgendwie hatte ich Mitleid mit ihr.

Mama brach das Schweigen. »Du bist dran, Gitty. Was hältst du vor Brayden geheim?«

»Dass ich es satthabe, dass er mich ignoriert.« Sie drehte sich zu Brayden um. »Ich ertrage es nicht mehr, dass du während meiner Anwesenheit mit anderen Frauen flirtest. Glaubst du denn, ich sehe nicht, dass du Merlinda liebäugelst? Jeder sieht es. Stimmt's Dominic?«

Merlindas Kinnlade klappte vor Schreck herunter.

Dominic lehnte sich beunruhigt zurück. »Äh ... vielleicht sollten wir weitermachen. Wer ist als Nächstes dran?«

»Ich spiele dieses dumme Spiel nicht mehr.« Gitty stand und warf die Serviette auf den Tisch. Sie marschierte in die Küche.

Bisher war alles im Rahmen geblieben, trotz des beschwipsten Zustands aller Anwesenden. Es war nun offensichtlich, dass Tante Pearl geplant hatte, dass die Situation so aus dem Ruder läuft, bis sich alle an die Gurgel gingen.

Mama neigte den Kopf zur Küche. »Ich glaube, du solltest ihr hinterher gehen, Brayden.«

Brayden seufzte und stand auf. »Aber warum muss ich ... oh, okay. Aber zuerst ... Dominic und Merlinda, Wahrheit oder Pflicht?«

»Wahrheit«, antwortete Dominic. »Frag nur.«

»Glaubst du, dass ihr beide jemals heiraten werdet?« Obwohl Gitty in der Küche war, machte Brayden keinen Hehl daraus. Er redete mit Dominic und gaffte Merlinda dabei an.

Ich warf einen Blick in Richtung Küchentür, in der Hoffnung, dass Gitty nicht zuhörte.

Dominic antwortete. »Die Antwort ist ja. Da wir bereits verheiratet sind.«

KAPITEL 12

»Welche Heirat?« Tante Pearl verschluckte sich an allem, was sie gerade aß. Sie wirkte sichtlich verärgert und drehte sich zu Merlinda um. »Wann hast du geheiratet? Warum hast du mir das nicht erzählt?«

Wir waren alle zu sehr schockiert, um etwas zu sagen. Dominics Eingeständnis war das letzte, was wir erwartet hätten.

Merlindas Kinnlade klappte erneut herunter. Sie funkelte ihn aufgebracht an.

Tante Pearls Pupillen weiteten sich. »Ich kann nicht glauben, dass du das vor mir geheim gehalten hast, Merlinda. Nach allem, was ich für dich getan habe. Ich dachte, wir würden alles teilen.«

»Ich hätte es dir bestimmt noch gesagt, Pearl. Ich war einfach noch nicht soweit.« Merlinda drehte sich zu Dominic um. »Du hast versprochen, es geheim zu halten.«

»Ja, aber es ist Wahrheit oder Pflicht, Schätzchen. Und ich konnte einfach nicht mehr länger warten. Niemand hier kennt deine Familie, also wo liegt das Problem?«

Ich war sprachlos. Tante Pearls Offenbarung, dass sie und Merlinda Vertraute waren, schockierte mich, gelinde gesagt. Und Dominic und Merlinda bildeten ein seltsames Paar. Er war mindestens zehn Jahre älter als sie und seine Tätowierungen standen im Widerspruch zu Merlindas raffiniertem Model-Look.

»Wann habt ihr geheiratet?«, fragte Mama.

»In den letzten Schulferien, als Merlinda nach Vanuatu zurückgefahren ist.« Dominic nahm sich ein großzügiges Stück Weihnachtskuchen und ließ ihn auf den Teller fallen. »Wir hatten eine kleine private Zeremonie. Merlinda sah in ihrem Kleid so wunderschön aus.«

Die Lichter flackerten mehrmals, bevor sie sich schließlich wieder einschalteten. Ich hoffte, dass sie jetzt eingeschaltet blieben. Unsere zugige alte Villa war nicht der gemütlichste Ort, um einen Sturm auszusitzen und die Finsternis machte das Ganze unheimlich.

Tante Pearl wandte sich an Merlinda. »Du bist kaum alt genug, um zu heiraten. Du wirst dein Leben ruinieren, bevor es überhaupt begonnen hat.«

Dominic starrte sie böse an. »Merlinda braucht keine Ratschläge von Ihnen, Pearl. Sie kann ihre eigenen Entscheidungen treffen.«

»Ich bin einundzwanzig«, protestierte Merlinda mit dem Mund voll Weihnachtskuchen. »Ich habe bisher nicht viele Dates gehabt, brauche ich auch nicht. Ich weiß nur, dass Dominic der Richtige ist.«

Dominic warf ein: »Wahre Liebe kann man nicht planen. Wenn Liebe in dein Leben tritt, musst du sie schnappen und darfst sie nicht mehr loslassen.«

Ich dachte eher daran, mir die Kuchenplatte zu schnappen und sie in die Küche zu bringen. Stattdessen nahm ich die beiden letzten Stücke und legte sie auf meinen Teller. Es war das einzige, was ich tun konnte, um unsere Gäste davon abzuhalten, noch mehr davon zu essen.

Mama lächelte. »Beim nächsten Mal mache ich mehr davon.«

»Wieso hast du mich nicht zu deiner Hochzeit eingeladen?« Tante Pearl errötete, aber vor Wut, dass man sie ausgeschlossen hatte. Ihre Enttäuschung war verständlich, angesichts der Zeit, die sie zusammen verbrachten. Merlinda war im Grunde ihr Schützling und derzeit ihre einzige Schülerin. Dann kommt Dominic und verdirbt alles. Trotzdem grenzte Tante Pearls Wut an eine ungesunde Besessenheit.

»Niemand wurde eingeladen«, sagte Dominic. »Wir wollten nicht viel Aufhebens machen, sodass wir eine geheime Hochzeit auf Vanuatu hatten. Ein paar Touristen waren unsere Trauzeugen, niemand anderes wusste davon. Bis jetzt. Wir konnten einfach nicht warten. Nicht wahr, mein Kürbiskernchen?«

»Konnten nicht auf was warten?« Gitty kehrte aus der Küche ins Esszimmer zurück und runzelte die Stirn.

»Merlinda und Dominic haben heimlich geheiratet«, antwortete Tante Pearl. »Und wir haben das nur durch Wahrheit oder Pflicht herausgefunden.«

Gitty wollte etwas sagen, wurde aber von Merlinda unterbrochen.

»Ich – fühle – mich – unwohl.« Merlinda ließ ihre Gabel fallen und umklammerte ihren Bauch. Sie schob ihren Stuhl zurück und taumelte auf die Beine.

»Was ist los, Liebes?« Tante Amber stand auf. Sie betrachtete Merlinda mit Sorge.

Merlinda setzte sich wieder hin und schloss die Augen. »Es ist alles in Ordnung, gib mir nur eine Minute.«

Ihre schnelle Atmung und die gerötete Haut bewiesen das Gegenteil.

»Vielleicht solltest du dich ein wenig hinlegen. Ich helfe dir aufs Sofa.« Ich stand auf und die Lampen schalteten sich wieder aus.

Das Zimmer war dunkel bis auf das gedämpfte Kerzenlicht und Oma Vis sanfte, leuchtende Erscheinung, während sie über der Anrichte wie ein überdimensionales Nachtlicht schwebte. Ihr weicher Schimmer genügte, um zu sehen, wie sich Merlinda über den Tisch gebeugt vor Schmerzen krümmte.

Tante Pearl bemerkte es auch. »Meine Güte, Merlinda ... Du siehst nicht besonders gut aus.«

»Mein Magen ist wirklich durcheinander. Entschuldigung.« Merlinda stand vom Tisch auf und taumelte zur Esszimmertür. Sie hielt einen Moment inne, um sich aufzurichten. Dann verschwand sie in der Dunkelheit des Wohnzimmers.

Dominic sprang auf. »Ich gehe ihr besser nach, um ihr zu helfen.«

Tante Pearl machte einen Schritt vor Dominic und winkte ab. »Nein, ich werde ihr helfen.«

Ich war nicht überrascht, dass es Merlinda übel war, nach all dem Alkohol, den sie durch den Weihnachtskuchen zu sich genommen hatte. Ich wünschte nur, ich hätte sie vorher davon abhalten können, ohne dass Mama darauf aufmerksam geworden wäre.

Alle Gespräche stoppten, als wir hörten, wie Merlinda durch das Wohnzimmer in den Flur, in Richtung Badezimmer stolperte.

Draußen heulte der Wind und die Windböen rüttelten an den alten einglasigen Fenstern.

Die Lichter flackerten erneut und schalteten sich für etwa 30 Sekunden wieder ein. Dann ging der Strom wieder aus. Sekunden später blies ein Windzug alle Kerzen aus. Wir saßen in der Dunkelheit und sagten nichts. Wir waren alle von Merlindas gequältem Würgen auf dem Flur wie zu Stein erstarrt.

Merlinda hatte es noch nicht einmal bis ins Bad geschafft. Sie lehnte erneut jegliche Hilfeangebote ab, aber ich konnte einfach nicht tatenlos herumsitzen.

»Ich werde noch ein paar Streichhölzer holen.« Ich stand auf und tastete mich an den Stuhllehnen entlang in Richtung Küchentür. Meine Augen stellten sich langsam auf die Dunkelheit ein und nach dem, was wie eine Ewigkeit schien, gelangte ich schließlich durch die Küche zum Einbautisch, in dem wir die Streichhölzer aufbewahrten. Ich kramte Schublade nach Schublade durch, um schließlich ein paar in der unteren Schublade zu finden.

Ich zündete die Kerze auf dem Küchentisch an und trug sie ins Esszimmer. Nachdem ich die doppelten Kerzenleuchter wieder ange-zündet hatte, stellte ich meine Kerze auf den Tisch, und war erleichtert, wieder bekannte Gesichter zu sehen.

Ich hatte mich gerade hingesetzt, als Merlinda schrie.

KAPITEL 13

Wir sprangen alle von unseren Plätzen auf und rannten zur Tür. Dominic und Brayden kollidierten am Sideboard und warfen beinahe die Kerzenleuchter um.

Dominic fluchte leise und griff nach einem Kerzenleuchter. Er schwenkte ihn wie eine Waffe und drängte Brayden aus dem Weg.

Ich drückte mich gegen die Wand und ließ die beiden vorbei. Angesichts von Braydens Leidenschaft für Merlinda und seinem Bedürfnis, immer der Erste zu sein, wollte ich ihm nicht in die Quere kommen Ich winkte auch Tyler an mir vorbei. Dann nahm ich den zweiten Kerzenleuchter in die Hand und folgte den Männern in den Flur.

Fast wäre ich an Tylers Hintern gestoßen, als er vor mir abrupt anhielt.

Tante Amber fluchte, als sie direkt hinter mir zum Stehen kam. »Was zum Kuckuck ist hier los?«

»Merlinda!« Dominic Aufheulen ging mir durch Mark und Bein.

Keine Reaktion.

Ich reckte den Hals, um Tyler zu sehen und sah Merlinda auf dem Boden liegen. Dominic kniete neben ihr. Sein angezündeter Kerzenleuchter stand auf dem Flurtisch und beleuchtete den sonst dunklen Flur. Das flackernde Licht verstärkte nur die trübe Stimmung.

Merlinda lag bewusstlos, in einer fötalen Position zusammengerollt auf dem Flur. Sie war zusammengebrochen, noch bevor sie das Badezimmer erreicht hatte.

»Merlinda! Sprich mit mir.« Dominic schüttelte Merlindas Schulter und bettelte mit zitternder Stimme: »Wach auf!«

Tyler ging um Merlinda herum und kniete sich hin. Er hob ihren Arm an, aber er war schlaff. Er beugte sich über sie und suchte nach ihrem Puls und Vitalfunktionen. »Sie atmet nicht.«

Ich folgte Tyler und stellte mich hinter ihn. Ich stellte meinen Kerzenleuchter auf den Boden an die Wand.

»Jemand muss einen Krankenwagen rufen, schnell!« Tyler drehte sich zur Seite und begann mit der Wiederbelebung. Sein breiter Brustkorb blockierte teilweise meine Sicht, aber auch so war es schmerzhaft offensichtlich, dass die HLW erfolglos war.

»Habe ich schon.« Westwick Corners war so klein, dass es eigentlich keinen Notruf gab. Geschweige denn ein Krankenhaus oder Sanitäter. Auch der nächste Arzt war eine Stunde entfernt, in Shady Creek. Ich hatte sowieso den Notruf von Shady Creek gewählt und auf ein Wunder gehofft. Aber der Sturm war so heftig, dass sogar der Notarzt gestrandet war. »Leider können sie bei diesem Sturm nicht hierherkommen.«

Eine Minute verging und noch ein paar mehr. Selbst im Dämmerlicht war Merlindas bläulicher Hautton offensichtlich. Das sah nicht gut aus.

Tyler und Dominic führten abwechselnd die Herz-Lungen-Wiederbelebung durch, aber bald wurde allen klar, dass ihre Bemühungen vergeblich waren.

Schließlich stand Tyler auf und wandte sich an Dominic. »Es tut mir so leid, Dominic. Wir haben alles Menschenmögliche versucht, aber … wir haben sie verloren.«

»Nein, haben wir nicht.« Das kann nicht sein. Sie ist nur ohnmächtig. Wir müssen es weiter versuchen. Dominic schob Tyler aus dem Weg und versuchte es erneut mit der Wiederbelebung, obwohl seine Technik eindeutig bewies, dass er so etwas noch nie zuvor gemacht hatte.

»Dominic, es tut mir wirklich leid.« Brayden legte eine Hand auf Dominics Schulter.

Dominic schob Braydens Hand weg. »Nein, sie ist nicht tot.« Sie ist nur …«

Tante Pearl schob sich vor Brayden und kniete sich neben Merlinda. »Lass mich mal sehen. Ich werde sie ins Krankenhaus bringen.«

Tylers Augen trafen meine. Anscheinend dachte er das Gleiche wie ich. Nicht einmal Magie würde Merlinda wieder zum Leben erwecken.

Tante Pearl erhob sich und stand ganz still, als sie sich dem Ernst der Lage bewusst wurde.

»Was zum Teufel ist hier los? Nur wenige Minuten zuvor war sie ...«, sagte Dominic, ungläubig den Kopf schüttelnd. Er wich langsam von Merlinda zurück und lehnte sich geschlagen gegen die Wand. Er ließ sich in eine sitzende Position nach unten rutschen und bedeckte sein Gesicht mit den Händen. Sein ganzer Körper zitterte, während er bitterlich in seine Hände weinte. »Sie darf mir nicht wegsterben.«

Dominic war eindeutig untröstlich über den Verlust seiner Liebsten.

Er war nicht der einzige.

Tante Pearl schrie. »Nein!« Sie brach auf dem Boden neben Merlinda zusammen und rollte sich in eine fötale Position.

Der Rest von uns stand wie betäubt da. Eine scheinbar gesunde zwanzigjährige war direkt vor unseren Augen ohne logische Erklärung gestorben.

Merlindas Hände umklammerten ihren Bauch in einem Todesgriff und ihr Gesicht hatte sich zu einer Grimasse zusammengezogen. Ihre Augen waren weit geöffnet, aber blind. Selbst im schwachen Kerzenlicht war es ohne Zweifel, dass sie tot war.

»Es tut mir leid, Pearl.« Tyler zog Tante Pearl behutsam in eine stehende Position und legte seinen Arm um ihre Schultern. Er führte sie zu Tante Amber und Mama, die beide ein paar Meter weiter in Stille schluchzten.

Dominic schluchzte in seine Hände. »Sie hat gegessen und geredet und alles war in Ordnung. Ich verstehe absolut nicht, was passiert ist. Wie kann jemand so jung sterben, grundlos?«

Tyler schüttelte den Kopf. »Manchmal sterben Menschen plötzlich. Vielleicht hatte sie eine nicht diagnostizierte Erkrankung. Wir müssen abwarten und sehen, was der Gerichtsmediziner sagt.«

Der Gerichtsmediziner war, wie so ziemlich jeder andere auch, in Shady Creek.

Mamas Hand legte ihre Hände schockiert an den Mund. »Ich kann das einfach nicht glauben. Sie war das Abbild der Gesundheit. Sie hatte auch so einen gesunden Appetit. Sie hat meinen Weihnachtskuchen geradezu verschlungen.«

Tante Pearl sprang auf und drohte Mama mit der Faust. »Du musst aufhören, diesen Kuchen zu backen, Ruby. Dein blöder Kuchen hat meine Musterschülerin getötet.«

»Du denkst, ich hätte Merlinda vergiftet?« Mamas Mund stand offen, fassungslos vor Tante Pearls Anschuldigung. »Das ist ja Wahnsinn. Was ist mit den anderen? Ihr habt doch alle von dem Kuchen gegessen und seid nicht krank.«

Eigentlich hatten nur Merlinda, Gitty und Dominic den Kuchen gekostet. Der Rest von uns hatte den Kuchen ungegessen gebunkert. Aber Mama wusste das nicht. Ich tätschelte ihre Schulter, erleichtert, dass Gitty und Dominic keine Symptome zeigten. Noch nicht. »Tante Pearl meint das nicht so.«

»Doch, doch, Cendrine, genauso habe ich es gemeint. Ruby ist daran schuld, dass Merlinda tot ist.« Tante Pearl lief wie ein Tiger im Käfig ging hin und her. »Ich werde nie wieder eine Schülerin wie Merlinda haben. All das Talent durch ein paar Krümel von diesem Giftkuchen zerstört.«

Mama holte tief Luft. »Es kann nicht mein Kuchen gewesen sein, Pearl. Es ist das gleiche Rezept, das ich jedes Jahr mache. Also kann nichts Schlechtes daran sein, oder?«.

»Äh ... Ruby, da gibt es etwas, das ich dich fragen möchte.« Earl bewegte sich unbehaglich hin und her. »Weißt du, wie ich euer Rattenproblem beseitigt habe?«

Gitty hielt den Atem an. »Ihr habt hier Ratten?«

»Leider«, sagte Earl. „Das Problem ist, dass ich den Messbecher mit dem Rattengift für einen Moment auf den Küchentisch gestellt habe und als ich nach ein paar Minuten zurückkam, war er weg.«

Mama schnappte nach Luft. »Du glaubst doch wohl nicht im Ernst, ... du meinst, dass das weiße Pulver in meinem Messbecher kein Mehl war? Ich habe es in den Kuchen getan.«

»Wenn du den Messbecher nicht selbst gefüllt hast, warum hast du ihn dann benutzt, Ruby?«, fragte Tyler. »Woher wusstest du überhaupt, dass es Mehl war?«

Tränen liefen über Mamas Wangen. »Ich – ich habe wohl nicht nachgedacht. Ich dachte schon, dass es seltsam ist, weil ich mich nicht erinnern konnte, diesen Messbecher verwendet zu haben. Ich war ein wenig überfordert und überzeugt davon gewesen, dass ich das Mehl vorher abgemessen hatte. Ich hatte so viel zu tun, das Abendessen mit Pearls Last-Minute-Gästen zu organisieren, dass ich den Überblick verloren habe.«

Ich verzog das Gesicht bei Tante Pearls Anschuldigung bezüglich Mamas Kuchen und machte mir insgeheim Vorwürfe, Pearls Zauberschule verlassen zu haben. »Selbst wenn Merlinda vergiftet wurde, könnte es durch etwas Anderem sein. Wie von deinem Kräutertee zum Beispiel.«

»He, ich habe diesen Kuchen gegessen und es geht mir gut«, sagte Dominic. »Es kann nicht der Kuchen sein.«

»Du wiegst wahrscheinlich auch doppelt so viel wie Merlinda«, gab Brayden zu bemerken. »Du kannst das Gift besser absorbieren. Entweder das oder es dauert länger, bist du die Wirkung spürst.«

Dominics legte seine Hand vor den Mund. »Ich fühle mich plötzlich gar nicht mehr wohl.«

Gitty nickte. »Ich habe auch etwas davon gegessen und mir ist nicht schlecht. Bist du sicher, dass es Rattengift war? Ich fühle mich einfach gut.«

›Etwas‹ war wohl ein bisschen untertrieben. Gitty hatte meiner Schätzung nach vier oder fünf Stück davon gegessen. Dennoch zeigte sie keine Anzeichen einer Vergiftung.

Tante Pearl zog ihre Hand aus der Tasche und reichte mir den Finger. Als sie das tat, fiel ein zerknittertes Stück Papier auf den Boden.

»Eine Tragödie.« Tante Amber bückte sich, um den Zettel aufzuheben. Sie runzelte die Stirn, als sie ihn aufrollte und las, was darauf geschrieben stand. »Oh-oh. Bei deinem Milchdistel-Heiltee ist dir ein Fehler unterlaufen, Pearl. Statt Distel steht hier Mistel. Du weißt schon, dass Mistel giftig ist, nicht wahr?«

»Natürlich weiß ich das, lass mich mal sehen.« Tante Pearl riss Tante Amber den Zettel aus der Hand.

Tante Amber schüttelte den Kopf, als sie Merlindas leblosen Körper anstarrte. »Oh mein Gott, Pearl Was hast du getan?«

KAPITEL 14

»Sie haben Merlinda umgebracht.«, schrie Dominic. »Sie wollte endlich wieder nach Hause kommen und Sie ein für alle Mal verlassen. Sie wussten, dass Sie sie nicht für immer in Ihrer blöden Schule gefangen halten können. Also vergifteten Sie ihren Tee und töteten sie.«

»Pearl hat es nicht absichtlich getan. Es war ein Unfall.« Mamas Worte hingen in der Luft und wir standen alle wortlos da.

Dominic stürzte auf Tante Pearl zu. »Ich bring dich um, du alte Schabracke.«

Brayden und Tyler fingen Dominic gerade noch auf, als er Tante Pearl erreichte. Jeder packte eine Schulter und hielt ihn zurück, aber nur knapp.

Ich hatte keine Ahnung, was Dominic damit meinte, dass Tante Pearl Merlinda in Westwick Corners gefangen hielt, aber vielleicht war etwas Wahres dran. Tante Pearl griff manchmal zu drastischen Maßnahmen, wenn sie sich nicht durchsetzen konnte. Aber Merlinda zu töten, um sie daran zu hindern, zu gehen? Auf keinen Fall. Ich konnte mir nicht vorstellen, dass sie das tun würde.

Solche Dinge las man in den Schlagzeilen. Die Menschen verzweifelten, wenn die Liebe auf dem Spiel stand. Und obwohl Tante Pearls Beziehung zu Merlinda eher ein Mentor- und Schützlingsarrangement war, hatte Tante Pearl eine gewisse Zuneigung für sie empfunden. Eigentlich war sie von ihr besessen. Wenn Merlinda wirklich geplant hätte, Pearls Zauberschule endgültig zu verlassen, dann würde ich nicht daran zweifeln, dass Tante Pearl ihre eigene Art von Selbstjustiz ausüben würde.

Als ehemalige Schülerin wusste ich das aus erster Hand.

Aber Merlinda töten? Niemals.

»Mach dich doch nicht lächerlich.« Tante Pearl grinste, aber ihre Stimme war plötzlich ruhig. »Ich bin ein vernünftiger Mensch und ich würde Merlinda nie im Weg stehen. Sie wollte nicht von mir weg, das weiß du.«

Tyler kniff die Augen zusammen. »Was willst du damit sagen Pearl?«

Tante Pearl verdrehte die Augen. »Find es selbst heraus, Sheriff. Mach deine Arbeit.«

»Tante Pearl, beantworte Tylers Frage.« Ihre schnippische Antwort kam mir wirklich seltsam vor. Vor einer Minute war sie noch hysterisch gewesen.

»Ich habe niemanden umgebracht.« Tante Pearl zeigte Dominic ihre Faust. »Warum um alles in Welt sollte ich meine eigene Schülerin vergiften? Tote Schüler sind nicht gerade ein Aushängeschild für Pearls Zauberschule, nicht wahr? Wie soll ich neue Schüler finden?«

Diese Frage hatte ich mir selbst schon gestellt, traute mich aber nicht, sie auszusprechen. Soweit ich wusste, machte Tante Pearl weder Werbung noch hatte sie eine Website. Alles war Mundpropaganda, durch die Merlinda Pearls Zauberschule gefunden hatte. Sie war auf halbem Weg um die Welt gereist, um daran teilzunehmen und um ein so trauriges Schicksal zu erleiden.

Dominic versuchte, sich von Tyler und Brayden zu befreien, aber sie hielten ihn an den Armen fest. »Ich werde Ihnen sagen, warum Sie sie getötet haben. Weil sie besser war als Sie. Merlinda sagte mir, dass Sie eifersüchtig auf ihr Talent sind. Sie wollten nicht, dass sie Ihnen in der Welt die Schau stiehlt, denn dann würde jeder wissen, dass sie besser ist als Sie. Geben Sie es zu.«

Zumindest hatte er nicht hinzugefügt, dass Tante Pearl besser als *eine Hexe* sei. Brayden wusste, dass wir hexische Talente haben – auf irgendeine Weise. Er hat uns als Bekloppte der Neuzeit bezeichnet, aber niemals als Hexen. Er dachte, dass unsere Kräuter, Talismane und Tees nur ein Haufen seltsamer Familienhobbys seien und war sich dessen nicht bewusst, was direkt unter seiner Nase vor sich ging. Er hatte keine Ahnung von all dem, was Tante Pearl zu ihrer eigenen persönlichen Belustigung an ihm herumgezaubert hat.

Tyler hingegen wusste von unseren übernatürlichen Geheimnissen. Abgesehen von Braydens vorsätzlicher Blindheit, hatte eigentlich nur Gitty keine Ahnung, dass wir Hexen sind.

Und so sollte das auch bleiben.

Tante Pearl schnaubte. »Eifersüchtig? Warum sollte ich eifersüchtig sein? All das, was Merlinda wusste, habe ich ihr beigebracht.«

»Pearl, nimm es Dominic nicht übel. Er hat gerade Merlinda verloren.« Mama legte einen Arm um Tante Pearl und führte sie aus dem Flur ins Wohnzimmer. Tante Amber und ich folgten.

Mutter und Tante Amber kollabierten auf dem Sofa, eine auf jeder Seite von Tante Pearl, wie schwesterliche Gefängniswärter. Ich stand an der Tür, bereit, Tante Pearl zu blockieren, falls sie Dominic an die Gurgel wollte.

»Nun, ich habe gerade meinen Schützling verloren. Ist es euch denn allen egal, wie ich mich fühle?« Tante Pearl war feuerrot vor Wut und sie stieß Tante Ambers Arm weg. »Welcher Lehrer vergiftet seine eigenen Schüler? Ich mit Sicherheit nicht.«

Tante Amber hielt ihre Hand hoch. »Ich sage nicht, dass du sie absichtlich vergiftet hast, Pearl. Du bist nur ein wenig nachlässig geworden und hast den Zauberspruch falsch eingetragen. Wir alle machen Fehler. Weißt du, Distel, Mistel … das kann man leicht verwechseln.«

Tante Pearl blickte finster drein. »Vielleicht bist du nachlässig oder verwirrt, Amber. Ich nicht. Ich bin viel zu scharfsinnig, um solch einen Fehler zu begehen. Wie kannst du es wagen, so etwas zu behaupten? Wir haben einen Mörder in unserer Mitte.«

»Wir wissen nicht, ob das stimmt«, sagte ich. »Merlindas Tod ist verdächtig, aber nur der Gerichtsmediziner kann die Todesursache feststellen. Alles, was wir tun können, ist, die Spuren zu sichern.«

»Spuren sichern?« Mama schauderte. »Mir gefällt nicht, wohin das führen soll.«

»Cen hat recht«, sagte Tante Amber. »Bei dem Sturm draußen wird es eine Weile dauern, bis der Gerichtsmediziner hier ist, also müssen wir sicherstellen, dass alles genau so bleibt, wie es ist.«

Wir mussten Tante Pearl zumindest davon überzeugen, ihre Hände – und ihre Hexerei – für sich zu behalten. Einen Fehler zu vertuschen, könnte schlimme Folgen haben.

»Ihr denkt tatsächlich, ich hätte Merlinda vergiftet?« Tante Pearl suchte in unseren Gesichtern nach Antworten. »Ich glaube, jemand versucht, mir die Sache in die Schuhe zu schieben. Ich wette, es ist dieser verdammte Sheriff Gates.«

»Sei nicht albern, Tante Pearl«, sagte ich. »Er hat nichts mit Merlindas Tod zu tun. Er war nirgendwo in ihrer Nähe.« Tyler war spät gekommen und hat die ganze Zeit neben mir, auf der gegenüberliegenden Seite des Tisches, gesessen. Er war nie außer Sichtweite gewesen.

Tante Amber und Mama tauschten besorgte Blicke aus. Ich wusste, was sie dachten. Wir mussten etwas tun, bevor Tante Pearl drastische Maßnahmen ergriff.

Ob es sich um einen Unfall oder ein kalkuliertes Verbrechen handelte, Tante Pearl war in beiden Fällen eine unwahrscheinliche Verdächtige. Sie war Perfektionistin und machte kaum Fehler. Sie machte selten Fehler bei ihren Zaubersprüchen, schon gar nicht mit einem einfachen Teegebräu.

Auf der anderen Seite hatten wir alle das gleiche Abendessen gegessen, aber nur Merlinda hatte Tante Pearls Tee getrunken.

Tante Pearl hatte jedoch auch nur durch einen einfachen Fehler viel zu verlieren. Zum einen, den guten Ruf ihrer Schule. Als ob sie meine Gedanken lesen könnte, sagte Tante Pearl: »Das war kein Unfall. Und mein Tee hat nichts damit zu tun.«

Tante Amber tippte mit einem manikürten Nagel auf das Papier. »Aber das Rezept sagt Misteln hier–«

Tante Pearl schnappte sich den Zettel. »Hör endlich auf, Amber! Ich habe es absichtlich falsch aufgeschrieben, damit niemand mein Rezept stehlen kann.«

»Gib doch zu, dass du unrecht hast, Pearl.« Tante Amber versuchte, den Zettel zurückzunehmen, aber Tante Pearl riss ihn in winzige Stücke.

Tante Amber verdrehte die Augen. »Jetzt zerstörst du auch noch Beweise. Das hilft dir nichts. Man wird deinen Tee testen.«

»Oh, das ist so lächerlich! Ich würde niemals einen solchen Fehler machen. Ich werde es beweisen.« Tante Pearl schnappte sich Merlindas Teetasse vom Couchtisch und schluckte alles, was in der Teetasse übrig war. Die Teetasse klapperte, als sie sie auf die Untertasse fallen ließ. »Siehst du. Vollkommen harmlos.«

Ich schnappte nach Luft. »Du hast gerade ein Beweisstück getrunken.«

»Und dich dabei selbst vergiftet, du Dummerchen«, fügte Tante Amber hinzu. »Ich hoffe, dass wir in der Lage sein werden, dich rechtzeitig zu retten, da diese Art von Gift nicht sofort wirkt. Wie lange ist es her, dass Merlinda den Tee getrunken hat?«

»Oh, ich weiß nicht.« Tante Pearl drehte sich zu mir um. »Als Cen in der Schneekugel war. Vor ein paar Stunden? Wie lange dauert es, jemanden zu vergiften?«

KAPITEL 15

Wir gingen wieder in den Flur, um zu sehen, was die Männer taten. Es war schwierig, sich um alle herumzubewegen, weil jeder wie gebannt an Ort und Stelle stand. Dominic kniete neben Merlinda und Tyler kauerte auf der gegenüberliegenden Seite. Der Rest von uns drängte sich um sie herum.

Ich durchsuchte die Halle und bemerkte, dass jemand fehlte. »Wo ist Earl?«

»Ich dachte, er wäre mit euch im Wohnzimmer«, sagte Brayden.

»Nein.« Normalerweise wich Earl Tante Pearl nie von der Seite. Ich dachte wieder an das Rattengift und hoffte, er wäre in die Küche zurückgegangen, um Mamas Messbecher zu überprüfen. Aber das Rattengift erklärte nicht, warum nur Merlinda davon betroffen war. Sie war nicht die Einzige, die den Weihnachtskuchen gegessen hatte. Vielleicht kam Merlindas Reaktion überhaupt nicht vom Kuchen.

Tylers Augen trafen meine. »Cen, pass auf, dass niemand etwas anfasst. Ich muss telefonieren.«

Ich nickte und beobachtete, wie Tyler ins Wohnzimmer ging. Leichter gesagt als getan.

Tante Amber schob Mama und mich zurück und klopfte auf Dominics Schulter. »Geh aus dem Weg und lass mich mal sehen. Ich kann sofort sagen, ob Merlinda durch Misteln vergiftet wurde.«

Dominic wies diesen Kommentar abwinkend zurück. »Wagen Sie bloß nicht, sie anzufassen. Sie sind kein Arzt. Wir müssen warten, bis er hier ankommt.«

Oh-oh.

»Sie gehen also einfach davon aus, dass der Gerichtsmediziner ein Mann ist?«, fragte Tante Amber »In der Tat ist der Gerichtsmediziner einen Frau. Warum nehmen Sie etwas anderes an?«

»Weil, äh, Gerichtsmediziner. Natürlich ist er ein Mann. Frauen sind in solchen Dingen nicht gut genug«, sagte Dominic.

»Was Sie tatsächlich meinen, ist, dass Sie es nicht mögen, wenn Frauen etwas gut machen, oder, Dominic?« Tante Ambers Augen verengten sich. »Sie mochten es mit Sicherheit nicht, dass Ihnen Merlinda in allem überlegen war. Sie können sich auch nicht damit abfinden, dass ich Expertin auf meinem Gebiet bin. Auch wenn das bedeutet, dass wir dem, was mit Ihrer Frau passiert ist, auf den Grund gehen müssen.«

Tante Amber war Feministin, Kräuterpädagogin und Hexe in dieser Reihenfolge. Sie hatte auch eine Kraft, mit der bei den seltenen Gelegenheiten gerechnet werden musste, in denen sie ihre Beherrschung verlor. Dies war ein solcher Fall.

Dominic forderte Tante Amber heraus. Er musste unbedingt das letzte Wort haben und sagte: »Ich mag Frauen, dort, wo sie hingehören – Kochen und Putzen. Mit Ausnahme natürlich, wenn sie nicht gut kochen können.«

»Du läufst auf dünnem Eis, Herzchen, auf sehr dünnem Eis«, warnte Tante Pearl. »Ruby kann sehr gut kochen.«

»Warte mal –«. Mama machte einen Schritt vorwärts, aber es war zu spät.

»He! Was zum Teufel –« Dominic wehrte sich gegen Tante Amber, als sie ihn von Merlindas Körper wegschubste und ihn mit einer Hand in Richtung Wohnzimmertür schob. Er stolperte rückwärts, bevor er durch die Tür stürzte und zu einem erbärmlichen Haufen direkt im Wohnzimmer zusammensackte.

Nach Dominics verwirrtem Ausdruck zu urteilen, war er sichtlich erstaunt darüber, wie ihn die winzige Tante Amber gerade überwältigt hatte. »Wie haben Sie das gemacht?«

»Das wüssten Sie wohl gerne.« Tante Amber wartete nicht auf eine Antwort. »Ich bin zufälligerweise sehr gut in meinem Job.«

Sie rieb ihre Handflächen aneinander, als würde sie die von Dominic säubern. Da sie auf diese Weise Dominic gezeigt hat, wo es lang geht, war für sie die Angelegenheit erledigt und kniete sich neben Merlinda. Sie untersuchte Merlindas Gesicht und achtete darauf, sie nicht zu berühren. Sie beugte sich vor und atmete die Luft in der Nähe von Merlindas Mund ein.

Mama stand zwischen Dominic und Tante Amber, bereit zu handeln. Sie hatte Kräfte, um Dominic zu stoppen, obwohl sie sie nur ungern benutzte. Das wurde an ihrem Hirsch-im-Scheinwerferlicht deutlich.

»Sie hätten das kommen sehen müssen, Dominic.« Tante Pearls Augen verengten sich. »Jetzt verstehe ich, wovon Merlinda gesprochen hat.«

»Sie bluffen. Merlinda hat Ihnen nie etwas über mich erzählt.« Dominic sah erschrocken aus. »Hat sie doch?«

Tante Pearl legte einen Finger auf ihren Mund. »Meine Lippen sind versiegelt. Ich breche nie ein Vertrauen. Merlinda hat erzählt, was Sie vorhatten, also versuchen Sie jetzt nicht, den Schlaumeier zu spielen.«

Dominic errötete. Er öffnete den Mund, überlegte aber noch einmal. Er kniff ihn zu, ohne ein weiteres Wort zu sagen.

Tante Amber schaute auf und machte einen beunruhigten Eindruck. »Merlinda ist definitiv vergiftet worden.«

Tyler beendete seinen Anruf und stopfte das Handy wieder in die Hosentasche, als er in den Flur zurückkam. »Okay, alle raus aus dem Flur und ins Wohnzimmer. Mit Ausnahme von Dir, Brayden. Wir werden Merlinda ins Arbeitszimmer schaffen und die Tür verriegeln, bis der Gerichtsmediziner eingetroffen ist. «

Brayden nickte, obwohl er aussah, als ob ihm mulmig sei, die leblose Merlinda zu berühren.

Dominic protestierte, wurde aber von Brayden in seiner üblichen trockenen und abweisenden Art schnell zum Schweigen gebracht. »Tyler hat recht, Dominic. Wir können Merlinda nicht hier auf dem Boden im Flur liegenlassen. Wir müssen sie wegbringen.«

Oma Vi schwebte neben Brayden. Natürlich konnten nur wir Hexen sie hören, aber sie sagte es trotzdem. »Jede Hexe, die ihr Salz wert ist, kann in einen verschlossenen Raum gelangen. Und davon gibt es eine ganze Menge unter uns.«

Das war genau das, wovor ich Angst hatte.

KAPITEL 16

Ich folgte Mama, Gitty und den anderen ins Wohnzimmer, während Dominic mitten im Wohnzimmereingang mit dem Rücken an der Wand saß. Er hatte sich nicht einmal die Mühe gemacht, aufzustehen, aus Angst, dass ihn Tante Amber wieder angreifen könnte. Sein Blick schweifte hin und her zwischen Tante Amber im Wohnzimmer und Tyler und Brayden im Flur. Die beiden Männer waren noch dabei, zu überlegen, wie sie Merlindas leblosen Körper am besten ins Arbeitszimmer bringen könnten.

In gewisser Weise hatte ich Mitleid mit Dominic, aber er machte mich auch misstrauisch. Nicht nur, weil sein Überraschungsbesuch in Westwick Corners mit dem plötzlichen Tod seiner neuen und jungen Frau zusammenfiel. Die geheime Hochzeit war auch eine rote Fahne. Vielleicht profitierte er finanziell oder anderweitig von Merlindas Tod. Was auch immer die Umstände waren, Dominic hatte viel zu erklären.

Ich war mir sicher, dass Dominics Trauer echt war. Er drehte sich um und blickte über seine Schulter in den Flur. Innerhalb von Sekunden brach er in Tränen aus. Sein ganzer Körper bebte, als er unkontrolliert schluchzte.

»Jemand muss ihn dazu bringen, aufzuhören.« Oma Vi schwebte über uns. »Ich komme mir vor wie in einer wirklich schlechten Seifenoper.«

»Ich kann nicht glauben, dass mir das alles passiert. Ich hätte einfach zu Hause bleiben sollen.« Gitty thronte auf der Lehne meines Sessels, obwohl genügend Platz auf der Chaiselongue und dem Sofa war.

Ich wünschte, sie wäre auch zu Hause geblieben, aber das zu sagen, würde sie nur ärgern.

Gittys Kommentar war furchtbar egoistisch und selbstsüchtig, immerhin war gerade jemand gestorben. Brayden hatte es irgendwie geschafft, einen Partner zu finden, der genauso egozentrisch war wie er. Andererseits hatte Gitty wohl nie damit gerechnet, Heiligabend mit ihrem Freund im Haus seiner Ex-Verlobten zu verbringen.

Ich fragte mich, was Gitty von meiner verrückten Familie hielt. Und von mir. Brayden hatte ihr wahrscheinlich erzählt, dass wir nicht alle Tassen im Schrank haben. Warum war es mir eigentlich nicht gleichgültig, was Gitty dachte? Irgendwie wollte ich, dass es Gitty bereut, Tante Pearls verdächtige Last-Minute-Einladung angenommen zu haben. Aber egozentrisch oder nicht, sie war an dieser Situation, in der sie sich jetzt befand, nicht Schuld.

Ich warf einen Blick neben mich und war schockiert von dem, was ich da sah. Während der Rest von uns in betroffenem Schweigen saß, kramte Gitty in ihrer riesigen Handtasche. Einmal feilte sie ihre Nägel, dann prüfte sie die Nachrichten auf ihrem Handy. Offenbar war ein plötzlicher Tod nicht genug, um ihre Aufmerksamkeit zu erregen.

Die kombinierte Beleuchtung von Gittys Telefon und dem Kerzenleuchter warf einen seltsamen Glanz und akzentuierte den Schatten an den Wohnzimmerwänden, die sich zu der bereits unheimlichen Atmosphäre hinzufügten.

Tante Pearl brach das Schweigen. »Warum werde ich immer für alles verantwortlich gemacht? Ich schwöre euch, dass mein Tee nichts damit zu tun hat. Glaubt mir, wenn ich jemanden vergiften will, dann passiert das schnell. Einfach so.« Sie schnippte zur Betonung mit den Fingern.

»Was meinst du damit, *wenn* ich jemanden vergiften will?« Tante Ambers Kinnlade klappte herunter. »Hast du das schon mal getan?«

Als höhere WICCA-Beamte musste Tante Amber alle hexischen Verfehlungen berichten, das war Tante Pearl wohl bewusst. Tante Pearl spielte ein gefährliches Spiel, bei dem wir Gefahr liefen, die Konsequenzen ihrer grob fahrlässigen Pflichtverletzungen tragen zu müssen.

»Sie hat es nicht so gemeint ... « Mamas Stimme verstummte, als Tante Pearl ihre Aussage plötzlich verstärkte.

»Natürlich habe ich es so gemeint«, schnauzte Tante Pearl. »Ich gehe nicht immer ins Detail, aber derjenige, der mich zum Äußersten treibt, wird es bitter bereuen.«

Tante Pearl leugnete immer noch alles, angefangen mit Merlindas plötzlichem Tod bis hin zur Möglichkeit, dass ein Fehler in ihrem Heiltee etwas damit zu tun haben könnte. Doch sie deutete an, dass sie jetzt jemand töten würde, der ihr in die Quere kommt.

»Du lügst.« Du würdest niemals jemanden absichtlich vergiften.« Ich warf einen Blick in den Flur. Brayden hielt Wache bei Merlinda, aber Tyler war nicht in Sicht. Auch gut. Tante Pearls belastende Giftkommentare würde ihn nur zwingen, Untersuchungen anzustellen und womöglich von den Tatsachen ablenken.

»Das kommt darauf an.«

Ich seufzte. »Ich weiß nicht, warum du versuchst, uns von dieser Tragödie abzulenken. Gib es zu, Tante Pearl. Du hast einen Fehler gemacht. Wir alle machen mal Fehler. Es ist besser für alle, wenn du dich dazu bekennst.«

Tante Pearl stand auf und verschränkte ihre dünnen Arme vor der Brust. »Ich weigere mich, auf Dinge zu antworten, die mich belasten könnten. Ich werde meine Geheimnisse nicht preisgeben. Hierzu gehört auch mein Teerezept. Über das Gift ... ihr habt nichts zu befürchten.«

»Welches Geheimrezept?« Tante Amber tippte mit dem Finger auf ein Stück Papier. »Ich habe hier eine weitere Kopie deines Rezepts. Sie lag auf dem Küchentisch.«

»Was? Nein, bestimmt nicht.« Tante Pearl holte ein gefaltetes Papier aus ihrem BH. Sie seufzte, sichtlich erleichtert. »Das ist nur ein weiteres Köderrezept. Ich ändere immer die Zutaten, für den Fall, dass das Rezept in feindliche Hände fällt.« Tante Pearl riss Tante Amber den Zettel aus der Hand.

»Um Himmels willen, Pearl, gib es einfach zu. Du hast einen Fehler gemacht.« Tante Amber deutete auf den Flur. »Bitte gib es einfach zu, bevor Tyler glaubt, Merlinda wäre ermordet worden. Und erzähl es bloß niemand anderem, dass du gewöhnlich Menschen absichtlich vergiftest.«

»Ich habe Merlinda nicht vergiftet. Ich sage dir, mein Tee war völlig in Ordnung. Ich habe ihn selbst getrunken, nun schau mich an. Ich bin perfff-ekt in Ordnung.« Ihre Stimme zitterte, als sie sprach.

»Nein, das bist du nicht. Deine Zähne klappern.« Tante Amber runzelte die Stirn. »Ich weiß nicht, warum du versuchst, von den Tatsachen abzulenken, aber es ist respektlos gegenüber Merlinda, gelinde gesagt. Willst du denn nicht, dass der Sheriff der Sache auf den Grund geht? Jetzt glaubt er, dass ihr Tod verdächtig ist. Du verwandelst einen tragischen Unfall in eine Morduntersuchung.«

»Ich mache so etwas nicht«, erwiderte Tante Pearl. »Sheriff Gates könnte noch nicht einmal einen Mörder im Todestrakt eines Megagefängnisses finden. Hör auf mich zu beschuldigen und konzentriere dich darauf, Merlindas wirklichen Mörder zu finden. Wir wissen alle, dass der Sheriff nicht dazu in der Lage ist.«

»Rede nicht so über Tyler«, flüsterte ich. »Und senke deine Stimme. Ich werde nicht Teil von irgendeiner Verschwörung sein.«

»Cen hat recht, Pearl«, sagte Mama. »Tyler ist ein wunderbarer Sheriff. Wir wollen uns nicht bei ihm unbeliebt machen. Gib einfach nur deinen Fehler zu.«

»Oh, verdammt noch mal, Ruby! An meinem Tee gibt nichts auszusetzen. Sheriff Gates will mir das in die Schuhe schieben. Vielleicht hat er Merlinda umgebracht.«

Ich ging zu Tante Pearl und hielt ihr den Kerzenleuchter ins Gesicht. Sie sah blass aus und ein dünner Schweißfilm überzog ihre Stirn. Ihre erweiterten Pupillen waren sogar im Dämmerlicht sichtbar.

Ich bezweifelte, dass das Kerzenlicht genügte, um siebzig Jahre alte Pupillen zu erweitern, aber Tante Pearls hatten sich merklich vergrößert. Vielleicht war es wegen all der Aufregung und dem Schock über Merlindas Tod. Oder vielleicht hatten ihre Augen auf etwas Schlechteres reagiert, wie Gift.

Ich trat näher an sie heran. »Bist du sicher, dass es dir gut geht, Tante Pearl?« Du siehst irgendwie nicht gut aus.«

Tante Pearl hob die Hand vor die Augen. »Himmelherrgott, Cen, tu das Licht aus meinem Gesicht. Und hör auf, mich mit Fragen zu bombardieren. Dieses Verhör ist unangebracht. Was kommt als Nächstes – Wasserfolter?«

Ich öffnete den Mund, sagte aber nichts. Wenigstens war sie immer noch die übliche mürrische Pearl. Das war ein gutes Zeichen, und ich wollte sie nicht weiter verärgern. Aber sie sah furchtbar unsicher aus. Ich stellte den Kerzenleuchter auf dem Couchtisch ab. »Mama, hilfst du mir bitte.«

»Ooh ... Ich fühle mich plötzlich ganz müde. Ich muss mich setzen.« Tante Pearls Hand zitterte, als sie ihre Stirn berührte.

Mama und ich führten Tante Pearl aufs Sofa, und nicht einen Moment zu früh.

Tante Pearl Beine knickten ein und sie brach auf dem Sofa zusammen. Sie hielt sich den Bauch und glitt langsam in eine liegende Position. »Ich fühle mich nicht wohl.«

Plötzlich erhellte sich das Zimmer, aber es war nicht auf den Strom zurückzuführen.

Es war Merlindas Werk. Obwohl sie nicht mehr unter uns weilte, glühte ihre tropische Schneekugel noch. Sie wuchs und schwand gleichzeitig und warf ein unheimliches Licht ins abgedunkelte Wohnzimmer. Sie war eine so mächtige Hexe gewesen, dass der Rest ihrer Kräfte auch noch nach ihrem Tod wirkte.

Dieses Phänomen war seltsam. Eigentlich schaurig. Es war ein Beweis für Merlindas übernatürliche Kräfte. Doch trotz ihrer Kraft hatte es jemand geschafft, sie umzubringen.

»Cen?« Tante Pearl setzte sich auf und krächzte in einer rauen Stimme. »Wie lange dauert es, jemanden zu vergiften? Du bist doch eine Expertin in solchen Dingen.«

Ich hätte beim besten Willen nicht antworten können. Ich war sprachlos, berauscht von Merlindas Schneekugel, die immer heller wurde. Jetzt pulsierte sie mit Licht und wurde irgendwie lebendig. »Sie war wunderschön.«

Meine Eifersucht auf Merlinda schien jetzt so kleinlich. In all diesen Monaten hätte ich mich mir ihr anfreunden können. Sie war allein in einem fremden Land gewesen, weit weg von Familie und Freunden. Und ich hatte sie absichtlich gemieden, als ich sie hätte schützen können. Es war zu spät dazu und ich bereute meine Engherzigkeit.

»Ich weiß nichts über vergiftete Menschen.« Ich starrte Tante Pearl an. »Wage es ja nicht, die Schuld auf mich zu schieben.«

»Oh Cen, entspann dich.« Tante Pearl stieß einen schweren Seufzer aus. »Jeder weiß, dass du eine lausige Hexe bist und nicht einmal einen Floh vergiften könntest, auch wenn dein Leben davon abhinge. Ich dachte nur, dass du mit deinem journalistischen Hintergrund etwas über Gifte im Allgemeinen kennen würdest. Ich wollte dein Wissen testen. Nur damit du es weißt, du bist kläglich gescheitert.«

Tante Pearl schien sich vollständig von dem Unglück erholt zu haben, das sie soeben heimgesucht hatte. Vielleicht war alles nur Schauspielerei.

»Konzentrieren wir uns auf Merlinda.« Ich wandte mich an Tante Amber. »Kannst du sie nicht dazu bringen, zu kooperieren?«

Tante Amber zuckte mit den Schultern, als ob sie sich von jeder Verantwortung für ihre Schwester entbinden wollte. Sie fürchtete offenbar, Tante Pearl noch mehr zu provozieren. Sie zeigte auf die leere Teetasse. »Es ist zu spät dafür.«

»Du übertreibst wie immer, Cen.«, sagte Tante Pearl strahlend. »Ich werde einfach einen Aufhebungszauber aussprechen. Merlinda erwacht wieder zum Leben, niemand wird mehr etwas essen oder trinken und alles ist Friede, Freude, Eierkuchen.«

»Mach dich doch nicht lächerlich«, sagte Tante Amber. »Du kannst keine Zeitzauber an dir selbst durchführen.«

»Gut, Amber. Wenn du meinst, dass du alles weißt, dann mach du es doch.« Tante Pearls Augen funkelten Tante Amber an und sie hielt die Arme kapitulierend nach oben. »Bring mich wieder in die Vergangenheit zurück.«

Ich warf einen Blick auf den Flur, als Tyler plötzlich an der Tür erschien. Er und Brayden hatten Merlinda während unserer hitzigen Diskussion weggebracht. Brayden war jedoch nirgends zu sehen.

Tyler wich Dominic aus, als er das Wohnzimmer betrat. »Niemand wird hier etwas wieder aufheben oder so.«

Tante Amber runzelte die Stirn. »Er hat recht, Pearl. »Wir möchten den Unfall nicht vertuschen.«

»Ich sag euch zum allerletzten Mal – es war kein Unfall!« Tante Pearl schoss vom Sofa hoch und alle Anzeichen einer Krankheit waren verschwunden. »Du hast mir nicht zugehört!«

Dominic runzelte die Stirn. Er stand auf, verließ das Wohnzimmer und ging in den Flur.

Earl war immer noch nicht wieder aufgetaucht, und ich fragte mich, was er tat. Tyler hatte uns alle angewiesen, im Wohnzimmer zu bleiben, aber das war, nachdem Earl verschwunden war.

Brayden war auch nicht mehr im Flur, aber ich dachte, er würde sich verdeckt halten, nachdem ihn Tyler gezwungen hatte, ihm zu helfen. Andererseits war es seltsam, dass er nicht mit Gitty auf dem Sofa saß, um zu versuchen, mich eifersüchtig zu machen.

Tante Amber runzelte die Stirn. »Noch etwas, Pearl. Wenn Merlinda ermordet wurde, wie du behauptest, wie ist es dann möglich, dass du den Zauber wieder rückgängig machst? Wir kennen nicht genug Details, um den Zauber rückgängig zu machen. Verheimlichst du uns etwas?«

Gitty blickte vom Feilen ihrer Nägel auf. »Wovon redet ihr eigentlich?«

Wir ignorierten sie alle.

Tante Pearl stampfte mit dem Fuß auf und verzog das Gesicht. »Hör auf das Thema zu wechseln, Amber. Ich wiederhole mich immer wieder, dass ich absolut sicher bin, dass mein Tee völlig in Ordnung war. Es ist Mord.«

»Das werde ich beurteilen.« Tyler nahm die Teetasse mit einer behandschuhten Hand auf und legte sie in einen Plastikbeutel.

»Wage es, mich festzunehmen und es wird dir teuer zu stehen kommen, Sheriff Gates.«

Tyler verdrehte seine Augen. »Du weißt einfach nie, wann du aufhören musst, Pearl.«

Tante Pearl hob einen knochigen Arm drohend in die Luft. »Warum verlässt du nicht diese Stadt, Sheriff Gates? Wir brauchen dich hier nicht.«

Er zwinkerte Tante Pearl zu. »Ganz im Gegenteil, ich bin davon überzeugt, dass du mich brauchst. Ich halte dir Ärger vom Hals.«

»Niemand hält mir irgendwas vom Hals. Schon gar nicht du, Sheriff!! Ich stecke in vielem drin, von dem du keine Ahnung. hast. Du solltest dir keine guten Taten zuschreiben, die du nicht verdient hast.«

»Tante Pearl hör auf, zu diskutieren –«. Ich wurde von Earl unterbrochen.

»Ich habe meinen Messbecher gefunden.« Earl stand an der Esszimmertür, sein Gesicht war gerötet und er schwitzte. Sein Weihnachtsmannanzug war halb aufgeknöpft und enthüllte ein kariertes Arbeitshemd. Sowohl sein Hemd als auch sein Anzug waren mit weißem Pulverstaub bedeckt. »Es war fast der Gleiche wie der von

Ruby, aber der, den ich für das Gift verwendet habe, hatte einen zerbrochenen Ausgießer.«

»Oh nein! Das ist der Messbecher, den ich verwendet habe. Ich erinnere mich jetzt.« Mama sprang vom Sofa auf und schrie, als sie ins Esszimmer lief.

Mein Herz rutschte mir in die Knie, während ich Mama hinterherrannte.

Ich starrte auf den Esstisch. Der Weihnachtskuchenteller war leer. Nicht ein Krümel war übriggeblieben, aber da lag etwas Anderes auf dem Teller.

Zwei tote Mäuse.

»Oh mein Gott!«, schrie Mama. »Wir werden alle sterben!«

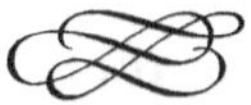

KAPITEL 17

Ich legte meinen Arm um Mama und drückte ihre Schulter, um sie zu trösten. »Vielleicht waren die Mäuse durch Earls Gebräu vergiftet worden, noch bevor sie auf den Tisch gesprungen sind.« Ich wandte mich an Earl und stellte die Frage, die auf der Hand lag. »Lagen sie schon auf dem Teller oder hast du sie da hingelegt?«

»Natürlich lagen sie schon da. Warum sollte ich so etwas tun?« Earl wischte sich die verschwitzte Augenbraue. »Ich bin hinausgegangen, um diesen blöden Weihnachtsmannanzug auszuziehen. Es ist so verdammt heiß da drunter und da habe ich plötzlich die toten Mäuse auf dem Tisch gesehen.«

»Wie kommt das Mehl auf dich.« Tante Ambers Augen verengten sich und blickten Earl misstrauisch an. Die obere Hälfte seines Weihnachtsmannanzugs war mit weißem Pulverstaub bedeckt. »Hast du es wieder mit dem Rattengift verwechselt?«

Earl schüttelte den Kopf und hielt die Hände aus Protest hoch. »Nein … so war das nicht. Aber ich musste nachprüfen, ob oder ob nicht, Ruby meinen Messbecher mit ihrem verwechselt hat. Es machte mich verrückt, und ich könnte mir selbst nicht in die Augen sehen, also ging ich in die Küche zurück, um es zu prüfen.«

»Wie genau führst du einen toxikologischen Test mit einem leeren Messbecher durch?« fragte Tante Amber.

»Ich habe nie gesagt, dass es etwas Wissenschaftliches war.« Earl schaute über seine überdimensionale Weihnachtsgürtelschnalle nach unten. »Aber wenn es mein Rattengift war, dann gibt es eine Art und Weise, es zu wissen.«

»Wie?« fragte ich.

»Ich füllte den leeren Messbecher mit Wasser. Er sprudelte nicht, das sagte mir, dass in Rubys Messbecher wirklich nur Mehl war.« Er runzelte die Stirn, als er sah, dass wir seiner Logik nicht folgten. »Mein selbst gemachtes Rattengiftrezept zischt, wenn man Wasser hinzufügt.«

»Du stellst dein Gift selbst her?« Ich schauderte bei dem Gedanken, das hausgemachtes Gift so etwas ist, wie das, was Tante Pearl herstellen würde. Vielleicht waren sie gar nicht so verschieden. Ich fragte mich, wie viele tödliche Rezepte es in unserem Haus gab.

Earl verdrehte die Augen. »Natürlich mache ich mein Eigenes. Ich bin Landwirt, also improvisiere ich. Ich verwendete Mehl, Zucker, Backpulver und etwas Erdnussbutter. Oh, ... und eine kleine Menge Warfarin.«

Ich runzelte die Stirn. »Blutverdünner?«

Earl nickte. »Nur eine kleine Dosis davon ist giftig für Nagetiere. Die Menge, die ich verwende, ist für den Menschen ungefährlich, genau wie der Rest der Zutaten. Die Erdnussbutter, das Mehl und der Zucker ziehen die Viecher an, und das Backpulver sowie das Warfarin tötet sie, indem sie sowohl Gas als auch Geschwüre bilden. Menschen können furzen, Mäuse und Ratten nicht. Also ist das Gas für sie tödlich. Warfarin ist nur eine zusätzliche Maßnahme. Funktioniert wie Magie.« Earl schnippte zur Betonung mit den Fingern.

»Also war mein Kuchen doch nicht vergiftet?«

Earl schüttelte den Kopf. »Es sei denn, du bist ein Nagetier, das nicht furzen kann.«

Mama faltete die Hände wie zu einem Gebet. »Gottseidank, ich habe niemanden umgebracht.«

Ich zuckte mit den Achseln. »Ich denke, wir sind wieder am Ausgangspunkt angelangt.«

Tante Pearl schenkte mir einen leeren Blick.

»Dein Tee.« Es war nur halb im Scherz, weil Tante Pearls gequältes Ego oft zu drastischen Maßnahmen führte. Nach den Berichten über den Cargo-Kult und meinen eigenen Erfahrungen mit der Schneekugel, war Merlinda schon zu Lebzeiten eine bessere Hexe als Tante Pearl. Immerhin hatte Merlinda im Alleingang einen ganzen Inselstaat im Südpazifik mit ihrer Hexerei hervorgezaubert. Eine große Herausforderung, selbst für die größten Hexenexperten.

Ich starrte auf ihre Schneekugel. Sie schien noch heller zu leuchten als vor wenigen Augenblicken.

»Danke für nichts, Earl.«. Tante Pearl blickte finster drein. »Ich dachte wirklich, wir hätten etwas Besonderes zusammen.«

»Natürlich haben wir das, Pearl«, sagte Earl. »Aber wir alle machen alle ab und an mal Fehler. Ich mache jede Menge, deshalb habe ich alles doppelt geprüft, um sicher zu sein, dass ich die Zutaten in meinem eigenen Rezept nicht verwechselt und möglicherweise damit Rubys Kuchen ruiniert habe, indem sie denselben Messbecher benutzt hat. Ich habe es sogar an mir selbst getestet, um sicher zu sein. Jeder kann jederzeit einen Fehler machen. Wenn du glaubst, dass du Merlinda versehentlich vergiftet hast, dann solltest du es einfach sagen.«

Mama nickte. »Ich weiß, es ist schwer, Fehler einzugestehen, aber wir alle machen welche. Selbst meine perfektionistische Schwester.«

Tante Pearl ließ den Kopf in die Hände fallen. »Ich – ich weiß es einfach nicht mehr. Ich bin immer so vorsichtig, aber mit all den Sachen, die passiert sind, vielleicht habe ich tatsächlich ein paar Zutaten verwechselt.«

Tante Pearl war so ein Pedant im Detail. Es war schwer, sich vorzustellen, dass sie einen Fehler gemacht hatte, auch wenn sie es zugab. Einerseits unterschieden sich Distel und Mistel drastisch im Aussehen. Jede Änderung in ihren Teezutaten musste absichtlich geschehen sein, nicht zufällig.

Andererseits war sie verliebt und wurde immer zerstreuter. Sie war auch in einem fortgeschrittenen Alter. Vielleicht war Vergesslichkeit unvermeidlich. Ich dachte wieder an mein Schneekugelfiasko. Tante Pearl war vielleicht engstirnig, aber sie würde mich niemals in der eisigen Kälte erfrieren lassen. Schon gar nicht vor anderen Menschen. Nein, Tante Pearls Selbstjustiz übte sie immer privat aus.

War sie mit Merlinda zu weit gegangen? Die meisten Lehrer freuten sich über die Leistungen ihrer Schüler, auch wenn sie ihre eigenen Lehrer in den Schatten stellten. Aber Tante Pearl wäre innerlich zerstört, wenn Merlinda sie mit ihrer Hexerei übertrumpft hätte. Würde sie das aushalten?

Die Antwort lautet nein.

Ich verlagerte meinen Blick auf Merlindas tropische Schneekugel. Allen Widrigkeiten zum Trotz wurde die Kugel immer heller und pulsierte jetzt sogar mit Energie. Das war eine supermächtige Zauberkraft.

KAPITEL 18

Ich riss meinen Blick von Merlindas Schneekugel und konzentrierte mich wieder auf Tante Pearl. Tante Ambers konstante Erwähnung des Misteltees war irritierend, aber Tante Pearl musste unbedingt ihre Fehler zugeben.

Ihr Tee konnte nicht ausgeschlossen werden, solange er nicht auf Giftstoffe getestet worden war. Ich vermutete, dass sie Mistel versehentlich statt Distel hinzugefügt hatte. Tief in meinem Inneren wünschte ich mir, dass Tante Pearl endlich erkannte, dass niemand perfekt ist. Noch nicht einmal sie selbst.

Die falschen Schlüsse zu Tante Pearls Tees, Mamas Kuchen, oder irgendetwas anderes in diesem Zusammenhang zu ziehen, könnte die Untersuchung in die falsche Richtung lenken. Es war Zeit, die Wahrheit herauszufinden.

Dominic erschien im Wohnzimmer mit angezogenen Stiefeln und Jacke in der Hand.

Tante Amber schnappte nach Luft. »Sie können jetzt nicht gehen.«

»Sie können mich nicht zwingen, hier zu bleiben. Jemand hat gerade meine Frau getötet und der Sheriff tut nichts dagegen. Er lässt mich nicht in ihre Nähe, aber er lässt den Mörder frei herumlaufen.« Dominic ließ einen Arm in seinen Jackenärmel gleiten und ging auf den

Flur zurück. »Ich werde nicht warten, bis uns der Mörder einen nach dem anderen umbringt.«

»Tyler ist in seiner Handlungsfreiheit eingeschränkt, Dominic«, sagte ich. »Er kann den Fall nicht untersuchen, weil er direkt beteiligt ist. Es ist ein Interessenkonflikt. Er braucht Hilfe von der Polizei aus Shady Creek. Aber bevor das geschieht, müssen sie erst einmal zum Tatort gelangen. Das bedeutet, dass niemand diesen Ort verlassen darf.«

Mama holte tief Luft. »Cen hat recht. Tyler, ich meine Sheriff Gates, weiß, was das Beste ist. Egal was passiert, Sie können jetzt nicht in den Sturm hinausgehen. Sie würden erfrieren!«

Dominic zog den Reißverschluss seiner Jacke hoch. »Lieber versuche ich, draußen durchzukommen, als hier zu bleiben.«

Tante Amber schüttelte den Kopf. »Nein, Sie müssen hierbleiben. Niemand ist in Gefahr, weil es keinen Mörder gibt. Merlindas Tod war ein Unfall. Pearl hat nur die Zutaten in ihrem Kräutertee verwechselt.«

»Hör endlich auf, mich des Mordes zu bezichtigen, Amber.«, schnauzte Tante Pearl. »Warum in aller Welt hätte ich Merlinda etwas antun sollen?«

»Ich – ich habe nie gesagt, dass du es absichtlich getan hast, Pearl.« Tante Amber blickte sich unruhig um. »Wer weiß? Vielleicht war es dein Tee oder vielleicht war es Rubys Kuchen. Etwas hat Merlinda getötet und alles, was wir wissen, ist, dass es ein schrecklicher Unfall war. Niemand hier in diesem Raum ist ein Mörder.«

»Nun begreift es doch endlich.«, schnaubte Dominic. »Der Mörder ist hier in diesem Raum. Ich hole Hilfe.«

»Hilfe von wem?«, fragte Mama. »Die Straßen sind alle gesperrt, Sie kommen nicht nach Shady Creek. Und wir haben Glück, dass wir Sheriff Gates bei uns haben, denn mit ihm sind wir in Sicherheit.«

»Eher Unglück«, fügte Tante Pearl murmelnd hinzu.

»Hmphf.« Brayden machte kein Geheimnis aus seiner Abneigung und seinem mangelnden Vertrauen in Tyler. Er würde ihn sofort feuern, wenn er könnte. Aber einen Ersatz zu finden war so ziemlich unmöglich und wenn er ihn feuern würde, hätte Brayden schlechte Karten als Bürgermeister. Niemand sonst, der bei klarem Verstand war, wollte Recht und Ordnung in Westwick Corners durchsetzen.

»Wir denken, es ist der Weihnachtskuchen, Dominic. Sie haben doch auch davon gegessen, nicht wahr?« Ich setzte einen besorgten Blick auf.

»Aber du sagtest doch gerade, dass der Kuchen – « Mamas Augen huschten zwischen Tante Amber und mir hin und her.

Tante Amber nickte. »Cen hat recht, Dominic. Sie haben eine ganze Menge von diesem Kuchen gegessen. Sie können nicht allein nach draußen gehen, bis wir den Kuchen getestet haben. Wenn Sie gehen und so wie Merlinda krank werden, dann ist niemand da, der Ihnen helfen kann.«

Wir hatten den Kuchen unter uns bereits ausgeklammert, aber das wusste Dominic nicht. Er war nicht im Raum gewesen, als Earl bestätigte, dass seine Rattengiftzutaten für die Menschen völlig ungefährlich waren.

Er prustete. »Deswegen mache ich mir keine Sorgen.«

»Warum nicht, Dominic?« Tante Pearl zeigte einen knochigen Finger auf ihn. »Ist es, weil Sie Merlinda getötet haben? Sie haben es getan, und zwar mit diesem seltsamen grünen Pulver, dass Sie auf Merlindas Kartoffelbrei gestreut haben.«

Tyler schüttelte den Kopf. »Nein. Ich habe die Dose gefunden. Das grüne Zeug ist nur ein Nahrungszusatz.«

»Niemand hat dich um einen Kommentar gebeten«, sagte Tante Pearl.

»Ich würde Merlinda niemals etwas antun«, protestierte Dominic. »Ich habe sie geliebt.«

»Also warum haben Sie es dann so eilig, Ihre Frau zu verlassen?«, fragte Tante Amber

Unschuldige Männer machten sich im Allgemeinen nicht aus dem Staub und hinterließen den Leichnam ihrer Frau wie ein entsorgtes Gepäckstück zurück. Seine Handlungen passten nicht zu seinen Worten.

Tyler trat auf Dominic zu und blockierte ihm den Weg. »Niemand geht irgendwohin, bis wir diesen Fall gelöst haben. Du gehörst dazu.«

»Aber – «. Dominic hob den Arm zum Protest.

»Es ist gefährlich da draußen.« Tyler neigte den Kopf zum Fenster. »Ich weiß, dass diese Situation nicht ideal ist. Tatsache ist, dass wir alle hier gefangen sind, bis der Sturm nachlässt. Die Gerichtsmedizinerin kann wegen des Sturms nicht vor morgen früh hier sein. Bis sie kommt, bleiben wir alle hier.«

»Tyler hat recht, Dominic«, sagte Mama und zeigte zum Fenster.

»Schauen Sie nach draußen. Der Schnee ist zu tief, um zu laufen, geschweige denn, um zu fahren.«

Der Wind hatte riesige Schneewehen gemeißelt, die es sogar unmöglich machten, vom Parkplatz zu fahren. Dominics abgestellter Escalade stand immer noch mitten in der Einfahrt unter einem riesigen Schneehaufen. Vielleicht war schiere Faulheit nicht der einzige Grund, warum er die paar Meter nicht zum Parkplatz gefahren war. Vielleicht hatte er die ganze Zeit eine Flucht geplant.

Tyler legte eine Hand auf Dominics Schulter und führte ihn zum Sofa. »Wenn ich du wäre, würde ich mich hinsetzen und reden, damit wir diese Sache gemeinsam lösen können. Ich möchte alles über Merlinda wissen, auch über ihre familiären Probleme zu Hause. Es ist in deinem eigenen Interesse, zu kooperieren, weil die Dinge für dich im Moment nicht gut aussehen.«

»Bin ich ein Verdächtiger?« Dominic setzte sich nicht. Er stand mit verschränkten Armen neben dem Sofa. »Oder bin ich vielleicht in Haft?«

Tyler rieb sich das Kinn, bevor Dominic antwortete. »Jeder hier ist verdächtig, bis wir mehr Antworten haben. Als ihr Ehemann bist du der Verdächtige Nummer eins, bis das Gegenteil bewiesen ist. Ich werde dich verhaften, wenn du versuchst, zu fliehen, also lass es besser bleiben, Dominic.«

»Ich wusste es«, murmelte Tante Pearl.

Tyler hatte eigentlich zu niemandem viel gesagt. Er war sogar sehr verschwiegen für jemand, der mir normalerweise die Einzelheiten seiner Ermittlungen mitteilte. Ich hatte einen Kloß im Hals, als ich erkannte, dass ich diesmal Teil des Falls bin und möglicherweise sogar zum Kreis der Verdächtigen gehörte, genau wie der Rest meiner Familie. Niemand konnte zum jetzigen Zeitpunkt ausgeschlossen werden. Tyler konnte keine Notizen mit mir vergleichen, selbst wenn er wollte.

Gitty lächelte sarkastisch. »Schwerer Schlag, Tyler. Du hast wirklich alle Hände voll. Wartest du, bis die echte Polizei hier ist? «

Dominic starrte Gitty böse an. »Äh – Entschuldigung. Merlinda ist gerade gestorben und du machst Witze? Was für eine Art Mensch bist du?«

»Offenbar kein Mörder wie du«, sagte Gitty in bitterem Ton. »Ich wette, du hast einen Haufen Versicherungen auf deine Frau abgeschlossen, bevor du sie getötet hast.«

Brayden hielt sich wie ein Kind die Ohren zu. »Könntet ihr jetzt bitte alle aufhören! Ich bekomme von eurem Gezeter Migräne. Tut einfach nur, was Tyler sagt. « Brayden hatte sich als Bürgermeister wählen lassen, weil er gern Verantwortung trug. Schade, dass er so schlecht darin war. Er vermied Konflikte wie die Pest. Das erwartete er von Tyler als Sheriff – seine ganze schmutzige Arbeit zu tun. Brayden sahnte immer nur ab. Aber wenn die Dinge drunter und drüber gingen, bekam Tyler die ganze Schuld.

Ich war nicht sicher, was mich mehr überraschte: Braydens Gefühlsausbruch oder seine plötzliche Unterstützung von Tyler.

Gitty motzte Brayden an. »Kommandier mich nicht rum, Brayden.«

Brayden stieß einen tiefen Seufzer aus. »Ich kommandiere niemanden herum – egal, vergiss es. Hör einfach nur auf den Sheriff.«

»Sheriff, du bist ein Idiot.« Dominic zeigte mit dem Finger auf Tante Pearl. »Es ist ihr seltsamer Tee. Was, wenn diese alte Schachtel noch jemand anderes vergiftet?«

»Wir werden dafür sorgen, dass niemand anders den Tee trinkt. Ganz einfach.« Tyler runzelte die Stirn.

Tante Pearl zitterte am ganzen Körper und sie fluchte leise vor sich hin. Ihr Zorn war sichtbar, auch bei Kerzenschein. »Ihr wärt alle schon tot, wenn ich euch vergiften wollte.«

Brayden drehte sich zu Dominic um. »Du siehst zu viele Kriminalfilme. Pearl ist nicht in der Lage, so etwas zu tun.«

Tante Pearl zeigte ihre Faust. »Sag mir nicht, wozu ich in der Lage bin! Ich könnte euch alle auf der Stelle töten, ohne den Finger krumm zu machen.«

»Pearl!« Mama schnappte nach Luft. »Sag so etwas nicht.«

Es fiel mir ein, dass Gift die bevorzugte Waffe kleiner alten Damen war. Ich behielt diesen Gedanken für mich.

Tante Pearl stürmte auf Dominic zu und hämmerte auf seine Brust. Er war mindestens einen Kopf größer als sie, daher landeten ihre Schläge irgendwo zwischen Bauch und Brust. »Warum sind Sie eigentlich hier?«

Sie haben mich eingeladen, schon vergessen? Hören Sie bitte auf, mich zu schlagen.« Dominic griff Tante Pearls knöcherne Handgelenke und hielt sie auf Armlänge.

»Ich habe Sie nur eingeladen, weil ich dachte, Sie würden es nicht schaffen, hierher zu kommen. Merlinda wollte nach Hause gehen. Ich habe die Einladung ausgesprochen, weil ich davon überzeugt war, dass Sie nicht hier auftauchen. Leider taten Sie es doch.«

»Sie ist meine Frau, Pearl. Ich brauche keine Einladung von Ihnen, um sie zu besuchen.«

»Ach ja? Nun, ich weiß zufällig, dass Ihnen Merlinda erzählt hat, sie würde nach Hause, nach Vanuatu fliegen. Es ist ein zehnstündiger Flug, wieso haben Sie denn erwartet, sie hier anzufinden? Sie können unmöglich vorzeitig gewusst haben, dass ihr Flug annulliert wurde.«

»Natürlich wusste ich das. Ich habe die Wettervorhersage verfolgt. Es war hundertprozentig sicher, dass es Sturm geben würde.« Dominic klang nicht überzeugend. »Wissenschaft übertrumpft immer die Magie. Ich habe mir sogar einen Last-Minute-Flug besorgt.«

Tante Pearl schnaubte. »Lügner. Niemand bekommt Last-Minute-Flüge in der Weihnachtszeit.«

»Die Sturmprognose kam erst wenige Stunden vor Merlindas Abflug heraus.«, fügte Mama hinzu. »Wie konnten Sie gewusst haben, dass sie hier festsitzen würde? Es gibt nur einen täglichen Flug nach Vanuatu, und zwar mit derselben Maschine, mit der Sie angeblich gekommen sind.«

Tante Amber nickte. »Etwas an Ihrer Geschichte stimmt nicht, Dominic. Sie müssen schon einen Tag vorher angekommen sein.« Sie murmelte etwas vor sich hin.

Dominics Zorn war plötzlich verschwunden. Sein Gesicht erschlaffte und seine Augenlider senkten sich. Er schwankte. Er lehnte sich kurz an die Wand, um sich abzustützen, bevor er in eine sitzende Position auf den Boden sank.

Tante Amber lächelte. »Einer weniger.«

Brayden sprang vom Sofa und eilte zu Dominic. »Dominic? Was ist los?«

Keine Reaktion.

»Was ist los?« Gitty folgte Brayden und beugte sich über Dominic. »Bist du auch krank?«

Dominic nickte noch einmal, bevor sich sein Kopf auf seine Brust senkte.

Tante Amber wiederholte ihren Zauberspruch und innerhalb von Sekunden waren Gitty und Brayden zusammen mit Dominic verhext. Alle drei saßen wie ein Schluck Wasser in der Kurve an der Wand und Gitty war zwischen den zwei Männern eingeklemmt. Sie brachen alle in einem Haufen zusammen.

»Was um alles in der Welt –«, rief Tyler.

»Du bist genauso schlecht wie Tante Pearl«, sagte ich, während ich auf unsere drei bewusstlosen Gäste starrte.

»Du kannst mir später danken«, sagte Tante Amber. »Sie sind zu viel Ablenkung. Wir müssen uns auf das wirkliche Problem konzentrieren – Pearls Tee.«

»Hör endlich auf, Amber!« Tante Pearl stampfte mit dem Fuß auf. »Ich werde meinen Kopf nicht für ein Verbrechen hinhalten, das ich nicht begangen habe!«

Tyler schüttelte den Kopf. »Okay, wir brauchen eine ehrliche Diskussion. Du kannst doch nicht einfach so Menschen verzaubern, Amber. Wie sollen wir denn jetzt herausfinden, was real und was übernatürlich ist?«

»Das ist genau der Grund, warum ich sie erstarren ließ«, antwortete Tante Amber. »Die Variablen entfernen, sodass wir diesen Fall knacken können.«

Tyler schüttelte den Kopf. »Ich werde mich darum kümmern, den Fall zu lösen. In der Zwischenzeit müsst ihr damit aufhören, euch einzumischen.«

»Es geht uns genauso viel an wie dich, Tyler. Wir können nicht alle unsere Hexengeheimnisse verraten oder Gefahr laufen, dass die CSI-Einheit von Shady Creek auf die falsche Fährte gerät, nur, weil sie sich nicht übernatürliche Dinge erklären können. Wir müssen die Magie aus der Gleichung beseitigen.«

»Ich kümmere mich um alles«, sagte Tyler. »Aber in der Zwischenzeit lasst ihr die Hände weg. Weck diese Leute sofort wieder auf.«

Ich schauderte bei dem Gedanken, wenn Brayden entdecken würde, dass er von Tante Ambers Zauberspruch ausgeschaltet wurde. Das würde uns alle teuer zu stehen kommen. Er würde zweifellos einen Weg finden, Tyler auch dafür verantwortlich zu machen.

»Ist dir klar, dass Merlindas übernatürliche Fähigkeiten der Grund sein könnte, warum man sie getötet hat?«, fragte Pearl. »Einer dieser Eindringlinge ist wahrscheinlich Merlindas Mörder, nicht wir. Entweder tust du jetzt was oder ich werde es tun, Sheriff. Bevor noch jemand anderes stirbt.«

Tante Pearl schien sich nicht mehr über die Sache mit dem verpfuschten Tee aufzuregen. Ihr bläulicher Hautton war verschwunden und sie stand wieder fest auf den Beinen.

»Beruhig dich, Pearl«, sagte Mama. »Das gilt auch für dich, Amber. Lass den Sheriff seine Arbeit machen.«

Dominic, Gitty und Brayden schliefen alle friedlich, eine Kakofonie aus Schnarchen und Pfeifen.

Aber wir hatten alle Earl vergessen. Er stand mit einem verwirrten Gesichtsausdruck am Eingang. Er hatte seinen Weihnachtsmannanzug gegen ein Flanellhemd und einen Overall ausgetauscht. »Pearl, was zum Teufel ist hier los? Du hast mir versprochen, keine von diesen komischen Sachen heute Abend zu machen.«

Earl meinte damit Tante Pearls Hexerei.

»Nein ... ich habe dir nur gesagt, dass ich sie nicht an dir tun werde.« Sie bemerkte unsere verdutzten Blicke. »Kümmert euch um euren eigenen Angelegenheiten!«

»Tante Pearl, du hast es doch erst zu unseren Angelegenheiten gemacht.« Ich schüttelte bestürzt den Kopf. Tante Pearls Schule und das drumherum waren der eigentliche Grund, warum wir uns in diesem Chaos befanden. Es war nicht von der Hand zu weisen, dass Merlinda immer noch bei uns wäre, wenn Tante Pearl nicht diese merkwürdige Heiligabendparty ins Leben gerufen hätte.

KAPITEL 19

Merlinda schien so gut wie vergessen zu sein. Tyler und Tante Amber diskutierten über die besten Ermittlungstechniken, während unsere drei Gäste auf dem Wohnzimmerboden schnarchten.

Tyler stimmte Tante Ambers verdrehter Psychologie zu. »Du hast recht, Amber. Wir müssen unsere Verdächtigen außer Gefecht setzen, während wir den Fall lösen.«

Tante Amber lächelte. »Legen wir los!«

»Warte mal, Sheriff«, sagte Tante Pearl. »Du kannst weder Dominic noch einen von uns gegen unseren Willen festhalten. Was für eine Art Gesetzeshüter bist du? Du hast uns nichts vorzuwerfen. Du hast uns ja noch nicht einmal verhört.«

»Die Polizei von Shady Creek wird das tun.«, sagte Tyler. »Ich bin befangen, weil ich hier war, als Merlinda gestorben ist. Ich gehöre auch zum Fall.«

»Wahrscheinlich schuldiger als die Sünde selbst«, murmelte Tante Pearl leise.

Tante Amber verdrehte die Augen. »Ich denke, dass wir bereits wissen, wer das Merlinda angetan hat, Pearl. Unfälle passieren und je eher du zugibst, dass du –«

»Hör auf, mich zu beschuldigen, Amber! Ich habe den gleichen Tee getrunken und es geht mir gut.« Tante Pearl drehte sich zu Tyler um. »Und was dich anbelangt, Sheriff, auch wenn du uns in die Stadt mitnehmen und einsperren willst, geht das nicht. Das Gefängnis von Westwick Corners ist zu klein für mehr als zwei Personen. Daran hast du wohl noch nicht gedacht, Söhnchen?«

Tyler ignorierte Tante Pearls respektlosen Tonfall und deutete auf die Schnarchklumpen an der Wand. »Die hier werden im Moment nirgendwo hingehen. Amber, wie lange –?«

»Sie werden so lange schlafen, wie du das willst.«, sagte Tante Amber. »Ich werde sie aufwecken, wenn du es mir sagst.«

»Was zum Kuckuck ist hier los?« Earl runzelte die Stirn. »Haben sie etwa auch Pearls Tee getrunken?«

Tante Pearl stampfte mit dem Fuß auf. »Wie oft muss ich es euch noch sagen? Es ist nicht mein Tee. Ich habe keine Ahnung, wo das gedruckte Rezept herkam oder wie es in meine Tasche gelangt ist. Das Gleiche gilt für die Kopie, die Amber auf dem Küchentisch gefunden hat. Jemand versucht, mir etwas anzuhängen. Ich habe die Zutaten nicht verwechselt, ganz gleich, was Amber behauptet.«

»Das Rezept ist in deiner Handschrift geschrieben, Pearl. Ich würde sie überall erkennen.« Tante Amber wedelte mit dem Zettel unter Tante Pearls Nase. »Gib es zu. Du hast einen Fehler gemacht.

»Das ist eine Fälschung, Amber. Wie kannst du es wagen, mich zu beschuldigen –«

»Ach nun hört doch endlich mit eurer Zankerei auf, ihr zwei!« Mama trat zwischen ihre Schwestern und schob sie mit ihren Armen auseinander. »Ich bin froh, dass Pearls Tee in Ordnung war. Das macht es umso wichtiger, den Dingen auf den Grund zu gehen. Wir müssen herausfinden, was der armen Merlinda passiert ist und es bringt überhaupt nichts, wenn wir uns gegenseitig aufwiegeln.«

Tante Pearl und Tante Amber machten beide ein paar Schritte zurück und starrten Mama schockiert an.

Ich war stolz, zu sehen, wie Mama sich gegen ihre beiden willensstarken Schwestern durchsetzte.

Ein lautes Schnarchen erschütterte die Stille.

Eher ein Schnauben.

Dominic öffnete für einen Moment ein Auge, bevor er wieder in den Schlaf sank.

Tante Amber kicherte über ein weiteres lautes Schnarchgeräusch. Diesmal kam es von Brayden.

Ich gähnte und fühlte mich plötzlich ganz schläfrig. Zum ersten Mal bemerkte ich, dass wir alle lethargisch waren, unsere Augenlider herabhingen und darum kämpften, wach zu bleiben. Meine Gedanken waren auf einmal ganz woanders, obwohl ich aufmerksam bleiben musste. Bin ich auch verhext worden?

Ich rieb mir den Kopf und wandte mich an Tante Pearl. »Wir müssen es unbedingt herauszufinden, bevor sie aufwachen.«

»Dann rede mal mit deinem Sheriff-Freund da drüben. Warum sollen wir die ganze Arbeit für ihn tun?«, fragte Tante Pearl.

Ich warf einen Blick auf Tyler. Er hockte auf dem Flurboden und tütete irgendetwas mit einer behandschuhten Hand ein.

Ich drehte mich wieder zu Tante Pearl um. »Wir tun nicht seine Arbeit. Wir helfen ihm einfach, nutzlose Spuren zu beseitigen. Wenn wir wenigstens das tun können, ist er in der Lage, der Polizei von Shady Creek den Beweis zu liefern, dass wir nichts damit zu tun haben. Lass uns Beweise finden, die uns ausschließen, anstatt uns gegenseitig zu beschuldigen.«

»Cen hat recht.« Tante Amber nickte.

Wir starrten alle auf die schnarchenden Körper vor uns.

»Einer von ihnen muss der Mörder sein«, sagte Mama.

»Unsinn.« Tante Pearl seufzte. »Ich wünschte, es wäre wahr, denn ich mag keinen von ihnen. Aber die traurige Tatsache ist, dass es dein Weihnachtskuchen war, Ruby.«

»Ach ... jetzt ist es also wieder mein Kuchen?« Mama legte die Hand an ihre Brust. »Wie ist das möglich? Ihr habt alle davon gegessen.«

Tante Pearl schüttelte den Kopf. »Nein, Ruby. Wir haben vorgegeben, ihn zu essen. Genau wie jedes verdammte Weihnachten in den letzten zwanzig Jahren.«

»Was soll das heißen? Dass ihr meinen Kuchen nicht mögt? Das kann nicht sein – ihr esst so viel davon, dass ich kaum noch mit dem Backen nachkomme.« Mama drehte sich zu mir um. »Cen, du magst doch meinen Weihnachtskuchen.«

»Äh, na ja ... Ich mache gerade eine Diät, also ...«

Nachtigall ...

»Du hast heute Abend kein Stück davon gegessen, nicht wahr?«

Ich wandte meinen Blick beschämt ab.

Mama drehte sich zu Amber um. »Ich nehme an, dass du auch zu dieser Kuchenverschwörung gehörst?«

Tante Amber zuckte mit den Schultern. »Ich muss auf meine Figur achten, Ruby. Als ledige Frau …«

»Es tut mir leid, Mama. Wir wissen, dass du dir viel Mühe gibst und … wir wollten nur deine Gefühle schonen.«

Ich hatte plötzlich Schuldgefühle. Das Spiel war vorbei, Mamas Gefühle waren angeschlagen, weil keiner von uns jahrelang den Mut gehabt hatte, ihr die Wahrheit über ihren ungenießbaren Kuchen zu enthüllen. Und ich konnte einfach nicht mehr länger lügen.

»Du sprichst für dich selbst, Frollein.« Tante Pearl stapfte in Richtung Flur. »Ich werde diese Sache ein für alle Mal aufklären.«

»Warte – du kannst jetzt nicht gehen.« Tyler versperrte ihr den Durchgang. »Niemand geht irgendwohin.«

»Sheriff oder nicht, du kannst mich nicht gegen meinen Willen festhalten.« Tante Pearl blickte finster drein. »Vielleicht kannst du Dominic einsperren, aber du kannst keine Hexe aufhalten. Weder Tod noch Teufel können mich davon abhalten, dieses Verbrechen zu lösen und den Mörder zu entlarven. Irgendjemand muss es tun. Es geht über deine Fähigkeiten hinaus.«

Tyler verdrehte die Augen und schmunzelte.

Was Tante Pearl erzürnte. »Versuch ruhig, mich aufzuhalten.«

Tyler rührte sich nicht.

Tante Pearl sah verwirrt aus. Ihre Augen huschten zwischen Tyler und der Haustür hin und her.

»Sheriff – hältst du mich jetzt auf, oder was?« Sie verschränkte die Arme und stellte sich breitbeinig hin.

Ich rannte in den Flur, gefolgt von Mama und Tante Amber.

Ich konfrontierte meine Tante. »Im Ernst, Tante Pearl, wo willst du bei diesem Sturm hingehen?«

Tante Pearl trat zurück, bis sie gegen die Tür stieß. Sie kauerte wie ein in die Enge getriebenes Tier, machtlos.

»Das geht dich nichts an«, schnauzte sie. Ihr Körper leugnete ihre scharfen Worte. Zum ersten Mal machte sie einen unsicheren Eindruck.

Und sie hatte Angst.

KAPITEL 20

Es ging alles so schnell.

Tante Pearl stellte sich uns gegenüber in eine Kampfposition und lehnte gegen die Haustür.

»Tante Pearl! Nimm die Waffe runter!« Meine Arme schossen instinktiv nach oben. Sie würde nicht schießen, um zu töten, aber ich würde es ihr zutrauen, in meinen Fuß oder mein Bein zu schießen, wenn ich nicht kooperieren würde. Sie würde es rationalisieren und den Schaden mit Hexerei reparieren.

Ich konnte es mir nicht leisten, dieses Risiko einzugehen.

»He, das ist ja Tylers Waffe! Was zum Henker – « Tante Amber hob die Arme, als es ihr dämmerte. »Pearl, was geht in dir vor?«

Mein Puls beschleunigte sich. Ich durchsuchte den Flur nach Tyler, aber leider keine Spur von ihm. Er hatte noch kurz zuvor neben Tante Pearl gestanden. Die Waffe war mir jetzt egal, aber was hatte sie mit ihm gemacht?

»Wir haben einen Mörder in unserem Haus und Sheriff Gates hat seine Waffe achtlos herumliegen lassen«, sagte Tante Pearl. »Jemand musste die Situation in die Hand nehmen.« Sie neigte den Kopf zum Fußboden. Tylers leeres Holster lag dort, wo er noch kurz zuvor gestanden hatte.

In ruhiger Stimme sagte ich: »Und derjenige bist du?«

Tyler hatte das Holster zusammen mit der Waffe getragen, dessen war ich mir sicher. Er ging immer sehr vorsichtig mit Feuerwaffen um. Wenn er seine Waffe nicht trug, und sei es nur für eine Minute, schloss er sie ein. Und dass er sie nicht trug, bedeutete nur eines.

Tante Pearl hatte sich der Waffe durch Zauberkraft ermächtigt.

Und Tyler war in Schwierigkeiten.

Mein Herz klopfte im Hals. Wo genau *war* Tyler?

Tante Pearl war dabei, überzuschnappen und ich musste sie stoppen, bevor es zu spät war. Auszuflippen würde die Situation nur eskalieren. Ich brauchte eine Strategie, um sie zu entwaffnen.

Meine Augen trafen Tante Amber. Sie dachte das Gleiche. Sie wich langsam zurück, um nicht Tante Pearls Aufmerksamkeit auf sich zu ziehen, dann verschwand sie im Wohnzimmer.

»Nimm die Waffe runter, Pearl.« Mama stand hinter mir.

Ich konnte Tante Pearl nicht dazu bewegen, aber vielleicht konnte es Mama. Mama konfrontierte ihre Schwester nur selten, aber die aktuelle Situation verlangte nach Taten. Mama hatte buchstäblich meine Rückendeckung. Ich hoffte nur, dass die Dinge nicht weiter aus dem Ruder gerieten. Geschwisterrivalität war eine Sache. Die Rivalität übernatürlicher Geschwister war eine ganz andere.

Ich runzelte die Stirn. »Es sieht Tyler nicht ähnlich, sein Holster abzunehmen, außer wenn wir … « Meine Stimme verstummte, als mich ein paar Augen fast erdolchten.

»Außer, wenn ihr was?« Tante Pearls Mundwinkel verzogen sich zu einem Grinsen. Sie hielt die Waffe ganz ruhig fest. »Würdest du uns bitte erleuchten?«

»Nein.«, antworte ich ruhig und leise. »Vergiss es. Tu einfach das Ding da runter.«

Tante Pearl senkte die Waffe, gerade als Tante Amber mit Tyler im Gefolge zurückkam. Er sah müde und zerzaust aus, aber ansonsten unversehrt. Tante Pearl hatte ihn offensichtlich mit Hexerei außer Gefecht gesetzt, um seine Waffe zu stehlen.

»He, das ist meine Waffe.« Tyler stürzte sich auf Tante Pearl und entwaffnete sie innerhalb von Sekunden. Er steckte seine Waffe wieder ins Holster und legte es um. Dann zeigte er mit dem Finger auf meine beiden Tanten. »Ihr zwei setzt euch jetzt ins Wohnzimmer. Amber, du passt auf, dass sie nirgendwo hingeht.«

Tante Amber legte eine Hand auf Tante Pearls knochige Schulter und führte sie zur Tür.

»Mach dich auf eine Anklage gefasst, Sheriff. Das ist Schikane durch die Polizei.« Tante Pearl blieb an der Tür stehen und fluchte vor sich hin.

Tyler ignorierte sie.

»Komm schon, Pearl.« Tante Amber zog Tante Pearl ins Wohnzimmer.

Tante Pearl stürzte auf den Eingang zu. »Du kannst mich nicht herumkommandieren, Sheriff. Ich gehe hin, wo immer ich will.«

»Nein, das wirst du nicht.« Tante Amber führte Tante Pearl mit eisernem Griff zum Sofa. Beide setzten sich.

Ich war zwar erleichtert, dass Tyler nichts passiert war, aber ich hatte Angst, weil Tante Pearl drastische Maßnahmen ergriffen hatte, um Tyler auszutricksen, obwohl wir bereits einen Mörder in unserer Mitte hatten. Hexerei und Waffen waren eine tödliche Kombination. Tante Pearl wusste sehr wohl, dass sie zu weit gegangen war. Was war nur mit ihr los?

»Sie wird nirgendwo hingehen«, schrie Tante Amber zu Tyler in den Flur. Sie drehte sich zu Tante Pearl um. »Der Sheriff hat dich nicht verhaftet, das bedeutet aber nicht, dass er das nicht noch kann. Du stehst unter WICCA-Hausarrest, Pearl.«

»Du verhaftest deine eigene Schwester?« Oma Vi schwebte über dem Sideboard im Esszimmer. Sie blickte mit Verachtung auf ihre Töchter. »Amber, also wirklich ... das ist Machtmissbrauch. Könnt ihr zwei euch denn nicht einmal vertragen?«

Ich lächelte trotz der Ernstes der Situation. Meine alten Tanten blieben in Oma Vi's Augen für immer ihre kleinen Mädchen.

Unser Gezänk weckte Brayden auf, jedoch nicht Dominic und Gitty, die immer noch friedlich schlummerten.

Brayden rieb sich die Schläfe und runzelte die Stirn. Er hatte Teile des Gesprächs mitgehört. »Tyler hat dir seine Waffe gegeben?«

Tante Perle nickte. »Er hat mir seine Waffe nicht freiwillig gegeben. Ich habe sie gestohlen.«

»Tyler! Komm sofort hierher«, befahl Brayden.

Tyler erschien an der Tür. »Ja?«

Brayden drehte sich zu ihm um. »Stimmt es, was Pearl sagt? Du hast dich von einer kleinen alten Dame austricksen lassen?«

Tante Pearl starrte Brayden an. »Ich bin nicht alt.«

Tyler wollte gerade etwas erwidern, wurde aber von Tante Amber unterbrochen.

»Halt Tyler da raus«, sagte Tante Amber. »Du weißt, zu was Pearl in der Lage ist, Brayden. Abgesehen davon, dass eine Waffe stehlen nicht das Schlimmste ist, bei alldem, was ist hier passiert ist. Längst nicht.«

»Meinst Du damit Merlinda? Auch das hätte der Sheriff verhindern müssen. Merlinda wurde direkt unter seinen Augen getötet.« Brayden schüttelte angewidert den Kopf.

»Du warst doch auch da. Wir alle waren es«

Ich vergaß, zu erwähnen, dass Brayden zu dieser Zeit bewusstlos gewesen war. Durch die Zauberkraft war er sich dessen nicht bewusst.

»Vielleicht, aber ich habe kein Fünkchen zur heutigen Tragödie beigetragen.« Brayden war zunächst um sich selbst und als Nächstes um die politischen Folgen besorgt. Alles andere kam an dritter Stelle. Eigentlich war ihm der tragische Tod von Merlinda schnurzpiepegal. Der Tod hatte ihn schnell von seiner Verliebtheit geheilt.

»Dem stimme ich absolut nicht zu. All dies wäre ohne dich niemals geschehen, Brayden«, sagte Tante Pearl. »Du hast Dominic provoziert, und dann hat er Merlinda in einem Anfall von Eifersucht umgebracht.«

»Das ist eine Lüge. Ich habe von Merlinda kaum Notiz genommen.« Braydens Auge zuckte, ein sicheres Zeichen dafür, dass er log.

Ich warf einen Blick auf Gitty und Dominic, die immer noch ohnmächtig, zusammengewürfelt an der Wand schliefen.

Von Earl gab es allerdings keine Spur. Er hatte sich wohl rar gemacht, als Tante Pearl Tylers Pistole ergriff.

»Wechsle das Thema, Pearl«, sagte Tyler. »Und Hände weg von meiner Waffe. Für eine Nacht, haben wir genug Drama gehabt.«

»Nun, das nächste Mal lass deine Waffe nicht herumliegen, Sheriff.«, schnauzte Tante Pearl. »Ich kann nicht für deine Nachlässigkeit zur Verantwortung gezogen werden.«

»Aber ich habe nicht – na ja, egal.« Tyler wandte sich ab. »Ich habe wichtigere Dinge zu tun, als mit dir zu streiten, Pearl. Ich weiß, dass ich weder mein Holster noch meine Waffe entfernt habe.«

Mama runzelte die Stirn. »Wenn du nicht endlich aufhörst, mit Tyler zu streiten, Pearl, bekommst du's mit mir zu tun. Verstanden?«

»Verstanden.« Tante Perle seufzte, besiegt. Sie war ausnahmsweise von ihren beiden Schwestern überwältigt worden.

Oma Vi schwebte über Tylers Kopf. Sie zwinkerte mir zu und flüsterte: »Oh ... magisch.«

Ich ignorierte sie. »Lasst uns über Merlinda reden. Wir waren hier alle am Tisch und haben fast alle das Gleiche gegessen. Niemand verließ den Tisch, mit Ausnahme von Merlinda. Wie kann sie vergiftet worden sein? Durch etwas langsam Wirkendes? Wenn ja, dann hat sie es vielleicht schon mehrere Stunden zuvor eingenommen«

Mama und ich tauschten nervöse Blicke aus. Ich wusste, dass sie trotz Earls Erklärung, immer noch ein wenig besorgt wegen des Mehls in ihrem Weihnachtskuchen war. Mama hatte mit Merlindas Ableben absolut nichts zu gewinnen. Und alles zu verlieren mit einem Gast, der in unserer Pension gestorben ist. Eigentlich zählte sie nicht zu den Verdächtigen.

Andererseits war Mama eine bekannte Expertin für Kräutertees, von denen einige tatsächlich giftig waren. Sie war auch die Köchin der Pension und hatte alle Mahlzeiten für Merlinda zubereitet. Sie hatte die Mittel und Gelegenheit, Merlinda zu vergiften, aber kein wirkliches Motiv. Dennoch würde sie in Mangel an Gegenbeweisen von der Polizei verhört werden. Wir mussten all diesen Spuren nachgehen, um Mama als Verdächtige vollständig auszuschließen.

Ich dachte an das grüne Pulver, dass Dominic Merlinda verabreicht hatte. Er hätte diesem Nahrungsergänzungsmittel etwas hinzufügen können. Vielleicht war es genau wie Mamas Kuchen durch eine versteckten Zutat verdorben gewesen.

Aber vielleicht war Dominics Pülverchen durch etwas weniger Harmloses als Erdnussbutter verdorben. Als Merlindas Ehemann hatte er sicherlich ein Motiv.

Ich wandte mich an Tyler. »Was ist mit Merlindas Zimmer? Vielleicht gibt es dort etwas, dass ihr geschadet haben könnte?«

»Lasst uns gehen.« Er ging die Treppe hinauf, mit Mama und mir dicht dahinter.

KAPITEL 21

Zehn Minuten später standen Tyler, Mama, und ich wieder vor Merlindas Zimmertür. Wir hatten ihr Zimmer inspiziert und darauf geachtet, nichts zu berühren. Ihre Suite war makellos und ohne persönlichen Gegenstände. Das einzige Anzeichen von Merlinda war ihre Handtasche, die auf einem ordentlich gemachten Einzelbett lag. Mit Ausnahme von ein paar Toilettenartikeln und Kleidung in den Kommodenschubladen, gab es nur sehr wenig Beweise dafür, dass der Raum besetzt gewesen war und schon gar keine Anzeichen dafür, dass Merlinda dort drei Monate verbracht hatte.

Tyler und ich mussten zumindest den übernatürlichen Aspekt ausschließen, damit die Polizei von Shady Creek nicht anfing, die falsche Spur zu verfolgen. Es war nicht ganz nach Vorschrift, aber mit vier Hexen und einem Geist in der Mitte, war es notwendig.

»Es ist irgendwie seltsam, dass Merlinda keine Fotos oder Erinnerungsstücke von Dominic hatte.« Tyler durchwühlte Merlindas Handtasche. Er holte ihr Handy heraus und untersuchte den Bildschirm. Er hielt ihn uns hin. »Auf ihrem Bildschirm ist ein Foto von einem anderen Mann. Nicht Dominic, sondern ihr neuer Mann. Die meisten Menschen nehmen eine Erinnerung an ihre bessere Hälfte mit, wenn sie von zu Hause weg sind.«

»Vielleicht hat sie die Fotos auf ihrem Computer versteckt, weil sie nicht wollte, dass jemand dumme Fragen stellt.« Ich konnte es verstehen, dass Merlinda die Fotos ihrer geheimen Hochzeit versteckte, aber im ganzen Zimmer gab es kein einziges Foto von Dominic. Allerdings hatte sie ihn auch vor uns geheim gehalten.

Tyler kippte den Inhalt von Merlindas Handtasche aufs Bett. Er durchforstete die Geldbörse mit einer behandschuhten Hand. Er fand nichts weiter als einen Lippenstift, etwas Bargeld und einen Reisepass von Vanuatu. »Nicht einmal ein Brieftaschenbild von der Hochzeit. Wenn es tatsächlich stimmt.«

»Vielleicht waren sie gar nicht so eng zusammen, wie Dominic behauptet hat. Vielleicht hat Merlinda diese Hochzeitsgeschichte nur mitgespielt.« Ich erinnerte mich an Merlindas seltsames Verhalten. »Könnte die Ehe eine Farce sein?«

Merlinda schien nicht gerade in Dominic verliebt zu sein. In der Tat war sie von seinem Besuch eher schockiert. Wenn es sich um eine Zweckehe handelt, dann kann uns Dominic etwas dazu sagen. Aber er redete nicht.

Wir durchsuchten den Rest des Zimmers oder vielmehr Tyler tat es, während ich seine Durchsuchung mit meinem Handy auf Video aufzeichnete. Er hatte nichts als eine leere Teetasse mit ein paar feuchten Teeblättern aufzuweisen. Es musste Tante Pearls Tee vom Vormittag gewesen sein. Tyler legte die Tasse mit der behandschuhten Hand behutsam in eine Plastiktüte.

Ich konnte einfach nicht begreifen, wer sich Merlindas Tod gewünscht hatte. Sicherlich nicht Tante Pearl. Ihre Musterschülern war ein Aushängeschild für Pearls Zauberschule. Tatsächlich hatte sich die kurze Zeit, die Merlinda in Westwick Corners verbracht hatte, um Pearls Zauberschule gedreht und die meiste Zeit war sie alleine. Sie hatte keine Freunde vor Ort und bis zum heutigen Abend hatte sie kaum mit jemand anderem als mit uns gesprochen. Sie hatte auch Brayden heute Abend zum ersten Mal kennengelernt. Ich dachte erneut an Dominic. Irgendwie hatte er etwas damit zu tun.

»Welches Gift wirkt am langsamsten?«, fragte ich.

Tyler zuckte mit den Schultern. »Ich weiß es nicht. Was ich weiß, ist, dass alles, was tödlich ist, normalerweise eine schnelle Reaktion auslöst, meistens innerhalb weniger Minuten. Etwas langsam Wirkendes hätte über einen längeren Zeitraum Symptome gezeigt. Es würde nicht zu der plötzlichen Reaktion führen, die Merlinda hatte.«

»Das ist richtig«, bestätigte Mama. »Pflanzliche Tinkturen wirken auf die gleiche Art und Weise.«

»Merlinda ging es bis zum Abendessen gut«, sagte ich. »Keine Symptome oder Beschwerden.«

Etwas anderes beschäftigte mich. Merlinda war eine Last-Minute-Einladung zu unserer Heiligabendfeier gewesen, da sie eigentlich einen Flug nach Hause geplant hatte. Sie war nur hier, weil ihre Feiertags-pläne ins Wasser gefallen waren. Wenn es ein Gelegenheitsverbrechen war, wer profitierte davon?

Keiner von uns, außer vielleicht Dominic. Als ihr frisch vermählter Ehemann hatte er vielleicht etwas zu erben. Merlindas Familie war unglaublich reich.

Kommt der Gedanke auf, dass Westwick Corners der ideale Ort ist, um Merlinda zu beseitigen. Nur wenige wussten, dass sie hier ist und diejenigen, die es wussten, nahmen an, sie würde über die Feiertage nach Hause gehen. Nur die Menschen in diesem Haus wussten, dass sie ihren Flug versäumt hatte.

Wir gingen in den Flur. Als ich Merlindas Tür schließen wollte, knallte sie von selbst zu. Im selben Augenblick kam uns ein Windstoß entgegen. Ich lief die Treppe hinunter, mit Tyler und Mama dicht hinter mir.

Tyler und ich tauschten Blicke aus, als wir von der Treppe aus die Haustür anstarrten. Die Tür stand sperrangelweit offen und knallte mit jeder neuen Windböe gegen die Wand. Der Wind wirbelte herum und riss die Zettel vom Flurtisch, hinaus auf die leere Veranda.

Ein weiterer Sturm braute sich zusammen und ich war machtlos, ihn zu stoppen.

Ich stand mit Mama und Tyler auf der Veranda. Der Schnee fiel nicht mehr, aber es war immer noch bitterkalt mit einem beißenden Wind.

»He, schaut euch das an.« Ich zeigte auf die Fußspuren, die von der Treppe auf die Veranda und nach unten führten. Es waren Fußspuren von einer Frau. Da Mama neben mir stand, mussten sie entweder Gitty oder einer meiner Tanten gehören.

Dominics Cadillac Escalade war auch weg.

Tante Pearl!

Ich rannte ins Wohnzimmer und Tante Amber versuchte verzweifelt, sich zu befreien. Sie war mit einer Lichterkette am Stuhl gefesselt.

Earl kam zur gleichen Zeit ins Esszimmer. »Was zum Teufel –?«

Mein Herz rutschte mir in die Knie, als ich den Raum durchsuchte. Gitty war jetzt wach und saß auf dem Sessel. Aber Dominic war verschwunden.

Gitty war im Gegensatz zu Tante Amber nicht gefesselt. Sie spielte ein Spiel auf ihrem Handy und war so sehr damit beschäftigt, dass sie noch nicht einmal aufblickte. Oder vielleicht ignorierte sie uns mit Absicht.

»Was ist passiert?« Ich band schnell die Hände und Füße von Tante

Amber los, während Tyler, Earl und Mama das Haus nach irgendeiner Spur von Tante Pearl und Dominic durchsuchten.

»Pearl hat mich gefesselt und jetzt ist sie auf der Flucht.« Tante Amber starrte Gitty an und stand auf. »Vielen Dank für deine Hilfe, Gitty.«

Gitty zuckte mit den Schultern. »Warum sollte ich Ihnen helfen? Sie haben mich bewusstlos gemacht.« Sie wandte sich wieder ihrem Handybildschirm zu.

»Wo ist Dominic hin?«, fragte ich.

Tante Amber zuckte mit den Schultern. »Ich weiß es nicht. Er muss mit Pearl zusammen sein. Sie hat mich bewusstlos geschlagen, bevor sie mich gefesselt hat, sodass ich nicht sehen konnte, was passiert ist. Dann habe ich gesehen, dass auch er verschwunden ist.«

Meine Kinnlade klappte herunter. »Sie hat ihn entführt?«

»Entweder das oder umgekehrt. Oder vielleicht stecken sie beide unter einer Decke.« Tante Amber seufzte. »Ich weiß es einfach nicht mehr. Pearl benimmt sich so komisch.«

Es kam mir auch merkwürdig vor, dass Tante Pearl statt Hexerei eine Lichterkette verwendet hatte, um Tante Amber zurückzuhalten. Auf der einen Seite war es wahrscheinlich die wirksamste Art und Weise, Tante Amber zu fesseln, als auf ihre Zauberkraft zu vertrauen, die letztere möglicherweise rückgängig machen konnte. Auf der anderen Seite hat Tante Pearl immer behauptet, dass sie jeden verzaubern könnte, einschließlich Tante Amber. Der Gebrauch von echten Fesseln schien ein wenig untypisch zu sein.

Tante Amber folgte mir, als ich auf die Veranda zurückging.

»Pearl weiß, dass es ihr Tee ist«, sagte sie. »Du hast doch mit deinen eigenen Augen gesehen, dass auch sie davon krank geworden ist. Sie ist schuldig.«

»Es war ein ehrliches Versehen.« Ich konnte nicht glauben, dass Tante Pearl geplant hatte, Merlinda absichtlich, durch einen Unfall oder auf andere Weise zu töten. Ich dachte an ihren Distel-, bzw. Misteltee. Sie hatte die meisten ihrer Symptome verborgen, aber der Tee hatte auch sie krank gemacht. »Wenn es ein Versehen war, warum gibt sie es dann nicht zu?«

»Das wird sie nie, Cen.« Tante Amber seufzte. »Lieber würde sie vor der Justiz flüchten.«

Mama bestätigte unsere schlimmsten Befürchtungen, als sie von der Veranda atemlos zurückkam. »Sie ist weg … Wir haben alles abgesucht, oben, unten, überall. Wir müssen sie finden.«

Tante Pearl hatte sich unerlaubt entfernt. Sie hatte die Untersuchung behindert, uns mit vorgehaltener Waffe bedroht, und jetzt war sie auf der Flucht.

Es war ein dummer Schachzug. Ihre Fahrlässigkeit würde keine neuen Schüler anziehen, wenn das Geheimnis die Runde machte. Sicher war jedoch, dass sie jetzt als vermisst galt.

Ihr belastendes Verhalten implizierte, dass sie ihre eigene Schülerin vorsätzlich vergiftet hatte.

Brayden gesellte sich zu uns. »Ich habe im Keller nachgeschaut, aber es gibt keine Anzeichen von Pearl. Sie könnte überall sein. Weglaufen macht sie verdächtigt.«

Damit hatte Brayden recht, aber ich war eher besorgt um Tante Pearls Überleben. Sie war durch den vergifteten Tee immer noch schwach und mit sehr wenig Körperfett würde sie das in der Eiseskälte draußen nicht überleben.

Was wirklich beunruhigte, war, wie Tante Pearl Tante Amber gefesselt hatte. War das ein Zeichen dafür, dass ihre übernatürlichen Fähigkeiten durch die Auswirkungen ihres Tee nachgelassen hatten? Wenn sie auf stinknormale Fesseln zurückgegriffen hatte, um Tante Amber festzuhalten, dann waren ihre Hexenkräfte entweder beeinträchtigt oder funktionierten gar nicht mehr. Oder noch schlimmer, vielleicht hat das Gift ihre Zaubersprüche durcheinander gebracht, mit ernsten, sogar tödlichen, jedoch unbeabsichtigten Folgen.

Ich drehte mich zu Mama um. »Ich glaube, dass Tante Pearl nicht mehr richtig funktioniert, wenn du verstehst, was ich meine.«

Mama war hektisch. »Ich fürchte, doch. Pearl denkt nicht rational. Wer trinkt sein eigenes Gift, nur, um etwas Bestimmtes zu beweisen?«

Tante Amber seufzte. »Das ist Pearl, schätze ich. Sie muss immer recht haben, egal welche Folgen das hat. Auch wenn diese Folgen zu ihrem Verderben führen.« Sie zitterte und zog sich die Decke über die Schultern.

Tyler und Earl traten auf die Veranda. Tyler sprach in sein Handy, lieferte der Polizei von Shady Creek Details zum Verschwinden von Tante Pearl. Er steckte das Handy in die Hosentasche zurück. »Ich habe die Polizei von Shady Creek alarmiert, obwohl ich bezweifle, dass es etwas nutzt. Die Straßen sind noch gesperrt, sodass sie nicht überall fahren können.«

Earl schüttelte den Kopf. »Ich bezweifle, dass sie den Escalade genommen haben. Du weißt doch, wie sehr es Pearl hasst, zu fahren.«

Da musste ich Earl recht geben. Abgesehen von den unpassierbaren Straßen war Fahren nicht Tante Pearls bevorzugte Transportart. Es war genau das, was mich beunruhigte. Teleportieren unter dem negativen Einfluss des Tees konnte unbeabsichtigte Folgen haben. Der Gedanke daran, dass sie gerade in der Luft schwebte und auf Rache aus war, irritierte mich, gelinde gesagt. Tante Pearl könnte überall sein.

Tylers Augen trafen meine und er machte einen besorgten Eindruck. Seine Fähigkeiten als Sheriff, egal wie gut sie sein mochten, waren einer verzweifelten Hexe auf der Flucht unterlegen.

»Irgendwie werden wir sie schon finden«, beruhigte ich ihn. Als Hexe hatte Tante Perle viele Reiseoptionen. Das bedeutete, dass es zwar unwahrscheinlich war, dass sie erfror, dennoch konnte sie in einen Haufen Schwierigkeiten geraten.

»Auf der Flucht zu sein, macht die Dinge wirklich kompliziert«, sagte Mama. »Ich hätte nie gedacht, dass Pearl einmal vor dem Gesetz flüchten würde.«

»Ich auch nicht«, stimmte Tante Amber zu. »Was können wir tun?«

Tyler tätschelte Mamas Schulter zur Beruhigung, aber seine Miene blieb voller Zweifel. »Ich glaube nicht, dass es Pearl vorsätzlich geplant hat, sodass sie wahrscheinlich nicht weit gehen wird. Wir werden sie finden. Die Polizei von Shady Creek hat eine Fahndung ausgeschrieben.«

»Sie konnte einen Komplizen haben, der irgendwo auf sie wartet.« Braydens Versuch, zu helfen, war ein Reinfall. Er versuchte, auf seine eigene, seltsame Art und Weise zu helfen, aber seine Bemerkung ärgerte uns noch mehr. Er war bereits überzeugt von ihrer Schuld.

Earl machte ein finsteres Gesicht, als er sich der Situation bewusst wurde. Pearl hatte auch ihn zurückgelassen. »Ich sollte ihr Komplize sein, aber nichts ist nach Plan gelaufen.«

»Hä?« Tyler runzelte die Stirn. »Was meinst du mit Komplize?«

»Meinst du, es hätte mir Spaß gemacht, diesen dummen Weihnachtsmannanzug zu tragen?« Er schüttelte den Kopf. »O-Oh.« Pearl hat mich dazu gezwungen. Sie hat mir erzählt, dass sich alle anderen auch für die Kostümparty verkleiden würden. Aber ich war der einzige. Sie hat mich ausgetrickst.«

Mama nickte. »Sie kann gut Leute belabern, damit sie Dinge tun, die sie sonst nie tun würden. Obwohl ich sagen muss, Earl, du hast wirklich gut ausgesehen.«

Earl seufzte. »Habe ich was Falsches gesagt? In der einen Minute war sie hier. In der nächsten ist sie ... weg.«

Mama tätschelte seinen Arm. »Du hast nichts damit zu tun, Earl. Sie macht das oft. Du wirst dich daran gewöhnen.«

Obwohl Earl sein ganzes Leben lang am Rande von Westwick Corners als Landwirt gearbeitet hatte, kamen er und Tante Pearl sich erst vor Kurzem etwas näher. Aus einer Freundschaft entwickelte sich schnell eine Romanze. Sie waren ein seltsames Paar. Tante Pearl war störrisch und dramatisch, während Earl ruhig, romantisch, und gelassen war. Gegensätze ziehen sich an, sagt man.

»Sie ist weg, na gut.« Brayden deutete auf die kleinen Fußstapfen im Schnee, die quer über dem Zufahrtsweg endeten.

Die Spuren hörten nicht an der Stelle auf, an der Dominics Escalade abgestellt war. Sie führten auf der gegenüberliegenden Seite weiter. Vielleicht waren die Fußspuren und der fehlende SUV nur Ablenkungsmanöver. Ob der vergiftete Tee ihre Kräfte tatsächlich durcheinander gebracht hat, stand in den Sternen.

Solange Tante Pearl normal funktionierte, konnte sie überall hingehen. Sie konnte sich mit wenig Aufwand und ein wenig Magie durch Portale transportieren. Ich bezweifelte, dass sie weit weg war. In der Tat würde es mich nicht überraschen, wenn sie uns jetzt beobachtete.

Ich durchsuchte den Garten und den Parkplatz nach einem Anzeichen von ihr, fand aber nichts.

Nachdem Gitty ihr Handyspiel beendet hatte, kam sie zu uns auf die Veranda. Sie legte ihren Arm um Braydens Taille und steuerte ihn ein paar Meter weg, sodass sie in einem sicheren Abstand von Tante Amber standen.

»Pearl weiß, dass jeder mal Fehler macht«, sagte Mama. »Sie belastet sich nur selbst, wenn sie wegläuft. Ich wünschte, ich könnte ihr das klarmachen.« Sie sprach lauter als üblich. Genau wie ich, vermutete sie wahrscheinlich, dass sich Tante Pearl in der Nähe versteckte.

Brayden schnaubte bei dem Gedanken. Er machte eine Daumenbewegung in Tylers Richtung. »Zu spät dafür. Wie konnte er sie einfach so verschwinden lassen?«

»Du hättest sie ja auch aufhalten können«, wies ich darauf hin. »Du hast sie doch weggehen sehen.«

Brayden zuckte mit den Schultern. »Nicht meine Aufgabe. Ich bin nicht der Sheriff.«

»Oh, verdammt noch mal, Brayden. Übernimm doch einmal in deinem Leben die Verantwortung.«, sagte Tante Amber. »Wir sitzen alle im selben Boot.«

»Nein, tun wir nicht und kritisiere mich nicht, Amber. Ich wünschte, Gitty und ich wären nie hierhergekommen. Du und deine verrückte Familie … «. Brayden fasste sich an die Stirn, während er mit der anderen Hand auf Gittys Rücken drückte. Er steuerte sie zur Tür. »Komm Gitty. Lass uns reingehen.«

Braydens Gleichgültigkeit war der Gipfel. Seine Egozentrik blieb auch nach Merlindas Tod in vollem Umfang bestehen. Es schien ihn nicht zu kümmern, dass Pearl vermisst wurde und möglicherweise erfror. Es fehlte ihm an Mitgefühl für andere, aber nicht für sich selbst. Er beschimpfte Tyler, kritisierte Tante Pearl und machte kaum einen Finger krumm, um anderen zu helfen. Wenn man sich vorstellt, dass ich ihn fast geheiratet hätte. Während ich froh war, dass ich in dieser Hinsicht gerade nochmal so davongekommen war, machte mich Braydens Rücksichtslosigkeit wütend.

Brayden blieb an der Tür stehen. Er ließ Gitty los und gab ihr ein Zeichen, vorzugehen.

Ich kämpfte damit, meine Wut zu zügeln, aber ich war so zornig, dass ich, ehe ich mich versah, den Transportzauber flüsterte. Ich wollte nur, dass Brayden und sein Egoismus verschwinden.

So weit wie möglich, wie Vanuatu. Das geschähe ihm recht. Ich stellte mir vor, wie er in einem Zustand der Verwirrung wild den Strand auf und ab lief und um Hilfe schrie.

Ich beherrschte den Zauberspruch aus dem Effeff, weil ich ihn hunderte von Stunden erfolglos praktiziert hatte. Das Rezitieren war harmlos, da ich nicht wirklich in der Lage war, zu zaubern. Ich fluchte diesen Spruch oftmals vor mich hin. Ich kanalisierte meine Wut in eine fast sinnlose Beschwörung:

Mach dich rar und verschwind
Trödel nicht, hau ab, so schnell wie der Wind
Auf, auf, mach schon und renn
Weit weg von hier an einen Ort, den ich kenn

Tante Amber schnappte nach Luft. »Cendrine, was um Himmelswillen tust du da?«

»He, was zum – « Gittys Stimme schwankte, bevor sie schwieg. Ihre Lippen bewegten sich, aber es kam kein Ton heraus.

Mein Timing war nicht so ganz perfekt, weil Brayden noch Gittys Arm hielt, als ich den Zauberspruch losließ. Das Paar verflüchtigte sich vor unseren Augen.

Dann… *Puff!*

Weg waren sie.

Einfach so.

»Oh nein! Er hat noch nie funktioniert bei mir …«. Ich stand wie in Trance da und starrte auf den leeren Eingang, wo Brayden und Gitty noch kurz zu vor gestanden hatte.

Ich hatte den Spruch hunderte Male erfolglos geübt. Jetzt hatte ich mich noch nicht einmal besonders angestrengt und er hatte einwandfrei funktioniert. Nicht nur, dass es geklappt hatte, sondern dass gleich zwei Personen auf einmal verschwunden sind. Ich war überrascht.

Earl machte einen Satz rückwärts, überraschend schnell für einen siebzig Jahre alten Mann. »Habt ihr das gesehen? Brayden und Gitty haben sich soeben in Luft aufgelöst! Wo zum Teufel sind sie hin?«

»Cendrine, hol sie zurück!«, bettelte Mama, aber es war zu spät.

»I-ich … ich kann nicht.« Ich weiß nicht einmal, was ich gemacht habe. Es hat vorher noch nie geklappt, sodass ich dieses Mal etwas anderes getan haben muss. Ich weiß nur nicht, was.«

Ich war immer noch so voll und ganz auf den Zauber konzentriert, so betäubt, dass es tatsächlich funktioniert hatte, dass ich den Spruch wiederholte, um herauszufinden, was schief gelaufen ist.

Puff! Puff!

Der gleiche Ton wie Momente zuvor, aber keine Anzeichen von den beiden.

Ich wusste einfach nicht, was ich getan hatte, wie sollte ich die zwei jemals zurückbringen?

KAPITEL 23

Earl rieb sich die Augen und schüttelte den Kopf. »Was zum Henker war in deinem Eierlikör, Amber? Ich fühle mich plötzlich gar nicht wohl. Ihr habt das da eben doch auch gesehen, oder? « Er suchte verzweifelt in unseren Gesichtern nach einer Antwort.

Wir schwiegen. Schade, dass wir ihm keine Antwort darauf geben konnten.

Earl seufzte. »Großartig. Jetzt spielen meine Augen auch noch verrückt.«

Es beunruhigte mich, dass es jetzt drei mutmaßlich vergiftete Lebensmittel gab, und jedes einzelne von einem Mitglied meiner Familie zubereitet worden war. In der Tat war ich die einzige Hexe, die nicht mit einem verdächtigen Nahrungsmittel oder Getränk in Verbindung gebracht werden konnte.

Tante Pearls vergifteter Tee, Tante Ambers gespickter Eierlikör, Mamas vergifteter Weihnachtskuchen, warfen mehr Fragen als Antworten auf. Und die Antworten begannen mit Tante Pearl, die jetzt fehlte. Ich befürchtete, wohin uns diese Antworten führen könnten, aber wir mussten die Wahrheit herausfinden.

Wir gingen ins Wohnzimmer, um nicht zu erfrieren, und um herauszufinden, wohin Brayden und Gitty verschwunden waren.

Earl rieb sich die Stirn. »Hast du nicht gesehen, was ich gesehen habe? Ich hatte die seltsamsten Halluzinationen. Brayden und Gitty sind einfach ins Nichts verdampft, einfach so.« Earl schnippte zur Betonung mit den Fingern. Lustig, wie gewöhnliche Menschen Hexerei interpretierten, wenn es keine andere logische Erklärung gab.

»Wie merkwürdig.«, sagte Mama banal, aber ihre Mundwinkel waren zu einem unwillkürlichen Lächeln nach oben gezogen.

Insgeheim war Mama stolz auf mich, obwohl sie versuchte, es zu verbergen. Ich war auch zufrieden. Ich hatte einen fortgeschrittenen Zauberspruch alleine und ohne Hilfe erfolgreich ausgeführt. Jetzt war nicht der richtige Augenblick, sich damit zu brüsten. Ich konzentrierte mich darauf, Brayden und Gitty zurückzuholen.

»Wo sind sie hin?« Earl blickte durch das Wohnzimmer. »Ich kann mir nicht vorstellen, dass nur ich es gesehen habe, oder?«

»Ähm, nein.« Ich fand nicht die richtigen Worte, genau wie alle anderen.

»Merlinda stirbt, Pearl verschwindet und jetzt sind Brayden und Gitty auch noch weg.« Earl krächzte. »Meine Güte, bin ich als Nächstes dran?«

Mama schüttelte den Kopf. »Natürlich nicht, Earl. Alles wird gut. Aber bitte bleib hier im Haus, nur für den Fall, okay?«

Ich hakte mich bei Earl unter und führte ihn zum Sofa. »Mama hat recht, Earl. Warum entspannst du dich nicht ein wenig?«

Earl runzelte die Stirn und setzte sich. »Ich mach mir Sorgen um Pearl, Cen. Du weißt schon, dass sie manchmal diese verrückten Ideen hat. Was, wenn sie den Verstand verloren und etwas Gefährliches getan hat?« Seine Zuneigung für die widerspenstige Tante Pearl war so süß. Es grenzte schon fast an Heiligkeit.

»Ich bin sicher, dass sie wieder auftauchen wird, Earl. Mach dir keine Sorgen«, sagte Mama in einer beruhigenden Stimme. »Sie ist im Handumdrehen wieder da.«

Earl wischte sich die Stirn mit dem Handrücken. »Kein Alkohol mehr dieses Jahr. Der ist nicht gut für meinen Kopf.«

Es war gut, dass Earl dachte, seine Erscheinungen kämen vom Alkohol anstatt von Hexerei. Jedoch würde er diese Schlussfolgerung infrage stellen, wenn ich Brayden und Gitty nicht schnell zurückbrächte. Man könnte annehmen, dass Mama, Tante Amber und ich in der Lage wären, meinen Zauber rückgängig zu machen. Aber anscheinend waren drei Hexen nicht mächtiger als eine.

Was wir wirklich brauchten, war ein Gegenmittel oder einen Umkehrspruch. Das Problem war, dieser Zauber konnte nicht durch eine andere Hexe rückgängig gemacht werden. Der Selbstschutz war so konzipiert, dass eine Hexe sich nicht in den Zauberspruch einer anderen einmischen konnte, weder absichtlich noch anderweitig.

Diese Hexe war ich.

Leider hatte ich keine Ahnung, wie ich das Problem beheben sollte. Obwohl ich diesen Zauber viele Male geübt hatte, beherrschte ich ihn nicht. Längst nicht. Geringfügige Abweichungen im ursprünglichen Zauber bedeutete auch Änderungen im Umkehrzauber. Tante Pearl hatte mir noch nicht einmal den Umkehrzauber beigebracht.

Tante Pearl.

Wir mussten sie finden, und zwar schnell. Was, wenn sie selbst irgendwie in meinen Bann gelangt ist? Wenn sie in der Nähe war und ich es nicht bemerkt hatte …nein, das konnte nicht sein. Andere hatten viel näher an Brayden und Gitty gestanden und sie waren noch da. Ich hatte keine Ahnung, wo ich anfangen sollte.

Tante Amber lief im Wohnzimmer wie ein Tiger im Käfig hin und her. »Erzähle mir genau, was du getan hast, Cen. Jedes einzelne Detail. Vielleicht, nur vielleicht, kann ich dir helfen, alles rückgängig zu machen. Ich bezweifle, dass ich es kann, aber es ist ein Versuch wert.«

Ihr Mangel an Selbstvertrauen machte mir Sorgen. Eine andere Hexe konnte diesen besonderen Zauber nicht rückgängig machen, also müsste sie es mir beibringen. Da ich den Zauber ausgesprochen hatte, konnte nur ich die beiden zurückbringen. Dazu musste ich den Umkehrzauber beherrschen, aber wie konnte ich das rechtzeitig schaffen? Ich musste in wenigen Minuten lernen, war normalerweise monatelanges Training in Anspruch nahm.

»Ich habe keine Ahnung, was passiert ist«, sagte ich. »Alles, was ich getan habe, war, die Worte zu zitieren, die mich Tante Pearl gelehrt hatte. Ich habe mich noch nicht einmal angestrengt, sodass ich nie damit gerechnet habe, dass es funktioniert.« Der Grund, warum der Zauber funktioniert hatte, konnte diesmal nur auf eines zurückzuführen sein. Ein Augenblinzeln, eine leichte Bewegung meiner Hand, oder vielleicht sogar, die Art und Weise, wie ich die Worte ausgesprochen habe. Alles, was ich in Erinnerung hatte, war, dass ich mein Gewicht mehr auf meinen rechten als auf meinen linken Fuß verlagert hatte. Aber das konnte es nicht sein. Ich war ratlos, denn es fiel mir nicht ein, was ich im Vergleich zu meinen früheren Fehlversuchen anders gemacht hatte.

Ich ging zum Weihnachtsbaum und starrte Merlindas tropische Schneekugel an. Ich kniff die Augen zusammen und spähte ins Innere und hielt an einer unwirklichen Hoffnung fest. Brayden und Gitty waren nirgends zu sehen. Tante Pearl aber auch nicht. Das tropische Paradies sah genauso aus wie vorher, ein weißer Sandstrand übersät mit Palmen am Meer entlang. Es war beunruhigend, weil ich genau an diesen Strand dachte, als ich Brayden und versehentlich auch Gitty, dorthin befördert hatte. Aber sie waren nicht da. Wo waren sie denn dann?

»Du hast dein Bestes gegeben, und das ist, was zählt, mein Liebes.« Mama war ermutigend, selbst in schlimmsten Zeiten. »Stelle sie dir einfach bildlich vor, so wie sie ausgesehen haben, als sie verschwunden sind und konzentriere dich auf ihre Gesichter. Du schaffst es.«.

»Du hast sie tatsächlich verschwinden lassen.« Earl saß mit verschränkten Armen auf der äußersten Ecke des Sofas. Zum ersten Mal bemerkte ich, dass sein Haar zerzaust war, und er aussah, als ob er gerade eine Bombenexplosion überlebt hätte. Er war völlig ausgeflippt. »All dieser Wahnsinn muss in der Familie liegen. Pearl hat etwas Verrücktes gemacht, aber damit hat sie den Vogel abgeschossen.«

»Mach dir keine Sorgen deswegen, Earl«, sagte Tante Amber. »Cen weiß, was sie tut.«

Tante Amber beugte sich zu mir vor und sagte: »Es ist besser, du weißt es tatsächlich.«

Eigentlich nicht und es tat mir schrecklich leid, Earl so erschreckt zu haben. Ich fand keine Worte, um ihn zu beruhigen, aber die Tatsache, mit Tante Pearl zusammen zu sein, hätte ihn stutzig machen und auf alles vorbereiten müssen. Ich konzentrierte mich wieder auf unseren Notfall. »Ich habs tatsächlich vermasselt, nicht wahr? Wie sollen wir sie jetzt wiederfinden?«

»Wir müssen nur herausfinden, was beim Zaubern schiefgelaufen ist, Cen«, sagte Mama. »Wo wolltest du sie denn hinschicken?«

»In Merlindas Schneekugel. Es sollte doch nur vorübergehend sein.«

Als ich auf die Kugel sah, fühlte ich diese seltsame Kraft, die mir entgegenwirkte. Sie wirkte wie ein Magnet. In der Tat war es eher wie das abstoßende Kraftfeld von zwei Magneten, die zusammengeschoben werden. Die Kugel hatte eine Gegenkraft. Jedes Mal, wenn ich mich der Kugel näherte, drückte mich die seltsame Kraft weg.

Plötzlich dämmerte es mir, dass an meinem Zauber nichts verkehrt war. Er hatte einwandfrei funktioniert, es wirkte nur eine viel stärkere Kraft dagegen. Merlindas. Ich hatte den Verdacht, dass ich nicht die erste Person war, die versagt hatte.

Tante Pearl wollte mich gar nicht in einen Schneesturm schicken, damit ich erfriere. Sie hatte etwas ganz anderes geplant, nur hatte ihr Zauber auf eine stärkere Gegenkraft getroffen, genau wie meiner.

Tante Pearl war dabei, mich in Merlindas Vanuatu-Schneekugel zu schicken, als plötzlich etwas oder jemand dazwischenkam. Natürlich. Wie jede Hexenexpertin hatte auch Merlinda ein Schutzschild um die tropische Schneekugel gelegt, um unbefugtes Betreten zu verhindern.

Merlindas Schutzschild hatte nicht nur andere daran gehindert, in die Vanuatu-Schneekugel einzudringen. Das Schutzschild war so stark, dass sie auch diejenigen abstieß, die in die Nähe kamen und sie in die entgegengesetzte Richtung schickte. Ich war nicht nahe genug an die Kugel herangegangen, um diese Kraft schon vorher zu bemerken.

Was Merlinda an jahrelanger Zaubererfahrung gefehlt hatte, wurde durch die schiere Stärke ihrer Magie mehr als kompensiert. In der Tat war ihre Hexenmacht stark genug, um nicht nur Tante Pearls Zauber zu widerstehen, sondern auch, um mich in eine völlig andere Richtung zu lenken.

Ich war am falschen Ort gelandet, nämlich mitten in der eisigen Kälte. Dasselbe musste auch mit Brayden und Gitty passiert sein. Tante Pearl wollte ihr Scheitern nicht eingestehen, weil es ihr zu peinlich war, zuzugeben, dass ihr Zauber schiefgelaufen war.

Allerdings stimmte das gar nicht. Er war nur von Merlindas Magie entgegengewirkt worden.

Ich lief ans Wohnzimmerfenster und suchte den Hof und die Einfahrt nach Spuren von den beiden ab. Sie mussten irgendwo draußen in der Nähe sein.

Ich konzentrierte meinen Blick in die gleiche allgemeine Richtung, in die mich Tante Pearls Zauber geschickt hatte.

Eine winzige Bewegung fiel mir ins Auge, verschwand aber ebenso schnell, bevor ich näher hinsehen konnte. Dann passierte nichts mehr. Mein Puls beschleunigte sich. »Irgendjemand versteckt sich bei den Rasendekorationen.«

»Ich hoffe, das ist Pearl. Ich sehe nach.« Earl sprang vom Sofa auf und lief nach draußen.

Er kehrte innerhalb von ein paar Minuten mit einer zitternden Pearl im Schlepptau zurück. »Schaut mal, wen ich gefunden habe. Tatsächlich war sie die ganze Zeit in unserer Nähe.«

»Ich habe dir doch gesagt, du sollst es niemandem erzählen.« Tante Pearl schüttelte sich aus Earls Griff, schien sich aber insgeheim zu freuen, dass er sie gerettet hatte. Eine Wasserpfütze bildete sich unter ihren Füßen und tropfte von ihrem grünen Samtanzug. »Genau wie vorhin, immer musst du alles durcheinander bringen.«

Mama schnappte nach Luft. »Pearl! Sprich nicht so mit Earl.« Er hat dich gerade vor dem Erfrieren gerettet.«

Earl winkte ab. »Schieb mir nur die Schuld zu, Pearl. Du wolltest doch, dass ich den Schlitten mit dem Weihnachtsmann da draußen aufstelle. Mich trifft keine Schuld.«

»Warte – was ist vorhin passiert?« Ich drehte mich wieder zu Tante Pearl um. »Meinst du, als du von Merlinda ausgestochen wurdest?«

»Auf gar keinen Fall!« Tante Pearl saß auf dem Rand des Sofas und buckte sich, um ihre Hosenbeine hochzukrempeln. »Mein Zauber war einwandfrei. Earl sollte nicht am Schlitten stehen. Deshalb wurde alles vermasselt.«

Jetzt dämmerte es mir, als ich mich wieder zu Earl umdrehte. »Du warst also der Weihnachtsmann im Schlitten da draußen!«

Earl zuckte mit den Schultern. »Ich habe nur getan, um was mich Pearl gebeten hat. Ich sollte dem Ganzen den letzten Schliff geben.«

»Gestern, Earl. Du hättest bereits gestern mit der Rasendekoration fertig sein sollen.« Tante Pearl musste immer das letzte Wort haben.

Unschuldige Zuschauer, die dem Geschehen zu nahe gekommen sind, hatten unsere Zaubersprüche verändert. In meinem Fall sollte mich Tante Pearls Transportzauber in Merlindas tropische Schneekugel schicken. Stattdessen war ich draußen auf dem Rasen gelandet, wo Earl immer noch am Weihnachtsmannschlitten arbeitete. Ich vermutete, dass Tante Pearls Gedanken bei Earl gewesen waren, als sie ihren Zauber ausgesprochen hat.

Aber was ist mit meinem Zauberspruch? Ich konnte mich einfach nicht daran erinnern, an etwas anderes gedacht zu haben, als daran, Brayden nach Vanuatu zu verbannen und Gitty war einfach nur ein Kollateralschaden, weil sie zu nahe an ihm dran gestanden hatte.

Merlindas Schneekugel hatte eine integrierte Umlenkungssicherheit. Sie sollte sicherstellen, dass niemand sonst in ihre tropische Schneekugel gelangt. Aber sie hat nicht nur die Eindringlinge abgewehrt. Ihr Zauber war so mächtig, dass er jeden Eindringling in eine völlig andere Richtung lenkte.

Aber wenn das der Fall ist, wo waren Gitty und Brayden gelandet? Sie waren nicht draußen auf dem Rasen, so wie Tante Pearl und ich.

Irgendjemand log und ich hatte keinen Zweifel daran, wer. Aber dafür war jetzt wirklich nicht der richtige Zeitpunkt. Wir mussten Brayden und Gitty finden, bevor es zu spät war.

KAPITEL 24

»Sperrst du mich jetzt ein, Sheriff?« Tante Pearl stand nun aufgebäumt, mit verschränkten Armen vor Tyler.

»Nee«, kicherte Tyler. »Darum brauchst du dich nicht zu sorgen.« Du bist eine unglaublich gute Entfesselungskünstlerin.«

»Hilf mir Brayden und Gitty zu finden, Tante Pearl«, bat ich. »Sag mir, was ich tun soll.«

»Ich weiß es nicht, Cen. Was ist für mich drin?« Tante Pearl tippte mit dem Fuß auf, als ob sie auf eine Antwort wartete.

Ich biss aber nicht an.

Ich war es leid, mit Tante Pearl im Kreis zu laufen und nirgendwo zu landen. Mit oder ohne ihre Hilfe würde ich Brayden und Gitty zurückbringen. Ich rannte zum Flurtisch und winkte Mama und Tante Amber zu mir. Wir durften keine Zeit verschwenden.

»Fertig, Cen?« Tante Amber reichte mir ein Stück Papier. »Ich habe es dir aufgeschrieben. Alles, was du tun musst, ist, sie zu visualisieren, während du die Worte sprichst.«

Ich drückte meine Augen zu und rezitierte den Umkehrzauber und stellte mir dabei Brayden und Gitty vor, wie sie am Eingang stehen. Die erforderliche Konzentration in Verbindung mit den fast unmittelbaren Auswirkungen von zu viel Weihnachtsstimmung hatten mir rasende Kopfschmerzen gemacht. Wenn ich es schaffen würde, die beiden zurückzuholen, würde ich nie wieder einen Zauberspruch aussprechen, das schwor ich mir. Sie waren unglaublich schwer rückgängig zu machen und bedeuteten nichts als Ärger. Ich war einfach nicht dafür gemacht, eine Hexe zu sein.

»Tante Pearl fluchte leise vor sich hin. »Du kannst die Hunde zurückrufen, Sheriff. Sei froh, dass ich beschlossen habe, zu kooperieren, damit du nicht gefeuert wirst.«

Tyler zuckte mit den Schultern. Er sprach leise in sein Handy, bevor er es wieder in seine Hemdtasche steckte. Seine Augen suchten den Rasen vor dem Haus ab, als er plötzlich aufgeregt auf einen Punkt in der Nähe des Weihnachtsmannschlittens deutete. »He, was ist das? « Es hat sich etwas bewegt.«

»Es sind Brayden und Gitty!« Mama faltete die Hände. »Cen, du hast es geschafft! Du hast sie zurückgeholt.«

Ich folgte Tylers Blick zum Weihnachtsmannschlitten. Da waren tatsächlich Brayden und Gitty. Sie waren von einer riesigen Glaskugel umgeben, die auch den Schlitten einschloss. Ich konnte nicht glauben, wie groß die Kugel war. Aber wir durften keine Zeit verschwenden.

Gitty kauerte in der Nähe vom Weihnachtsmannschlitten, während Brayden einige Meter entfernt auf das Glas hämmerte.

»Nun, wenigstens sind sie wieder auf dem Rasen. Ich muss sie aber noch immer aus der Kugel herausholen.« Ich seufzte.

Sie schwenkten ihre Arme und klammerten sich an eine unsichtbare Glasbarriere, während sie Worte mit den Lippen bildeten, die wir nicht hören konnten. Genau wie ich am frühen Abend, waren auch sie in der magischen Glaskugel auf dem Rasen gefangen, die auch den Weihnachtsmannschlitten umgaben. So nah und doch so fern.

Der positive Aspekt war, dass die Schneekugel zurückgekehrt war und wir die beiden sehen konnten. Und das bedeutete eine viel größere Chance, sie tatsächlich aus ihrem Glasgefängnis zu befreien.

Es dämmerte mir, dass Tante Pearl gar nicht in meiner Glaskugel gefangen wurde, so, wie ich es vorher befürchtet hatte. Sonst hätte Earl sie nicht retten können. Die Glaskugel, die Brayden und Gitty gefangen hielt, blieb intakt, und ein Zauberspruch bedeutete eine Glaskugel.

Warum hatte Tante Pearl behauptet, von mir verzaubert worden zu sein? Ich hatte keine Antwort darauf. Was ich wusste, war, dass es nicht mein Umkehrzauber war, der Tante Pearl gerettet hatte. Außerdem waren meine Kräfte nur stark genug gewesen, um die Kugel in Sichtweite zu bringen. Sie reichten nicht aus, um Brayden und Gitty zu befreien.

Ich fühlte mich hoffnungslos. Wenn ich Tante Pearl durch meinen Zauberspruch nicht wirklich gerettet hatte, wie könnte ich dann Brayden und Gitty retten?

KAPITEL 25

Wir standen im Wohnzimmer am Weihnachtsbaum. Merlindas Schneekugel schien uns von der Weihnachtsbaumspitze aus, zu verhöhnen Sie strahlte immer noch ein ätherisches Leuchten aus, aber die Magie war verschwunden. Jetzt schien sie einfach unheimlich und traurig.

Mama und ich schauten uns mitleidig an. Tante Pearl und Tante Amber ignorierten die Kugel, die immer mehr verblasste.

Ich widerstand der Versuchung, näher an die Kugel heranzugehen. Ich hatte keine Lust, zu sehen, was gerade in Vanuatu los war. Seit Merlinda weg war, spielte das keine Rolle mehr.

Ich fragte, so nett ich konnte: »Tante Pearl, kannst du mir bitte helfen, den Rest des Zaubers rückgängig zu machen.«

»Du wirst es nie lernen, wenn du dich nicht selbst anstrengst, Cen«, sagte sie. »Erwarte nicht von mir, dass ich alles für dich tue.«

Ich hatte Tante Pearls harte Liebe satt. »Aber was ist mit Brayden und Gitty? Wir können sie doch nicht da draußen in der Kugel lassen. Sie würden erfrieren.«

Tante Amber schüttelte den Kopf. »Nein, sie sind da drinnen gut aufgehoben. Sie können noch ein paar Minuten warten. Pearl hat etwas zu sagen, nicht wahr, Pearl?« Sie sah ihre Schwester erwartungsvoll an.

»Nein.« Tante Pearl verschränkte die Arme, starrte an die Decke und tippte mit dem Fuß auf. »Ich weiß nicht, wovon du redest.«

»Doch, doch, das tust du und du wirst Tyler … ich meine, Sheriff Gates, jetzt alles erzählen, was du mit Merlinda gemacht hast.« Ein Schluckauf unterbrach Tante Ambers strengen Blick. Es war ein Nebeneffekt ihres alkoholischen Eierlikörs. Sie hatte wieder angefangen, zu trinken, als Brayden und Gitty wieder auftauchten.

Tante Pearl machte eine Reißverschlussbewegung über ihren Mund. »Meine Lippen sind versiegelt. Ich werde einen Anwalt einschalten, bevor ich mich selbst belaste.«

»Aha! Du gibst also zu, dass mit deinem Tee etwas nicht gestimmt hat.« Wie ein Hund mit einem Knochen, Tante Amber ließ nie nach.

»Mach dich doch nicht lächerlich.« Tante Pearl unterbrach sich für einen Moment. »Okay, vielleicht war er ein wenig gespickt, aber nicht mit einer tödlichen Zutat.«

Ich schnappte nach Luft. »Du hast Merlinda absichtlich vergiftet!«

»Meine Güte, Cen. Du lässt es so unheimlich klingen. Alles, was ich getan habe, wenn ich überhaupt etwas getan habe, war, Merlinda aus der Patsche zu helfen.«

»Dann erzähl uns, was du getan hast«, forderte Tyler. »Wenn du nichts falsch gemacht hast, dann hast du auch nichts zu befürchten.«

Tante Pearl schüttelte den Kopf. »Auf keinen Fall. Ich traue dir kein bisschen über den Weg, Sheriff. Außerdem geht das, was zwischen Merlinda und mir passiert ist, niemanden etwas an.«

»Aber Merlinda ist tot«, sagte ich. »Du schuldest uns eine Erklärung, Tante Pearl. Außerdem brauche ich deine Hilfe, um Brayden und Gitty aus der Kugel zu befreien, bevor wir sie für immer verlieren. Bevor es zu spät ist.«

»Das Wichtigste zuerst,«, sagte Tante Amber und wandte sich an Tyler. »Wenn Pearl es dir nicht sagt, tu ich es. Sie hat mir alles erzählt.«

Tante Pearls Augen funkelten entgeistert ihre Schwester an. »Ich werde mit Sicherheit nicht hierbleiben, um mir deine erfundenen Geschichten anzuhören, Amber. Vor allem dann nicht, wenn du sturzbesoffen bist.«

»Denk nicht mal dran, jetzt abzuhauen, Pearl«, sagte Tyler. »Wir müssen reden.«

»Ich tu was mir gefällt. Du kannst mich nicht hier festhalten.« Tante Pearl drehte sich um und wollte gehen.

„Vielleicht kann er es nicht, aber ich kann.« Mama schnippte mit den Fingern und murmelte etwas.

Tante Pearl gähnte, schlurfte zum Sofa und setzte sich. Innerhalb von Sekunden war sie in einen tiefen Schlaf gesunken und schnarchte.

Oma Vi schwebte über uns. »Gut gemacht, Ruby. Ich habe sie noch nie so friedlich gesehen.«

Ich schüttelte den Kopf. »Warte— was ist mit Brayden und Gitty? Ich brauche immer noch Tante Pearls Hilfe, um sie aus der Schneekugel zu befreien.«

Tyler runzelte die Stirn. Er konnte meine geisterhafte Oma weder sehen, noch hören.

»Oh, entspann dich, Cen«, sagte Oma Vi. »Du brauchst Pearl nicht. Ich mag ja ein Geist sein, aber ich bin immer noch die beste Hexe in der Gegend. Wer hat denn Pearl die ganzen Sachen beigebracht?«

»Also wirst du mir helfen?« Es war mir mittlerweile egal, ob mich Tyler oder Earl hörten oder nicht. Lass sie doch denken, was sie wollen, sagte ich zu mir selbst. Es war es wert, um Brayden und Gitty zurückzuholen, bevor es zu spät war.

Ich hatte Oma Vi nie zaubern gesehen, weder lebendig noch tot. Sie hatte sich zurückgezogen, bevor ich geboren wurde. Sie hat alles ihre Töchter für sie tun lassen, vor allem Pearl. Oma Vi machte oft Versprechungen, die sie nicht halten konnte. Ich hoffte, dass diese nicht dazu gehörte.

»Ich werde es in Betracht ziehen«, sagte Oma Vi. »Was springt für mich dabei heraus?«

Dieses Mal beschloss ich, nicht zu antworten und Tyler nicht weiter zu beunruhigen. Stattdessen wandte ich mich an Tante Amber. »Okay, spucks aus und sag, was Tante Pearl mit Merlinda gemacht hat.«

Tante Amber redete fünfzehn Minuten lang. Als sie fertig war, waren wir alle zu verblüfft, um zu sprechen. Sie war die letzte Person, von der ich ein weinendes Geständnis erwartet hätte.

Ich fühlte mich betrogen. Tante Pearl hatte grandiose Pläne für eine weltweite Pearls Zauberschule als Franchise-Unternehmen und mit Merlinda als Geschäftspartnerin. Das hätte ich zwar nie gewollt, aber es verletzte mich dennoch, dass sie nie mit mir darüber gesprochen hatte.

»Du wusstest die ganze Zeit alles über Pearls and Merlindas Geschäftspläne und hast darüber geschwiegen?« Tyler runzelte die Stirn und kritzelte etwas auf seinen Notizblock. Er beugte sich vor und wartete auf Tante Ambers detaillierte Erklärungen.

»Liest du mir jetzt meine Rechte vor?« Tante Amber blickte zwischen mir und Tyler hin und her, aus Angst davor, was auf sie zukommen würde. »Verhaftest du mich jetzt?«

Tyler seufzte. »Nicht, wenn du kein Verbrechen begangen hast. Hast du?«

»Natürlich nicht! Wie kannst du nur so etwas sagen?« Tante Amber verschränkte die Arme und versuchte, ihre Wut zurückzuhalten. »Ich bat Pearl, es euch zu erzählen. Als sie es nicht tat, stand ich vor einer qualvollen Wahl. Muss ich meine eigene Schwester verraten? Oder werde ich dann selbst des Mordes beschuldigt?«

»Niemand beschuldigt dich des Mordes. Du könntest jedoch Komplizin eines Verbrechens gewesen sein.« Ich spürte, dass Tante Amber nicht ganz ehrlich war. Ich warf einen Blick auf Tante Pearl, die immer noch friedlich auf dem Sofa schnarchte.

»Du meinst, wie Beihilfe und Anstiftung von Pearl?« Tante Amber schüttelte den Kopf. »Ich habe nichts mit ihrem Plan zu tun, zumindest nicht direkt. Ich verstehe nicht, warum ich mich selbst belasten soll, nur, weil Pearl nicht kooperiert.«

Ich errötete. »Es wird dir nichts passieren, wenn du die Wahrheit sagst, Tante Amber. Wir müssen herausfinden, was los ist. Erzähl Tyler einfach, was du weißt und du kommst nicht in Schwierigkeiten.«

»Cen hat recht«, sagte Tyler. »Wir müssen den Tatsachen auf den Grund gehen.«

»Danach hilfst du mir vielleicht, Brayden und Gitty zu befreien«, sagte ich hoffnungsvoll.

Tante Amber zuckte mit den Schultern. »Ich kann es versuchen, aber ich bin wirklich nicht sehr gut darin.«

Es war offensichtlich, dass Tante Amber es erst gar nicht versuchen würde. Ich konnte es ihr wirklich nicht verübeln. Sobald Tante Pearl erwachte, würde sie sich zweifellos an ihrer Schwester wegen des Vertrauensbruchs rächen. Aber da draußen waren zwei Menschen gefangen. Ich musste sie retten, konnte aber nicht auf meine Tanten zählen. Wie üblich, handelten sie wie Zehnjährige. Man könnte darüber lachen, wenn die Situation nicht so ernst wäre.

»Es wäre schön gewesen, wenn Pearl ihre Abmachung mit Merlinda früher erwähnt hätte«, sagte Tyler.

Tante Amber blickte nervös auf ihre dösende Schwester. »Ich muss euch sagen ... Pearl hat mich zur Geheimhaltung verpflichtet. Ich musste sogar eine Geheimhaltungsvereinbarung unterzeichnen. Deshalb konnte ich ihre geschäftliche Abmachung nicht erwähnen. Ich kenne nicht alle Details. Pearl wollte sie beim Abendessen verkünden. Kurz bevor Merlinda ... «. Ihre Stimme zitterte, als sie auf den Flur blickte.

»Unter diesen Umständen hättest du dennoch etwas sagen sollen.«, gab ich zu bemerken.

Tante Amber schüttelte den Kopf und wischte sich eine Träne von der Wange. »Oh, was wäre Pearl wütend gewesen, wenn ich ihre Überraschung verdorben hätte. Deshalb hat sie auch Brayden zum Abendessen eingeladen. Er versprach ihr Steuererleichterungen, wenn Pearls Zauberschule ihren Hauptsitz in Westwick Corners ließe.

»Warte mal – was? Selbst Brayden wusste noch vor uns alles über Tante Pearls Businesspläne?« Ich war so wütend, dass ich ihn am liebsten in der Schneekugel schmoren gelassen hätte.

Tante Amber nickte. »Brayden und Pearl planten eine gemeinsame Pressemitteilung für Anfang Januar.«

Ich war die einzige ›Presse‹ in Westwick Corners und eine Zauberschule auf einer weit entfernten Insel zu eröffnen, gehörte nicht zu den Lokalnachrichten. Was mich besonders wütend machte, war, dass es jeder wusste, nur ich nicht. Wenn Tante Amber es wusste, dann auch Mama. Brayden wusste es und einer gewissen Logik zufolge hatte es Merlinda auch Dominic erzählt. Es war wie eine Verschwörung. Jeder wusste es, außer Tyler und mir. Earl vielleicht auch nicht.

»Nicht jeder.« Oma Vi schwebte vor mir und unterbrach meinen Gedankengang. Ich hasste es, wie sie immer meine Gedanken las.

Ich wollte etwas sagen, hielt aber noch rechtzeitig den Mund. Ich wollte nicht vor Tyler wie eine Irre dastehen, der Oma Vi weder sehen noch hören konnte.

Ich konzentrierte mich wieder auf Tante Amber. »Wieso ist eine Steuervergünstigung, die Tante Pearl von der Stadt versprochen wurden, eine ›gute Nachricht‹? Ich deutete mit den Fingern Anführungszeichen an. »Es ist wirklich nur eine schlechte Nachricht für den Rest von uns Steuerzahlern, weil wir immer mehr Steuern zahlen, um die Differenz auszugleichen.«

Ich konnte keinen Vorteil für die Stadt sehen. So wie ich vermutete, hatte Tante Pearl, Brayden nicht aus reiner Herzensgüte zu unserem privaten Heiligabendessen eingeladen. Sie hatte es aus rein finanziellen Gründen getan.

Tante Amber zuckte mit den Schultern. »Frag mich nicht. Du weißt, dass ich alles hasse, was mit Finanzen zu tun hat. Davon wird mir schwindlig. Ich habe nur getan, um was mich Pearl gebeten hat.«

Tylers Augen trafen meine. »Apropos. Merlindas Arrangement mit Pearl war nicht ihre einzig bedeutende Partnerschaft in letzter Zeit. Merlinda hatte eine weitere mit Dominic.«

»Natürlich. Die heimliche Hochzeit«, sagte ich. »Findest du es nicht auch seltsam, dass sie als frisch vermähltes Ehepaar nicht über Merlindas Flug nach Hause gesprochen haben? Wenn Dominic Bescheid wusste, warum der Überraschungsbesuch in Westwick Corners?«

»Ja«, sagte Tyler. »Wenn man bedenkt, dass sie zum Zeitpunkt, als der Flug wegen des Sturms abgesagt worden war, bereits die Stadt verlassen hätte. Auf keinen Fall konnte er es vorher gewusst haben. Er musste seinen Flug auch vor Weihnachten buchen.«

Ich nickte. »Alle Flüge von und zum Flughafen in Shady Creek wurden heute Morgen wegen des Sturms annulliert. Es gibt nur einen täglichen Flug nach Shady Creek. Dieser Flug ist nie angekommen, sodass Dominic bereits vor dem heutigen Tag dagewesen sein muss.«

Tante Amber schüttelte den Kopf. »Westwick Corners ist viel zu klein. Ein Fremder wie Dominic wäre bemerkt worden. Jeder kennt hier jeden. Und sie tratschen alle.«

»Vielleicht ist er in Shady Creek geblieben«, sagte ich. Dominics auffälliger, gemieteter Cadillac in einer Stadt, in der man sonst nur Pick-ups und Minivans sah, war völlig fehl am Platz. Seine Tätowierungen würden auch Aufmerksamkeit erregen.

Ich wandte mich an Tyler, aber er telefonierte bereits mit dem Handy. Er sagte etwas, was ich nicht ganz verstand und legte dann auf. Er steckte das Handy weg und wandte sich an uns. »Es hat sich herausgestellt, dass sich Dominic schon seit einer Woche im Shady Creek Motel 6 aufhält.

»Er war bereits in der Nähe, ohne Merlinda etwas davon zu sagen?« Tante Amber riss die Augen auf. »Das ist kein Verhalten von frisch verheirateten Eheleuten. Warum hat er gewartet, um sie zu sehen?«

»Er hat mir erzählt, dass ihn Tante Pearl als Überraschung für Merlinda eingeladen hat. Das ist wirklich seltsam, dass er mit Tante Pearl, aber nicht mit Merlinda gesprochen hätte.« Ich erinnerte mich an Dominics Ankunft. Wie konnte Tante Pearl wissen, dass Merlinda nicht nach Hause fliegen würde?

Es sei denn, sie hatte etwas geplant. Es kam mir seltsam vor, dass sie das neue Geschäftsvorhaben in Vanuatu überhaupt angekündigt hätte, geschweige denn, andere Leute einzuladen, Weihnachten mit uns zu verbringen. Sie war störrisch, unberechenbar, und geheimnisvoll. Aber etwas musste schiefgelaufen sein, weil ich wusste, dass sie Merlinda nie etwas angetan hätte.

Zumindest konnte ich mir das nicht vorstellen. Dennoch hatte jemand Merlinda getötet. Ich war mir sicher, dass Tante Pearl nie jemanden töten würde, aber einen schrecklichen Unfall vertuschen, war ihr zuzutrauen. Sie gab nicht gerne zu, etwas falsch gemacht zu haben. Wie weit würde sie gehen, um die Wahrheit zu verbergen?

Erst ihr verpfuschter Tee, dann das geheime Arrangement mit Brayden und nun dieses Geheimnis mit Dominic. Es erklärte, warum die beiden Männer an unserem Familienfest teilnahmen. Aber es sah Tante Pearl nicht ähnlich. Ich kam immer wieder zur gleichen Schlussfolgerung zurück. Tante Pearl machte nie Fehler mit Zaubersprüchen oder Zaubertränke. Das Belastendste von allem, war, dass sie niemals jemanden aus Gastfreundlichkeit aufnahm, weder innerhalb noch außerhalb der Familie. Niemals, nie.

Tante Pearl war für irgendetwas schuldig. Ich war sicher, dass es nicht Mord war – oder doch?

ährend ich darüber nachdachte, zu was Tante Pearl wirklich in der Lage war, huschte Oma Vi im Wohnzimmer hin und her. Sie war sichtlich aufgebracht.

»Cendrine, wie kannst du nur so etwas denken?« Pearl würde nie jemandem schaden.«

Ich weiß nicht, was ich denken soll, Oma. Niemand hat gesehen, was mit Merlinda passiert ist, also stelle ich mir alle Möglichkeiten vor. Hast du nichts gesehen?

Oma Vi schüttelte langsam den Kopf. »Ich war zu sehr damit beschäftigt, mich selbst zu bemitleiden, während ihr alle euer Abendessen verschlungen habt.«

Warte mal – du kannst doch die Gedanken von jedem hier lesen, nicht wahr? Wer auch immer Merlinda ermordet hat, er hat vorher darüber nachgedacht.

»So funktioniert das nicht, Cen. Wenn ich Gedanken lese, verstehe ich nur das, worauf ich mich konzentriere. Mit anderen Worten, ich muss mich darum bemühen, einen Gedanken zu lesen. Wenn alle im selben Raum sprechen und denken, ist es nahezu unmöglich, die Gedanken einer einzelnen Person herauszusuchen, um sich einen Reim darauf zu machen. Wenn ich nur wüsste, was geschehen ist... Sorry, aber ich habe keinen heißen Tipp für dich.«

»Aber unter den richtigen Umständen ...« Es war nicht zu spät. Vielleicht dachte der Mörder gerade jetzt über das Verbrechen nach. Alles, was wir tun mussten, war, den Mörder im selben Raum zu lassen wie Oma Vi.

Tyler runzelte die Stirn. »Was hast du gerade gesagt?«

»Nichts ... äh, vielleicht wäre es eine gute Idee, jede Person einzeln zu verhören.« Ich zögerte, uns selbst als Verdächtige hinzustellen, aber technisch gesehen, waren wir es alle. Sogar Tyler. Und ich.

Wir mussten unbedingt den Tatsachen auf den Grund gehen. Zu Recht oder Unrecht, ich war mir sicher, dass ich meine eigenen Familienmitglieder als Mörder ausschließen konnte. Was ich nicht ausschließen konnte, war, ob einer von ihnen einen tragischen Unfall verursacht hatte.

Was auch immer Tante Pearls Beteiligung war, je früher wir das klärten, desto besser. Wenn sie ihren Kräutertee durcheinandergebracht hat, wäre es am besten, sie würde es eingestehen. Wenn es etwas Schlimmeres ist, na ja, darüber wollte ich nicht einmal nachdenken. Mein Magen drehte sich bei dem Gedanken um.

Tante Amber sah besorgt aus. »Cen, du glaubst doch nicht ernsthaft, dass Pearl Merlinda getötet hat, oder? Ich meine, sicher hat sie einen Fehler gemacht mit ihrem Tee, aber es war ein Unfall.«

Bei dem Wort Tee machte Tante Pearl die Augen auf. »Ich habe dir gesagt, Amber, dass mein Tee nichts damit zu tun hat. Wir werden den Mörder nie entlarven, wenn du weiter solchen Unsinn redest.« Sie gähnte und kuschelte sich wieder auf die Couch.

Ich schob den Gedanken eines Mörders aus meinem Kopf und wandte mich an Tante Pearl. »Erzähl mir mehr über deine geheime Geschäftsmöglichkeit.«

Abgesehen von Hexerei, war Tante Pearls Aufgabe im Leben ziemlich konzentriert darauf, so viele Geschäftsleute wie möglich, aus der Stadt zu vertreiben. Doch nun warb sie sie regelrecht an. Das an sich war schon eine riesige rote Fahne.

Tante Pearl machte ganz runde Augen und schlug ihre falschen Wimpern in spöttischer Unschuld. »Welche Geschäftsmöglichkeit? Ich habe keine Ahnung, wovon du redest.«

»Deine Konzession mit Pearls Zauberschule«, sagte ich.

Tante Pearl schenkte mir einen leeren Blick. »Welche Konzession?«

»Deine Vanuatu-Partnerschaft mit Merlinda.« Sogar Tante Pearl nutzte Merlinda aus. »Was springt dabei für dich heraus?«

»Ach das.« Tante Pearls knochige Schultern hoben sich unter ihrem grünen Samthosenanzug an, als sie Tante Amber mit dem Finger drohte. »Ich wusste, dass du dein loses Mundwerk nicht halten kannst. Sieh mal, alles was ich getan habe, war, Merlinda aus reiner Herzensgüte freie Kost und Logis zu geben. Im Gegenzug gab sie mir einen Anteil an ihrem Vanuatu-Geschäft. Ich lehnte ab, aber sie bestand darauf.«

»Du hast mich aus meinem eigenen Hause ausgestoßen, nur um mein Zimmer einer Fremden zu überlassen?« Oma Vi's geisterhaftes Gesicht verdunkelte sich in Karminrot. Sie war außer sich vor Wut. »Du hast mir gesagt, dass wir mit der Vermietung Geld verdienen. Wie konntest du mich nur so anlügen?«.

Oma Vi lebte jetzt mit mir zusammen in einer separaten Behausung auf dem Grundstück. Unser geräumiges Baumhaus war modern, komfortabel und privat - eine ideale Unterkunft für ein Gespenst. Sie war mit mir zusammengezogen, als wir unsere Familienvilla in eine Pension umgewandelt haben, lange bevor Merlinda in Oma Vi's ehemaliges Zimmer gezogen ist. Oma Vi's Umzug war notwendig gewesen, weil wir es nicht riskieren konnten, dass sie unsere Gäste erschreckt. Sie war immer noch nicht darüber hinweg.

»Niemand hat dich ausgestoßen«, sagte Tante Pearl. »So lautete die Abmachung nicht.«

»Nun, wie genau lautete sie denn?«, forderte Oma Vi. »Was auch immer es war, es ist nicht so wie das hier. Ich will eine Entschädigung. Und ich will mein altes Zimmer zurück.«

Wir ignorierten sie alle.

»Warum sollte Merlinda ein Geschäft auf Vanuatu anfangen? Ich dachte, sie wollte von alldem weglaufen.« Die sich ständig verändernde Geschichte frustrierte mich. Es verletzte mich auch, dass Oma Vi nicht mehr meine Mitbewohner sein wollte.

Tante Amber unterbrach. »Es stimmt, dass Merlinda Vanuatu für immer verlassen wollte, aber Pearl hat ihr das ausgeredet. Pearl wollte, dass Merlinda Kapital aus ihrem Talent schlägt.«

Tante Pearl schlug die Hände über den Kopf zusammen. »Und hier geht ein weiteres Geheimnis in die Binsen. Du singst wie ein Kanarien-vogel, Amber. So eine große Klappe.«

»Also ist es wahr?« Die Antwort lag auf der Hand.

Tante Amber nickte. »Die beiden planten, auf Vanuatu eine Filiale von Pearls Zauberschule zu eröffnen.«

Das ergab keinen Sinn. Der einzige Betrieb von Pearls Zauberschule hatte nur einen Schüler und stand vor dem Bankrott. Dieses Geschäfts-modell auf einer weit entfernten Insel zu kopieren, sagte ein finanzielles Desaster voraus. Andererseits war Merlinda ein übernatürliches Arbeitspferd, zumindest nach den magischen Geschichten über den Cargo-Kult zu urteilen. Vielleicht hatte auch Tante Pearl geplant, sie auszunutzen.

»Hör auf, dazwischenzureden, Amber«, sagte Tante Pearl. »Ich kann für mich selbst reden.«

»Warum tust du es dann nicht?«, fragte Tante Amber in flötendem Tonfall. Es machte ihr einen Heidenspaß, ihre Schwester aufzuregen.

Tante Pearl war jetzt hellwach. »Netter Versuch, mich auszutricksen, aber ich werde meine Geschäftsgeheimnisse nicht enthüllen. Sonst verliere ich meinen Wettbewerbsvorteil.«

Tante Amber zuckte mit den Schultern. »Also muss ich es wieder tun. Pearl hatte geplant, nach Weihnachten zu Merlinda nach Vanuatu zu fliegen, um sich dort niederzulassen. Sie würde alles für eine prozen-tuale Beteiligung an den Schulgebühren ins Rollen bringen. Merlinda war ihr Schützling.«

»Sprich nicht so von mir in meinem Beisein«, protestierte Tante Pearl. »Die Hälfte von dem, was du erzählst, stimmt nicht.«

»Welche Teile genau?«, fragte Tyler.

Tante Pearl zuckte mit den Schultern. »Was macht das für einen Unterschied?«

Tante Amber schüttelte verzweifelt den Kopf. »Die Angelegenheit ist wirklich ernst, Pearl. Ich hatte darauf gewartet, dass du etwas sagst, um es einzugestehen. Aber das hast du nicht.«

»Werde ich auch nicht. Ich will einen Anwalt.« Tante Pearl zappelte unruhig auf dem Sofa herum. Der Zauber hatte nun endgültig seine Wirkung verloren.

Ich zog die Stirn in Falten. »Wenn Merlinda darum besorgt war, dass ihr Vater Vorteile aus ihren übernatürlichen Fähigkeiten ziehen wollte, würde ihn dann das neue Geschäft nicht ärgern?«

»Da setzt Pearls Part ein«, sagte Tante Amber. »Zwei Hexen sind besser als eine und ihr Vater hätte keine Macht, sie aufzuhalten. Sie hätten zunächst zusammen in Pearls Zauberschule gearbeitet, bis Merlinda in der Lage gewesen wäre, den Betrieb zu übernehmen. Die Inselbewohner würden feststellen, dass nur Merlinda die Magie des Cargo-Kults beherrscht, nicht ihr Vater oder sonst jemand. Das hätte ihr geholfen, sich aus seinem Griff zu befreien. Pearl wäre ihre Rückendeckung gewesen, falls ihr Vater ihr übel mitspielen würde.«

Tante Pearl konnte sehr überzeugend sein. Vielleicht hatte sich Merlinda mit Pearls Plänen unter Druck gesetzt gefühlt. »Ich fass es nicht. Merlinda wollte die John Frum Cargo-Kult Farce beenden. Aber das würde sie doch nur verewigen.«

Tante Amber zuckte mit den Schultern. »Pearl hat Merlinda davon überzeugt, dass sie ihr Talent unter Beweis stellt und vielleicht sogar einige der Einheimischen ermutigen könnte, ihre eigenen übernatürlichen Fähigkeiten zu entwickeln. Pearl kann aus fast jedem eine Hexe machen. Solange man sich anstrengt.«

Tante Pearl strahlte bei diesem Kompliment. »Meine Rede, Cen.«

Bei dieser Stichelei verdrehte ich die Augen. Ich war es leid, eine lausige Hexe genannt zu werden.

Tante Amber klopfte mir auf die Schulter. »Nimm es nicht zu persönlich, Cen. Pearl hat sowohl Merlindas Potenzial als auch eine große Marktchance gesehen. Sie dachte, wenn sich alle Anhänger des Cargo-Kults darum bemühten, könnten sie nicht ausgenutzt werden. Mit ein paar einfachen Zaubersprüchen wollte sie erwirken, dass sich die Gläubigen zu ihrer Schule anmelden.«

»Du meinst, sie wollte sie mit einem Zauber zur Anmeldung überzeugen. Das ist Betrug.« Es klang eher nach mehr Ärger als die Sache wert war, ganz zu schweigen von dem Bruch der WICCA-Vorschriften. Aber Tante Pearl war eine hoffnungslose Opportunistin.

»Aber wenn die anderen Insulaner keine Hexen sind, wie können sie dann Hexerei erlernen?«, fragte Oma Vi. »Wie soll das gehen?«

Tante Pearl grinste. »Das gehört zum großen Geheimnis. Alles ist möglich, wenn du nur an dich selbst glaubst.«

Das war völliger Unsinn und ich wusste, wovon ich redete. »Oh, ich verstehe. Du machst diese armen Seelen zur Beute und versprichst ihnen das Unmögliche. Du denkst, weil sie an den Cargo-Kult und an John Frum glauben, kannst du ihnen die Schulgebühr abknöpfen und ihnen einreden, dass sie tatsächlich Hexen werden können.«

»Meine Güte, Cen. Wenn du das sagst, klingt es so herzlos.

»Ist es auch. Du würdest doch alles für einen einzigen Dollar tun.«

»Ziemlich viel«, erwiderte Tante Pearl lächelnd. »Oder für einen Vatu. Das ist die Währung in Vanuatu.«

KAPITEL 27

Es war jetzt schmerzlich klar, dass mir niemand helfen würde, Brayden und Gitty zurückzuholen. Es war ein schwacher Trost, zu wissen, dass Tante Amber und Oma Vi keine besseren Hexen waren als ich. Jetzt hatte ich niemanden mehr, zu dem ich aufschauen konnte. Nun, fast niemand.

Mama hatte viel mehr erreicht als ich, aber sie beschränkte sich auf nur ein paar Zaubersprüche. Ich hatte wohl meinen Mangel an Engagement von ihr geerbt. Die einzige wirkliche Möglichkeit war Tante Pearl, aber sie hatte es deutlich gemacht, dass ich es selbst tun muss. Braydens und Gittys Zukunft, oder deren Abwesenheit, ruhte allein in meinen Händen.

Mein Zauberbuch lag im Baumhaus, aber durch die Schneeverwehungen zu stapfen, um es zu holen, würde zu lange dauern. Alles konnte schief gehen, während Brayden und Gitty in der Schwebe hingen, und das konnte ich nicht riskieren.

Plötzlich erinnerte ich mich, dass Mamas Zauberbuch hier im Hause war. Ich rannte in die Küche und durchsuchte die chaotische unterste Schublade des Schreibtisches, wo Mama ihr WICCA-Zauberbuch aufbewahrte. Ich holte es heraus. Es war staubig, wahrscheinlich, weil Mama es nur noch selten benutzte. Sie konzentrierte sich hauptsächlich auf pflanzliche Heilmittel, die sie auswendig kannte.

Der abgenutzte Ledereinband fühlte sich beim Öffnen des Buches beruhigend auf meiner Handfläche an. Ich blätterte durch die dünnen Pergamentseiten und bald fand ich den Transportzauber und den Umkehrspruch. Die vertrauten Worte fielen mir sofort beim Lesen der ersten Zeile wieder ein.

Aber beim Weiterlesen fiel mir etwas auf. Die Formulierung in Mamas älterer Ausgabe war etwas anders als die, die ich in meinem eigenen Zauberbuch gelesen hatte. Nicht viel, aber genug, um mir Fragen zu stellen. Wurde der Text nur zur Modernisierung verändert, oder gab es ein Problem mit der älteren Ausgabe?

Ich habe meine Zaubersprüche immer buchstäblich aufgesagt und noch nie Schwierigkeiten gehabt, sie durchzuführen. Was, wenn die Formulierungsunterschiede in der älteren Version nicht mehr funktionierten? Oder noch schlimmer, wenn sie Schaden anrichteten? Ein kleiner Fehler konnte sehr ernste Konsequenzen für Brayden und Gitty haben.

Letztendlich musste ich das Risiko übernehmen. Ich hatte keine andere Wahl. Ich ließ das Buch offen liegen und rannte auf die Veranda hinaus. Ich musste mich auf meine bevorstehende Aufgabe voll konzentrieren und durfte mich durch niemanden ablenken lassen. Ich konnte auch keinerlei Einmischung vertragen. Also hatte ich nur eine Minute Zeit, bevor jemand nach draußen käme, um nachzusehen, was ich dort tue und ich brauchte absolute Einsamkeit, um mich zu konzentrieren.

Ich las die Seite noch einmal gründlich durch, richtete meinen Blick auf Brayden und Gitty in der Schneekugel auf dem Rasen. Sie hämmerten nicht mehr am Glas. Stattdessen bewegten sie sich kaum noch und schmiegten sich aneinander, um sich vor der Kälte zu schützen.

Ich musste es schaffen.

Ich las die Worte mehrmals, bis ich sie auswendig wusste. Dann kanalisierte ich meine ganze Energie auf die Glaskugel auf dem Rasen und rezitierte die Worte:

KOMM ZURÜCK, komm zurück,
Zurück, herbei,
Von woher du kamst,

Und du bist frei.

KLOPF-KLOPF-KLOPF
An das Glas
Mach ein paar Schritte
und bring sich selbst zurück in unsere Mitte.

DER BANN WAR KURZ und schmerzlos, viel einfacher, als ich angenommen hatte. Es war das Gegenteil des ursprünglichen Transportzaubers. Alles, was ich tun musste, war klar zu sprechen und Brayden und Gitty zu visualisieren.

Doch nichts passierte.

Ich wiederholte den Spruch ein halbes Dutzend Mal.

Nichts.

Musste er anders lauten, weil sie in einer Glaskugel waren? Gab es noch andere Arten von Kugeln? Ich hatte nicht die leiseste Ahnung. Ich dachte wieder an mein Schneekugelfiasko. Ich konnte mich nicht mehr genau erinnern, wie ich entkommen war, aber irgendwie hatte ich es geschafft, mich daraus zu befreien. Also würde es auch bei Brayden und Gitty funktionieren. Ich kann es schaffen.

Laut Tante Amber hatte Tante Pearl den letzten Satz des Zaubers vergessen, als sie mich in die Glaskugel zauberte. Ich schaute wieder ins Buch und las erneut die letzte Zeile. Diese Zeile war zumindest identisch mit der, die ich aus meinem eigenen Zauberbuch kannte. Es schien keine Rolle gespielt zu haben, dass sie von Tante Amber unterbrochen wurde und sie die letzte Zeile von Tante Pearls Zauber gesprochen hatte. Offensichtlich konnte jeder die Worte aussprechen … gleich, ob eine Hexe oder zwei auf einmal. Es musste einen anderen Grund geben, warum mein Zauberspruch nicht funktioniert hat und warum ich sie nicht zurückbringen konnte.

Das Letzte, woran ich mich bei meinem Schneekugelgefängnis erinnerte, war ein leises Rumpeln, das Rentier, das mit den Hufen auf dem Boden scharrte, und dann das Glas, das zerbrach, als ich endlich befreit wurde.

Gewalt könnte ein weiterer Weg sein, um den Bann zu brechen.

Wenn ich es nicht durch Zaubern schaffte, könnte ich vielleicht eine andere Lösung finden. Ich brauchte nur genug Kraft, um das Glas zu zerbrechen, ohne Brayden und Gitty dabei zu verletzen und wenn ich es unter der Glaskugel hielt, konnte ich sie befreien.

Ich lehnte mich gegen das Haus, während ich mit halbgefrorenen Fingern durch Mamas Zauberbuch blätterte. Es gab mehrere Zaubersprüche, die im Handumdrehen wirken konnten: ein Erdbeben- und ein Apokalypse-Zauber. Möglich, aber ein wenig drastisch. Eine Naturkatastrophe würde uns zweifellos alle vernichten. Abgesehen davon könnte noch mehr schief gehen, vor allem bei mir.

Das brachte mich wieder zum Umkehrspruch zurück. Ich rezitierte den Zauber wieder und achtete darauf, vorsichtig, langsam und deutlich zu sprechen.

Nichts.

Einstein hat angeblich gesagt: Die Definition von Wahnsinn, ist, immer wieder das Gleiche zu tun und andere Ergebnisse zu erwarten.

Ich tat es aus schierer Verzweiflung, weil ich mir keinen anderen Rat wusste.

Ich hatte mich gerade umgedreht, um wieder hineinzugehen, als mich die Wucht der Explosion von den Füßen riss. Ich fiel nach hinten und rutschte auf den Rand der vereisten Veranda aus. Auf einmal wurde alles dunkel.

KAPITEL 28

Ich öffnete die Augen und starrte in den besorgten Blick von Tyler. Er drückte meine Hand. »Was ist passiert? Brayden hat dich auf der Veranda gefunden. Du warst bewusstlos.«

Brayden? Wenn er nicht mehr in der Kugel war, dann hatte mein Zauber gewirkt! Vielleicht hatte die magnetische Anziehungskraft von Merlindas Kugel nachgelassen. Oder vielleicht hatte ich endlich meine Berufung als Hexe gefunden. Was auch immer es war, ich war sowohl erleichtert als auch stolz.

»Ich erinnere mich nicht ... « Ich war mit Kissen auf dem Sofa im Wohnzimmer aufgestützt und konnte mich nicht erinnern, wie ich dorthin gekommen war. Meine letzte Erinnerung war, dass ich draußen auf der Veranda stand, um den Zauberspruch zu rezitieren. Alles danach war leer. Ich saß aufrecht und suchte den Raum ab.

Mama, Tante Pearl und Tante Amber standen an der Tür zum Flur.

Brayden setzte sich auf den Sessel am Kamin. Er lächelte erleichtert. »Wie gehts, Cen? Du hast mich ziemlich erschreckt.«

Seinem Blick nach zu urteilen, erinnerte sich Brayden nicht an die Schneekugel.

Tante Pearl lächelte. »Cendrine West! Du bietest eine richtige Show, wenn du dich anstrengst. Siehst du, zu was du mit ein wenig Mühe in der Lage bist?«

Ich nickte. Ich massierte meine Stirn und dachte an den Zauberspruch. Alles, an was ich mich erinnerte, war, dass ich die letzte Zeile von Mamas Zauberbuch aufsagte. Mamas Buch! Ich schaute mich um, aber es war nirgendwo zu sehen. Ich musste es auf der Veranda vergessen haben. Kein Zweifel war es jetzt nass und beschädigt. Ich schoss wie eine Rakete hoch und versuchte, mich hinzustellen. »Ich muss das Buch holen.«

»Entspann dich, Cen.« Mama tippte mit ihren Fingern auf das Zauberbuch. »Hier ist es. Keine Bange.«

»Wo sind die anderen?« Ich meinte Gitty, wollte sie aber nicht nennen.

»Wenn du mich alte Wenigkeit suchst, ich bin hier«, rief Oma Vi über meinem Kopf. »Puh! Das war knapp. Fast hättest du mich auch erwischt. Hast du mich vermisst?«

Ich neigte meinen Kopf, um sie zu sehen.

Sie flitzte neben mich und schwebte knapp über der Armlehne. »Habe ich dir jemals gesagt, dass du meine Lieblingsenkelin bist?«

Ich bin die einzige Enkelin.

Tyler lächelte. »Du erinnerst dich wirklich an nichts, Cen? Du hast Brayden und Gitty draußen gefunden, sie waren fast erfroren. Noch ein paar Minuten und sie hätten Frostbeulen gehabt.«

Oma Vi mimte einen übertriebenen Schauer. »Oh Mann! Du warst die Rettung, Cendrine.«

Plötzlich erschien Gitty bei der Erwähnung ihres Namens. Sie hatte ihre nasse Kleidung ausgezogen und geduscht und ein Handtuch um den Kopf gewickelt. Sie trug auch Mamas Bademantel. »Kannst du mir etwas zum Anziehen geben?«

Jeder drehte sich zu mir um.

Ich schüttelte den Kopf. »Tut mir leid, aber alle meine Sachen sind im Baumhaus. Ich denke, du musst warten, bis deine Sachen trocken sind.« Ich war insgeheim erleichtert und fast froh, dass sie ihren Pailletten-Minirock und die Lederjacke nicht einfach so in den Trockner werfen konnte.

Sie konnte auch nicht in Mamas Bademantel flüchten. Was eine gute Sache war, denn ich hatte eine Menge offener Fragen.

Tante Amber hatte auch eine.

»Wusstest du, dass die Franzosen den Granatapfel übersetzt, Granate nennen?« fragte Tante Amber

Ich war nicht sicher, ob sie damit auf die Explosion von Merlindas Schneekugel anspielte, aber wir liefen Gefahr, vom Hauptthema abzuweichen. »Was hat das mit irgendetwas zu tun, Tante Amber?«

Sie zuckte mit den Schultern. »Och, nichts. Oder vielleicht alles. Ich habe das Gefühl, dass die Dinge im Begriff sind, zu explodieren.«

Ich hatte keine Ahnung, auf was Tante Amber hinaus wollte, aber ich wusste etwas Anderes. Da ich Brayden und Gitty aus ihrem Gefängnis befreit hatte, wollte ich eine Gegenleistung. Zugegeben, ich hatte sie zunächst in die Glaskugel geschickt. Dennoch hätte alles viel schlimmer laufen können, wenn ich sie nicht gerettet hätte.

Gitty blickte vom Frottieren ihrer Haare auf. »Verdammt richtig, es ist nicht alles Gold, was glänzt. Nehmt Merlinda zum Beispiel. Warum hat sie jeder angebetet? Sie war kein Engel.«

Die Küchentür knallte und es folgten schwere Schritte. Dominic erschien an der Esszimmertür. Er war nass und zerzaust, als ob er draußen gewesen wäre. »He – überleg dir gut, was du über Merlinda sagst, etwas mehr Respekt, wenn ich bitten dürfte. Sie ist das Opfer.«

»Kaum«, prustete Gitty. »Nur ein armes, kleines, wohlhabendes Mädchen, das anfing zu weinen, weil es nicht bekam, was es wollte.«

Ich schaute ihn von oben bis unten an und fragte mich, ob Tante Pearl etwas mit seinem unordentlichen Aussehen zu tun hatte. »Was ist denn mit dir passiert?«

Dominic ignorierte mich. Er sah Gitty finster an. »Was weißt du denn schon. Du hast Merlinda noch nicht einmal eine Chance gegeben.«

Tyler und ich tauschten Blicke aus. Wovon war hier eigentlich die Rede? Der wütende Unterton zwischen Gitty und Dominic kam mir seltsam vor für zwei Menschen, die sich gerade erst kennengelernt hatten.

Gitty setzte zu einer Antwort an, überlegte es sich aber anders.

»Das ist der absolute Hammer.« Tante Amber lächelte. »Touché.«

KAPITEL 29

»Ihr zwei kennt euch, nicht wahr?« Zuerst sah ich Gitty an, dann Dominic.

Gitty sah weg und frottierte ihre Haare übertrieben schnell.

Ihre wütende Reaktion sagte mir, dass ich einen Nerv getroffen hatte. Dominic und Gitty kannten sich und wir hatten sie gerade entlarvt. Noch ein weiteres Geheimnis gelüftet.

»Ja, wir kennen uns«, sagte Dominic leise. »Ich wünschte, wir würden es nicht.«

Braydens Augen weiteten sich schockiert. »Woher kennt ihr euch? Dominic ist doch gerade erst von Vanuatu eingeflogen und du wohnst in Shady Creek ...«

Gitty zuckte mit den Schultern und setzte einen selbstgefälligen Gesichtsausdruck auf.

Brayden suchte verzweifelt in Gittys Gesicht nach einer Antwort. »Du hast mich angelogen.«

Gitty schniefte. »Ich habe nicht gelogen. Ich habe nichts gesagt, weil ich dachte, du würdest ausrasten.«

»Warum sollte ich ausrasten?« Brayden blickte verwirrt drein, während er zwischen Gitty und Dominic hin und herblickte. Langsam dämmerte es ihm, dass ihre Beziehung wohl romantischer Art gewesen war, nicht platonisch.

Gitty packte Braydens Hand und zog ihn heran. »Ich kann dir das erklären, Bray. Dominic und ich haben uns getroffen, lange, lange bevor er nach Vanuatu gezogen ist. Aber jetzt bin ich mit dir zusammen und das ist alles, was zählt.«

Braydens Kinnlade klappte herunter. »Aber warum versteckst du das vor mir? Was ist los, Gitty?«

»Ich habe nichts vor dir versteckt. Du hast nie danach gefragt«, sagte Gitty säuselnd.

Brayden blickte verwirrt drein. »A-aber warum hätte ich fragen sollen? Ihr beide habt so getan, als ob ihr euch zum ersten Mal getroffen hättet.«

Gitty wies diesen Kommentar abwinkend zurück. »Du musst nicht jedes einzelne Detail meines Lebens kennen, Brayden. Aber da ich nichts zu verbergen habe ... Dominic und ich waren für ein paar Monate ein Paar. Ich habe es nicht erwähnt, weil ich wusste, dass du eifersüchtig werden würdest. So wie jetzt.«

Brayden hatte viele Fehler, aber Eifersucht gehörte nicht dazu. Als eine ignorierte Ex-Freundin, wusste ich das aus erster Hand. Er konzentrierte sich zu sehr auf sich selbst, um solche Dinge auch nur am Rande zu bemerken. Oder überhaupt nicht. Trotzdem tat er mir leid. Er hatte Gittys Behandlung nicht verdient.

»Äh, ja, stimmt.« Dominic sah sichtlich erleichtert aus. Er drehte sich zu Brayden um. »Es ist schon sehr lange her. Was dagegen?«

Brayden schluckte schwer, als ein Funken des Zweifels über sein Gesicht huschte. »Äh ... eigentlich nicht.« Ihr seid nur noch Freunde, nicht wahr?«

»Ja«, sagte Dominic. »Keine Ursache.«

Ich erinnerte mich ans Abendessen und dass sich Gitty über Merlindas Gesichtsausdruck erzürnte. Menschen wurden mehr oder weniger oft eifersüchtig, aber mit ihr stimmte etwas nicht. Etwas, das über Neid hinausging. Eigentlich sogar etwas Unheimliches. Selbst in Mamas flauschigem Hausmantel gehüllt sah sie beängstigend aus. Irgendetwas sagte mir, dass ich ihr nicht den Rücken zukehren darf.

»Ich rede mit jedem Mann, wie ich will, Brayden«, sagte Gitty. »Du besitzt mich nicht, also hör auf, mich kontrollieren zu wollen.« Sie sprach mit Brayden, richtete aber ihren wütenden Blick auf Dominic.

»Tu ich nicht ... ich dachte nur, du hättest etwas gesagt ...«. Braydens verletzter Gesichtsausdruck sprach Bände. Gittys Offenbarung hatte ihn schrecklich enttäuscht. »Ich meine, immerhin verbringen wir Weihnachten zusammen.«

Ich drehte mich zu Gitty um. »Ihr beide seid zusammen ausgegangen? Wann?«

»Das geht dich wirklich nichts an, Cendrine«, sagte Gitty schnippisch.

Brayden verschränkte die Arme. »Aber mich geht es etwas an. Wenn es da nichts zwischen dir und Dominic gibt, warum verbirgst du es dann? Was ist los, Gitty?«

Gitty fluchte, ging aber nicht weiter darauf ein.

Ich drehte mich zu Gitty um. »Ich denke, dass deine Beziehung zu Dominic viel jüngeren Datums ist, als du zugibst. Sich hier zu treffen, kann kein Zufall sein. Die Verabredung mit Brayden war nur ein Trick, um dich selbst zu unserem Heiligabendessen einzuladen.«

»Ich habe Brayden gebeten, in Begleitung zu kommen. Aber ich hätte niemals von ihm gedacht, dass er einen Stalker mitbringt«, sagte Tante Pearl.

Ich starrte Tante Pearl an.

»Stimmt das, was Cen sagt?« Brayden wandte sich an Gitty.

Gitty schwieg.

Dominic räusperte sich und starrte unbeholfen auf den Boden.

Keine Antwort war auch eine Antwort.

Alles passte wie ein Puzzle zusammen. »Gib es zu, Gitty. Du warst eifersüchtig auf Merlinda. Es war aber nicht Braydens schweifender Blick. Es war Dominics Beziehung zu Merlinda, die dich rasend machte.«

»Warum sollte ich eifersüchtig auf sie sein? Es ist mir egal, mit wem Dominic zusammen ist.« Gittys ablehnende Worte standen im Gegensatz zu ihrem wütenden Ausdruck. Sie spuckte sie wie Gift aus.

»Oh, es ist dir absolut nicht gleichgültig«, sagte ich. »Du hast Brayden manipuliert, damit er sich mit dir verabredet. »Gib es zu, Gitty. Deine stürmische Romanze war nur ein Trick, um in die Nähe von Dominic und Merlinda zu kommen.«

»Warum sollte ich das tun? Ich habe einen Freund.« Gitty warf Brayden einen beruhigenden Blick zu.

»Da bin ich mir nicht mehr so sicher«, sagte Brayden. »Ich bin mir sicher, dass du mir noch immer etwas verschweigst. Ich mag es nicht, benutzt zu werden.

Die dreiste und außer Kontrolle geratene Gitty war so eine unwahrscheinliche Partie für den biederen, gesellschaftlich aufsteigenden Brayden. Obwohl Brayden Gitty zum Abendessen mitgebracht hatte, um mich eifersüchtig zu machen, war er nicht der Typ, der Leute für seine Zwecke benutzte. Stattdessen war er Opfer von Gittys Lügen und Manipulationen geworden.

Brayden und Gitty waren nicht das einzige komische Paar. Dominic schien auch nicht zu Merlinda zu passen, obwohl ich Merlinda nicht so gut gekannt habe. Gitty und Dominic hingegen waren wie für einander geschaffen. Sie haben einander verdient. Die Puzzleteile passten alle zusammen.

»Ich kann dir das erklären, Bray.« Gitty schnappte sich Braydens Hand. »Lass uns irgendwo hingehen, wo wir in Ruhe reden können.«

Brayden zog die Hand weg. »Nein. Ich habe genug gesehen.«

Dominic drehte sich zu Gitty um. »Okay, wenn Brayden die Dinge abbricht, dann reden wir. Wir haben viel Nachholbedarf.«

Unfassbar. Kurz nach Merlindas plötzlichem Tod wollte Dominic die Sache mit Gitty wieder in Ordnung bringen.

Gitty blökte Dominic an: »Du Blödmann – ich habe dir nichts zu sagen. Ich dachte, ich kenne dich. Aber es stellt sich heraus, dass ich dich überhaupt nicht kenne.«

Dominic hob seine rechte Hand. »Gitty, ich kann es erklären –«

Jede Behauptung, sie würden sich nicht kennen, war nun gänzlich unglaubwürdig.

Gitty hielt sich die Ohren zu. »Spar dir das für jemanden, den es kümmert.«

»Mich kümmert es.« Dominic schluckte schwer. »Ich hätte nur nie damit gerechnet, dass…«

»Du hast mich gelinkt, Dom. Ich dachte, wir hätten eine gemeinsame Zukunft.« Ihre Stimme brach und ihre Unterlippe zitterte. Sie war den Tränen nahe und ihre harte Fassade zerbröckelte.

Brayden schüttelte den Kopf. »Ich fass es einfach nicht.« Ich komme mir vor wie ein Idiot.«

»Na ja, du hast doch diese Frau mitgebracht.« Oma Vi schwebte über Braydens Kopf.

»Da hast du recht«, sagte Tante Pearl.

Dominic seufzte. »Also gut, dann erzähle ich alles, ihr werdet es früher oder später sowieso erfahren. Auch wenn Gitty es nicht zugeben wird. Sie ist auch aus Vanuatu.«

Gitty winkte ab. »Das ist ja Wahnsinn. Ich habe keine Ahnung, wovon er redet.«

»Warte mal – was?« Brayden zog die Augenbrauen zusammen. Er wandte sich an Gitty. »Wenn du auch aus Vanuatu bist, warum hast du dann keinen Akzent?«

»Sie ist eine ausgewanderte Amerikanerin, genau wie ich«, sagte Dominic. »Wir haben beide für den Tauchladen in Merlindas Hotel gearbeitet.«

Ihre Partnerschaft war im Nachhinein offensichtlich. Sie waren ungefähr gleich alt. Beide waren ein wenig aufdringlich und hatten raue Züge. Ihre Beziehung war mir bisher nicht aufgefallen, weil sie bereits jeweils einen Partner hatten – wahrscheinlich nicht den richtigen.

»Man hat dir übel mitgespielt, Brayden«, sagte Tante Pearl. »Du bist einfach zu dumm, um zu merken, dass dich Gitty benutzt hat. Sie hat sich nie für dich interessiert. Du bist zu langweilig.«

»Tante Pearl!«, sagte ich. Ihre unverblümte Ehrlichkeit war fast so schlimm wie ihre üblichen Lügen.

»Aber... aber – Braydens Gesicht wurde purpurrot.

Ich fühlte einen Anflug von Sympathie für meinen Ex-Verlobten. Brayden war nicht dumm. Er war einfach zu selbstverliebt, um Gittys wahren Charakter bemerkt zu haben: eine kalte und berechnende Manipulatorin, die ihn benutzte, um zu ihrem Ziel zu kommen.

Der Schmerz stand Brayden ins Gesicht geschrieben. Zum ersten Mal seit langer Zeit brauchte er uns, und ich wollte ihn nicht im Stich lassen.

Ich wollte ihn umarmen.

Aber stattdessen zog ich etwas gute, altmodische Hexerei vor.

Rache ist ein Gericht, das man am besten kalt serviert.

KAPITEL 30

Mein Gefrierzauber hatte funktioniert. Vielleicht ein wenig zu gut, da ich nicht nur Gitty und Dominic, sondern auch Brayden eingefroren hatte. Brayden war Kollateralschaden, weil er zu nah an Gitty gestanden hatte, als ich meinen Zauber vollstreckte.

Hoppla. Ich habe es wieder getan.

Mama stützte sich auf Tante Amber. »Puh! Das war knapp, Cen. Fast hättest du uns auch in deinen Bann gezogen. Gib uns beim nächsten Mal eine Warnung.«

»Entschuldige, Mama. Ich denke, dass ich abgelenkt war.« Ehrlich gesagt, hätte ich nie gedacht, dass mein Zauber überhaupt funktionieren würde. Normalerweise nicht, weil ich immer ein oder zwei wichtige Details vergaß. Doch heute war es anders gewesen. Ich hatte eine hexenmäßige Glückssträhne.

»Gut gemacht, Cen!« Tante Pearl klatschte in die Hände. »Es gibt noch Hoffnung für dich.«

Ich strahlte über das zweifelhafte Kompliment, als ich unsere drei bewusstlosen Gäste betrachtete. Ich hatte Gitty, Dominic und Brayden eingefroren, um die Situation zu entschärfen. Ihr Liebesdreieck drohte, unsere Ermittlungen entgleisen zu lassen, gerade als wir den Dingen auf den Grund gingen. Das Letzte, was wir brauchten, war ein weiterer Todesfall.

Mein Zauber war bei weitem nicht so robust wie die Zaubersprüche von Tante Pearl, aber er war stark genug, um uns ein paar Minuten Zeit zu geben, unter uns zu sprechen. Das Zaubern war gar nicht so schwer, wenn man erst einmal den Dreh raus hat. Ich beschloss, meiner Hexerei in Zukunft mehr Zeit und Konzentration zu widmen. Übung macht den Meister. Es wäre mein Neujahrsvorsatz.

Tyler runzelte die Stirn. »Ich hoffe, du hast einen Plan, Cen.«

»Natürlich«, log ich. Durch meine Magie hatte ich das Liebesdreieck eingefroren und uns ein paar Minuten Zeit zum Reden gegeben. Allerdings hatte ich keine Ahnung, was als Nächstes zu tun ist.

Earl betrat den Raum und hielt abrupt beim Anblick unserer drei vorübergehend eingefrorenen Gäste an. Er machte einen Schritt zurück, stolperte über den Läufer und fiel nach hinten.

Tyler erwischte ihn gerade noch rechtzeitig und stellte ihn wieder auf die Beine.

»Huch! Was zur Hölle geht hier vor?« Earls Stimme sprang ein paar Oktaven. »Hoffentlich bin ich nicht der Nächste!«

Tyler schüttelte den Kopf. »Erwarte stets das Unerwartete, Earl. Das solltest du doch jetzt bereits über die West-Frauen wissen.«

Tante Amber winkte ab. »Hör nicht auf ihn. Du hast nichts zu befürchten. Du weißt doch, dass ich dich immer beschützen werde – « Sie hörte mitten im Satz auf, als sie bemerkte, wie wir sie alle anstarrten.

Tante Amber kniff ihre Lippen zu einem Luftkuss zusammen. »Ohhhh … Pearl ist so süß mit dir, Earl. Was ist dein Geheimnis? Ich habe sie nur noch nie zuvor mit jemandem so liebevoll umgehen sehen«.

»Amber, halt die Klappe!« sagte Tante Pearl und errötete.

Earl war ebenso verlegen. Sein gerötetes Gesicht vermischte sich mit seinem roten Flanellhemd. Er ignorierte Tante Ambers Frage und wechselte das Thema. Er deutete auf meine drei temporär zusammengesackten Päckchen auf dem Boden. »Was ist denn mit denen los?«

»Äh nichts, nichts.« Ich erfand hastig eine Geschichte, um die Situation unserer komatösen Gäste zu erklären. »Sie machen ein Nickerchen, während wir versuchen, zu recherchieren.«

»Du meinst, herausfinden, was mit Merlinda passiert ist?« Sicherlich war Earl lange genug mit Tante Pearl zusammen gewesen, um mehr als nur eine leise Ahnung von ihren und jetzt auch meinen Hexenkräften zu haben. Es gab einfach so viel in unserer Familie, das sich nicht erklären ließ.

Earl war zwar gelassen, aber er war auch klug. Das machte seine Anziehungskraft auf Tante Perle umso rätselhafter. Vielleicht war es eine Anziehungskraft auf geistiger Ebene. Es war bestimmt nicht ihre herzliche Persönlichkeit.

Ich nickte. »Ja. Es dauert bestimmt nur ein paar Minuten.«

Tante Pearl setzte ein strahlendes Lächeln auf. »Was Cen wirklich meint, ist, dass wir ein Spiel spielen, wer sich am längsten totstellen kann. Du hast es verpasst, als du vorhin gegangen bist.«

Tante Amber holte tief Luft. »Wirklich schlechte Wortwahl, Pearl.«

Tante Pearl verdrehte die Augen. »Du weißt, was ich meine.«

Wir verzögerten wirklich das Unvermeidliche, weil wir wieder zum Ausgangspunkt zurückgekehrt waren. Und die Wahrheit war, dass sich immer noch ein Mörder unter uns befand.

Earl kaufte Tante Pearl diesen Unsinn mit dem Spiel auch nicht ab. Er zuckte mit den Schultern und ging zum Fenster. »Klingt ein bisschen gemächlich für dich, Pearl. Ich denke, ich gehe nach Hause. Der Sturm lässt nach und die letzten Stunden waren ein wenig zu viel für meine Pumpe. Ich kann mir keinen Herzinfarkt leisten.«

»Niemand geht irgendwohin«, sagte Tyler. »Vor allem nicht du, Earl. Ich brauche vielleicht deine Hilfe.«

»Ach Earl … « Tante Pearl errötete und ihre üblicherweise verschrobene Stimme klang honigsüß. »Zum ersten Mal muss ich dem Sheriff zustimmen. Du wirst dich zu Hause nur langweilen. Du weißt doch, dass du immer beschäftigt sein musst. Bleib doch … ich verspreche dir, dass du es nicht bereuen wirst.«

»Ich weiß nicht …« Earl starrte sehnsüchtig aus dem Fenster. »Ich bin irgendwie müde. Ihr erschöpft mich manchmal.«

Tante Pearl stampfte mit dem Fuß auf und ihr sonniges Gemüt von vorher war verschwunden. »Du kannst jetzt nicht gehen. Ich habe so viel geplant, und wir haben doch gerade erst unsere Weihnachtsfeier begonnen.«

»Das ist es ja, was mir Sorgen bereitet.« Earl wedelte mit dem Arm in die Richtung der drei Gefangenen. »Du kannst doch nicht einfach Leute außer Gefecht setzen, wann immer du Lust dazu hast.«

»Cen war das, nicht ich. Allerdings wird es ewig dauern, um es wieder rückgängig zu machen. Wie üblich, werde ich die Sachen wieder in die Hand nehmen müssen.« Tante Perle schwenkte die Arme und murmelte vor sich hin.

Ich wollte protestieren, aber es war zwecklos.

Dominic öffnete die Augen. Dann erwachte Brayden, gefolgt von Gitty.

»Siehst du, Earl? Kein Schaden angerichtet.« Tante Pearl drückte Earls Arm. »Bleib einfach noch ein wenig und hilf mir, alles in Gang zu bekommen. Du wirst es nicht bereuen.«

Tante Pearl bereute sowieso nichts. Das war genau das, wovor ich Angst hatte.

KAPITEL 31

Unsere drei müden Gäste krabbelten auf die Füße. Sie waren müde, benommen und verwirrt. Sie sahen noch viel schlapper aus als vorher.

Brayden schlurfte zum Sofa und ließ sich übermüdet drauf fallen. Er rieb sich die Schläfen. »Ich habe entsetzliche Kopfschmerzen. Ich wünschte, ich wäre zu Hause geblieben.«

Ich zauberte Brayden wieder in den Schlaf, um ihm die Kopfschmerzen und auch Gitty zu ersparen. Innerhalb von Sekunden war er wieder in einen tiefen Schlaf gesunken.

»Ja, nun, ich gehe jetzt nach Hause. Zurück nach Vanuatu.« Dominic drehte sich zu Gitty um. »Soll ich dich nach Shady Creek zurückfahren? Das Wetter ist besser, sodass die Straßen jetzt befahrbar sein sollten. Wir warten, bis der Flughafen wieder geöffnet ist und nehmen den nächsten Flug.«

Ich warf einen Blick nach draußen und bemerkte, dass Dominics Escalade wieder mitten in der Einfahrt parkte.

»Nur über meine Leiche, Söhnchen«, sagte Tante Pearl.

Gitty schnaubte. »Das lässt sich machen, alte Dame.«

Tyler trat zwischen Gitty und Tante Pearl und hielt Dominics Autoschlüssel baumelnd in der Hand. »Niemand wird irgendwohin gehen, solange ich es sage. Und das wird nicht geschehen, bis wir wissen, was mit Merlinda passiert ist. Also fangt an, zu reden.«

»Ja, stimmt.« Earl stand hinter Tyler. »Ihr bleibt alle schön hier sitzen.«

Gitty wühlte in der Handtasche nach ihrem Handy. »Was ist los mit euch? Ihr könnt uns nicht hier festhalten. Ich rufe die Polizei.«

»Nicht nötig. Sheriff Gates ist hier«, sagte Tante Amber überfreundlich.

»Ich meine die echten Bullen. Der da hier, das ist doch ein Witz. Der Sheriff hat nichts für unsere Sicherheit getan«, sagte Gitty. »Ich weiß nicht, was ihr Bekloppte im Schilde führt, aber ich werde hier keine Sekunde länger bleiben, um das gleiche Schicksal wie Merlinda zu erleiden.«

Dominic rieb sich den Kopf. »Ich auch nicht.«

Gitty schnappte nach Luft und hielt sich den Bauch. »Wartet mal – ich glaube, ich bin auch vergiftet worden. Es ist der Weihnachtskuchen. Oder vielleicht ist es der Tee ... Was auch immer es ist, ich fühle mich schrecklich.«

»Wen beschuldigst du – «Tante Perle stoppte mitten im Satz. »Oh nein, so funktioniert das nicht. Du versuchst gerade, Ruby und mir das in die Schuhe zu schieben!«

Tante Amber packte Tante Pearl von hinten und legte ihr die Hand vor den Mund.

Dominic lehnte sich gegen die Wand. »Irgendwie fühle ich mich auch krank.«

Gitty drehte sich zu Dominic um. »Wir werden beide sterben, und es ist alles deine Schuld. Wenn du einfach nur das getan hättest, was du tun solltest, wäre ich jetzt nicht hier.«

»Was auch immer. Ich werde nicht mit dir streiten.« Dominic sackte in eine sitzende Position gegen die Wand.

»Hört auf mit dem Theater«, sagte Tyler. »Es macht die Dinge nur noch schlimmer für euch. Ihr beide habt etwas zu verbergen und ich will jetzt auf der Stelle wissen, was.«

»Ja - spuckts aus«, forderte Tante Pearl. »Erzählt uns, was ihr mit Merlinda gemacht habt.«

Dominic hielt seine Hände protestierend hoch. »Ich habe Merlinda nichts getan, das schwöre ich. Ich werde nicht meinen Kopf dafür hinhalten. Ich habe Gitty gesagt, dass wir das nicht durchziehen können, aber sie wollte nicht auf mich hören. Es ist nicht so, wie es scheint. Ich kann alles erklären.«

»Den Teufel wirst du tun.« Gitty riss Merlindas tropische Schneekugel von der Baumspitze und schleuderte sie in Dominics Richtung. »Du hast mir gesagt, dass es nur wegen der Arbeit sei. Merlinda an dich heranzuziehen, wäre nur Teil des Masterplans. Lügner!«

»Gitty, tut mir leid, ich wollte nicht –«. Dominic duckte sich, um der Glasschneekugel auszuweichen.

Glücklicherweise hatte Gitty ihr Ziel verfehlt. Ich stürzte in die Schusslinie und steckte meinen Arm aus, um die Glaskugel zu fangen. Die Kugel glühte kaum noch, da ihre Schöpferin für immer verschwunden war. Es wäre aber dennoch ungerecht, wenn sie als zerbrochenes Glas enden würde.

Meine Finger berührten die Kugel nur knapp. Ich versuchte, mein Gleichgewicht auf einem Bein zu halten und balancierte die Kugel mit einer Hand den Arm hinunter. Sie war zu groß, um sie mit der Handfläche zu ergreifen. Stattdessen rollte sie meinen Unterarm wie eine Bowlingkugel herunter. Die Glaskugel stieß an meine Brust und brachte mich aus dem Gleichgewicht.

Ich vermutete, dass Merlindas Kugel noch mehr Fähigkeiten hatte, als die, die ich bereits erlebt hatte, aber ich wollte, meine Theorie nicht testen. Jede Hexe kreierte ihre Zaubersprüche ein wenig anders. Einige haben sogar Zaubersprüche mit Sprengfallen entwickelt, um die Manipulation durch andere Hexen zu verhindern. Ob Merlinda die Kugel anders als magnetisch abweisend geschützt hatte, entzog sich meiner Kenntnis. Ich durfte die Glaskugel nicht hinfallen lassen.

Ich atmete erleichtert auf, als ich die Kugel fest in meinem Griff hatte. Ich drückte sie sicher gegen meinen Bauch und hielt sie gut fest, während ich mein Gleichgewicht wiedererlangte.

Gitty nahm ein leeres Weinglas und warf es auf Dominic. Diesmal traf sie ihr Ziel. »Du Depp! Du hast gesagt, Merlinda würde uns reich machen. Stattdessen bist du gierig geworden und hast mich betrogen. Du solltest sie töten, nicht heiraten!«

Dominic streckte seine Arme zum Zeichen der Kapitulation aus. »Sie ist tot, nicht wahr? Du hast doch, was du wolltest.« Seine Stimme brach und er versuchte, seine Gefühle im Zaum zu halten.

»Du hast dich in Merlinda verliebt.« Tante Perle sah Dominic wissentlich an. Ihre Stimme klang gebrochen. »Aber Du hast sie trotzdem getötet. Wie konntest du nur?«

»Ich habe sie nicht getötet, ich schwöre. Ich sollte sie entführen, nicht töten. Aber ich konnte noch nicht einmal das. Ich habe einen Rückzieher gemacht, weil ich sie liebte. Ich konnte es einfach nicht.«

»Lügner«, zischte Gitty. »Du bist unfähig, zu lieben. Du bist gierig geworden und hast beschlossen, mich auszubooten. Deshalb hast du nie auf meine Nachrichten geantwortet. Du hast mich sitzen gelassen, mich im Tauchshop die ganze Arbeit machen und auf dich warten lassen. Du hast nicht ein einziges Mal angerufen, um zu fragen, wie es mir geht. Jetzt weiß ich auch warum. Anstatt Merlinda zu entführen, hast du sie die ganze Zeit umgarnt. Du dachtest, du könntest reich heiraten und alles erben. Nun hast du die goldene Gans umgebracht. Ich hoffe, dass du im Gefängnis verrottest, du untreuer Verlierer!«

rayden schnarchte laut auf dem Sofa, ohne zu bemerken, welche Katastrophe sich zwischen Gitty und Dominic vor uns abspielte. Wir anderen bildeten einen losen Halbkreis um Gitty und Dominic herum. Sie standen sich gegenüber wie bei einem Duell auf Leben und Tod.

Dominic war entweder ein gewissenloser Verbrecher oder ein trauernder Ehemann, dessen ursprüngliche Handlungen zum Tod seiner Frau geführt hatten. So oder so empfand ich kein Mitleid. Man hatte ihn in flagranti erwischt und er war eifrig dabei, Gitty zu belasten, um die Schuld von sich zu schieben.

Dominic seufzte. »Wir hatten geplant, Merlinda zu entführen und ein Lösegeld von ihrem Vater zu verlangen. Danach hätten wir ein Video mit einem Lebensbeweis geschickt, auf dem Merlinda um Hilfe fleht. Wir wussten, dass Merlindas Vater das Lösegeld zahlen würde, weil er Merlinda und ihre übernatürlichen Kräfte auf Vanuatu brauchte. Er brauchte sie, um noch mehr Ware zu zaubern. Sein ganzes John-Frum-Schema hing davon ab.«

»Aber noch nicht einmal das konntest du richtig machen«, sagte Gitty. »Als du nicht angerufen hast, musste ich herkommen, um die Arbeit für dich zu erledigen. Dann fand ich heraus, dass du dich stattdessen mit ihr zusammengetan hast. Wir haben alles zusammen geplant, Dom. Wie konntest du mir das antun?«

»Ich habe dir gesagt, dass ich das nicht durchziehen kann, aber du wolltest nicht auf mich hören. Dominic wandte sich an Tyler und Tränen strömten über sein Gesicht. »Ich habe schon vor einer Weile mit Gitty Schluss gemacht, also es ist nicht so, dass ich sie in irgendeiner Weise betrügen würde.«

Tante Pearl schnaubte. »Wie nett von dir. Du wirst bekommen, was du verdienst, Söhnchen.«

Ich stellte mich neben Tante Pearl, bereit, sie anzugreifen, wenn sie einen Schritt in Richtung Dominic machen würde. Ich hoffte wirklich, es würde nicht dazu kommen. »Tante Pearl …«

»Drohst du mir Pearl?«, sagte Dominic. »Das würde ich lassen, wenn ich du wäre. Ich weiß einen Haufen Dinge über dich.«

»Du bluffst, Söhnchen«, sagte Tante Pearl. »Du weißt gar nichts von mir. Ich habe nichts Illegales getan.«

»Mit Ausnahme des Tees vielleicht«, warf Tante Amber ein. »Selbst du machst Fehler, Pearl.«

»Halt die Klappe«, zischte Tante Pearl. »Du bist nicht hilfreich.«

Tante Amber schüttelte den Kopf. »Pearl zu erpressen bedeutet eine Menge Ärger, junger Mann. Sie haben keine Ahnung, wozu sie in der Lage ist.«

Ich tippte Tante Pearls Arm an. »Für heute hast du genug gesagt. Überlass das Tyler.« Das Gespräch abzulenken könnte jede Chance auf ein Geständnis ruinieren.

»Sag mir jetzt bloß nicht, ich soll warten und Tee trinken, Cen. Dominic verdient, dass ich ihm meine Meinung sage. Und vielleicht verdient er noch etwas ganz Anderes.«

»Nein, Tante Pearl …«, protestierte ich.

Dominic hielt die Arme zum Zeichen der Kapitulation noch oben. »Du hast recht. Ich verdiene, was mir zusteht. Für Lügen und dergleichen. Aber nicht für Merlindas Tod. Niemals würde ich ihr schaden. Ich weiß, es sieht schlecht aus, aber ich schwöre, dass ich nichts mit ihrem Tod zu tun habe. Es ist alles ein schrecklicher Unfall.«

Gitty funkelte Dominic aufgebracht an. »Lügner. Bis heute Abend hatte ich keine Ahnung gehabt, was hier gespielt wird, bis ich euch zwei zusammen gesehen habe. Du hast sie geheiratet, um mich auszubooten.

Die Ehe war der ultimative Weg, ihre Kräfte zu nutzen, um sich damit zu bereichern. Na ja, das ist ja jetzt vorbei.«

»Das ergibt keinen Sinn«, sagte Dominic. »Merlinda ist tot viel weniger wert als lebendig. Außerdem habe ich sie geliebt. Ich hätte sie nie so ausgenutzt.«

Ich war überzeugt, dass Gitty den Plan nicht ohne Dominics Beteiligung ausgeheckt hatte. Unabhängig davon, ob er letztendlich einen Rückzieher gemacht hatte oder nicht, war er von Anfang an dabei.

»Ich werde mir diesen Schuh nicht anziehen.«, zischte Gitty. »Du bist genauso verantwortlich wie ich.«

Dominic wedelte mit dem Finger vor Gitty. »Aha! Du gibst es also zu, sie sie getötet zu haben!«

Gitty kniff die Augen zusammen. »Natürlich nicht! Ich gebe gar nichts zu. Aber eines weiß ich über dich, Dominic. Du hast immer einen Backup-Plan parat. Ich wette, du hast das arme Mädchen bis zum Äußersten versichert.«

Tante Pearl schnaubte. »Ach nee, plötzlich ist Merlinda ein armes Mädchen? Das hast du nicht gedacht, als du sie getötet hast.«

»Halt dich da raus, Pearl.« Tyler trat vor Tante Pearl und winkte sie weg. Er drehte sich zu Dominic um. »Red weiter.«

»Ich gebe zu, dass wir, beziehungsweise ich, geplant hatte, mich Merlinda zu nähern.«, sagte Dominic. »Der Plan bestand darin, ihr Vertrauen zu gewinnen und sie dann zu entführen. Das war auf Vanuatu unmöglich. Ich war außerhalb ihres sozialen Umfelds und hatte keine Möglichkeit, sie näher kennen zu lernen.

Als Merlinda Vanuatu für ihr erstes Semester an Pearls Zauberschule verließ, nahm ich denselben Flug. Ich bestach die Fluggesellschaft für einen Sitz neben ihr und bezirzte sie so sehr, dass sie beschloss, mit mir auszugehen. Ich erzählte ihr, ich wäre ein Unternehmer mit einem Geschäft in den USA. Leider musste ich wieder nach Vanuatu und zu meiner Arbeit im Tauchladen zurück, während sie hier in Westwick Corners zur Schule ging. So haben wir angefangen, uns zu verabreden. Seitdem führten wir eine Fernbeziehung.«

Gitty verzog das Gesicht. »Du hast das Ganze so lange hinausgezögert, dass ich deine Ausreden leid geworden bin. Du hattest vor, dich mit Merlinda in den Semesterferien zu treffen.«

»Unsere Fernbeziehung reichte mir nicht und Merlinda dachte das

Gleiche. Wir haben heimlich in Vanuatu während einer ihrer Semesterferien geheiratet.«

Gitty japste. »Du hast auf Vanuatu geheiratet? Direkt vor meiner Nase? Wie konntest du mir das antun? «

»Er hätte dich ja wohl nicht zur Hochzeit einladen können.«, kicherte Tante Amber.

Dominic ignorierte sie und hatte scheinbar die Absicht, nun auch noch den Rest seines Bekenntnisses loszuwerden. »Wir hielten unsere Ehe geheim und ich habe Gitty hingehalten. Ich hätte niemals meine eigene Frau entführt.«

Gitty schnaubte. »Das hättest du auch nicht gebraucht, nachdem du mich aus der Sache ausgeschlossen hast. Du bist über Nacht reich geworden.«

Dominic starrte Gitty böse an. »Alles spitzte sich zu, als Merlindas Vater von der Ehe erfuhr. Sie sollte wählen: mich oder Vanuatu. Und ich sollte zwischen Merlinda und Gittys Plan wählen.«

»Ach, jetzt ist es plötzlich mein Plan?« Gitty wurde krebsrot. »Wir sitzen in einem Boot, Dom. Versuch jetzt nicht, dich herauszureden. Ich werde nicht meinen Kopf für dich hinhalten.«

Dominic seufzte und Erschöpfung machte sich auf seinem Gesicht breit. »Ich sagte nein zu Gitty, aber sie wollte nichts davon hören. Also habe ich so lange wie möglich gewartet, weil ich dachte, dass Merlinda zumindest hier in der Schule sicher wäre. Dann sagte Gitty, dass wir nicht länger warten könnten. Deshalb kam ich hierher. Aber ich konnte es nicht durchziehen.«

»Lügner«, zischte Gitty. »Du hast sie ermordet.«

Dominic schüttelte den Kopf. »Nein. Ich wollte sie nur entführen.«

Tante Amber stieß einen leisen Pfiff aus. »Wie entführst du deine eigene Frau? So etwas habe ich noch nie gehört. Für mich hörst du dich alles andere als unschuldig an.«

»Es wurde für ihren eigenen Schutz notwendig. Um sie vor etwas Schlimmerem zu retten.« Dominic stieß einen schweren Seufzer aus. »Ich weiß wirklich nicht, was ich geplant hatte. Vielleicht dachte ich, wir könnten hier beide verschwinden und irgendwo einen Neuanfang machen. Ich hätte nie mit solch einem Ausgang gerechnet.«

Tyler gab uns allen ein Zeichen mit dem Arm. »Zum Abendessen aufzutauchen ist eine seltsame Art und Weise, jemanden zu entführen.

Alle von uns sind Zeugen. Es sei denn, der improvisierte Besuch war Teil deines Plans. Den liebenden Ehemann spielen, der auf einen Überraschungsbesuch kommt und Gitty ausbootet.«

Dominic nickte gemächlich. »Ich denke, dieser Teil ist wahr. Dafür kann man mich gerne einsperren. »Aber ich habe sie bestimmt nicht umgebracht.«

KAPITEL 33

»Dominic lässt es so klingen, als ob ich ihn gezwungen hätte, Merlinda zu entführen, aber das ist eine infame Lüge«, beschwerte sich Gitty. »Er hatte bereits Fünfzigtausend Dollar von Merlindas Vater in einem Lösegeldbrief gefordert. Ihr Vater hätte sie auch bezahlt. Fünfzigtausend Dollar ist ein Taschengeld im Vergleich zu dem, was Merlindas Vater mit ihrer Zauberei eingenommen hat. Er brauchte sie zum Weiterzaubern.«

Ich drehte mich zu Dominic um. »Stimmt das?«

Gitty hielt ihr Handy hoch. »Ich habe hier ein Foto von der Lösegeldforderung.«

Dominic wedelte protestierend mit den Händen. »Ich gebe die Lösegeldforderung zu, aber ich habe sie nie abgeschickt. Ich schwöre, dass ich Merlinda nicht umgebracht habe. Ich habe sie geliebt.«

»Ja, klar, aber immer doch«, schnaubte Gitty. »Genau wie du mir gesagt hast, dass du mich liebst. Vielleicht können wir das Beste aus dem Ganzen machen. Merlinda ist nicht mehr da, aber wir könnten uns doch diese hexenhaften Arbeiterbienen zunutze machen.«

»Den Teufel wirst du tun.« Tante Pearl starrte Gitty an. »Du kannst froh sein, wenn wir nichts aus dir machen.«

Tante Ambers Mund stand offen, als sie zunächst Tante Pearl, dann

Mama und schließlich mich ansah. »Warte mal, Gitty – woher weißt du, dass wir Hexen sind? Wer hatte es ihr gesagt?«

Wir hatten doch wirklich alles versucht, um es zu vertuschen.

Den ganzen Abend haben wir um den Brei herumgeredet, als wir über Merlindas Cargo-Kult sprachen.

»Natürlich wusste ich das!«, sagte Gitty. »Ihr macht doch gar keinen Hehl daraus. Glaubt ihr wirklich, dass ihr so schlau seid, dass niemand etwas über eure ›geheime Soße‹ weiß?« Sie deutete mit den Fingern Anführungszeichen an. »Natürlich wusste ich, dass Merlinda Sachen heraufbeschwört. Genau wie ihr euer Zeugs da macht. Darum ging es ja bei dem John-Frum-Projekt. Aber jetzt brauche ich einen Merlinda-Ersatz. Wenn ihr dabei seid, werdet ihr es nicht bereuen.«

»Wir machen kein Zeugs –«, sagte ich, hielt aber mitten im Satz an.

Gitty holte eine Pistole aus der Handtasche und richtete sie auf mich. »Ich glaube, ich habe uns gerade eine neue Geschäftsmöglichkeit gefunden, Dom. Schnapp dir die alten Ladies, während ich mit dieser beschäftigt bin. Wir werden unseren eigenen Cargo-Kult starten, und zwar direkt hier in Westwick Corners.«

»Da hast du aber nicht mit den Westwick-Hexen gerechnet, Frolleinchen!« Tante Pearl stand plötzlich zwischen uns und mit einer überraschenden Kraft drückte sie Gitty auf einen Stuhl, der wie von Geisterhand hinter ihr erschienen war. Innerhalb von Sekunden fesselten unsichtbare Hände Gittys Hände und Füße und banden sie mit einem magisch erschienen Seil am Stuhl fest.

Tante Pearl rieb sich die Hände, als ob sie gerade eine unangenehme Aufgabe abgeschlossen hätte. »Du bist lange nicht so schlau, wie du es glaubst.«

Gitty verzog das Gesicht. »Nein – ich bin schlauer als ihr alle zusammen. Ihr seid alle damit beschäftigt, zu denken, wie ach so wunderbar ihr seid. In Wirklichkeit seid ihr alle so egozentrisch, dass ihr andere Menschen gar nicht bemerkt.«

»Oder ihre schmutzigen Tricks.« Tante Amber seufzte. »Ich habe bestimmt keinen Mord direkt vor meiner Nase erwartet. Ich verstehe nicht, wieso mich das Egozentrisch macht.«

Gitty verdrehte die Augen. »Ihr seid so auf triviale Dinge konzentriert, dass ihr alles um euch herum vergesst.«

»Hör auf, ständig das Thema zu wechseln, Gitty«, schnauzte Tante Pearl. »Es ist nicht so einfach wie es aussieht, wisst ihr. Die arme Merlinda musste alle möglichen Dinge im Voraus zaubern, um den Anforderungen des Cargo-Kult-Betrugs nachzukommen. Sie musste immer in den Semesterferien nach Hause kommen und Tag und Nacht arbeiten, um das Inventar aufzufüllen, genug für das nächste Semester, wenn sie wieder in der Schule war. Und sie tat es unter Zwang. Etwas, was ihr nie tun könntet.«

Mama nickte. »Das Mädchen musste ganze Ladungen wie ein übernatürliches Fließband heraufbeschwören. Ich fass es einfach nicht. Ihr Talent machte sie lebendig mehr wert als tot.«

»Genau. Für alle, bis auf eine Person.« Ich deutete auf Gitty. »Du bist diejenige, der ihr Tod am meisten zugutekommt. Auch ohne das Lösegeld musstest du dich an Merlinda rächen, weil sie dir Dominic weggenommen hat. Du hast sie ermordet. Nicht für Geld, sondern aus Liebe.«

»Mach dich doch nicht lächerlich.«, sagte Gitty. »Es war Dominic. Er hatte eine dicke, fette Lebensversicherung auf Merlinda abgeschlossen. Er hat sie getötet.«

»Wie hoch war die Police, Dominic?«, fragte Tyler.

»Es ist nicht so, wie es klingt. Merlinda und ich haben beide jeweils eine Lebensversicherung abgeschlossen, so wie alle Ehepaare. Es hört sich gerade so an, als ob ich ein Kopfgeld auf sie ausgesetzt hätte. Ich habe viel mehr verloren als gewonnen. Ich habe die Liebe meines Lebens verloren.« Dominic schluchzte bitterlich.

»Ach Gottchen, wie herzig, Krokodilstränen«, sagte Tante Pearl. »Merlinda hat mir alles über dich und deine Manipulation erzählt. Sie wollte dich für immer verlassen. Du und Gitty gleicht euch wie ein Ei das andere.«

Gitty schnaubte. »Siehst du? Dominic hat sie getötet, weil sie ihn verlassen wollte.«

Brayden rührte sich auf dem Sofa. Er öffnete langsam ein Auge, dann das andere.

»Die Schuld abzuwälzen, funktioniert nicht, Gitty.« Ich hielt die leere Flasche von Gittys Tankstellenwein hoch. »Du hast etwas in den Wein getan.«

Gitty schüttelte den Kopf. »Jeder hatte etwas Wein, aber nur Merlinda wurde krank.«

»Das stimmt nicht«, sagte ich. »Nur du, Brayden und Merlinda habt vom Weißwein getrunken, den du mitgebracht hast.«

»Das ist doch lächerlich.«, sagte Gitty. »Ich habe vom Wein getrunken und bin immer noch hier. Brayden auch.«

Ich schüttelte den Kopf. »Nein. Du hast Braydens Weinglas verschüttet, bevor er die Gelegenheit hatte, einen Schluck zu nehmen. Du hast dein Glas auch nicht berührt.«

»Doch, habe ich.«, sagte Gitty. »Du warst einfach zu betrunken, um es zu bemerken.«

Brayden setzte sich kerzengerade auf. »Oh mein Gott! Du hast versucht, mich zu vergiften!«

Tante Pearl winkte ab. »Hör auf, so dramatisch zu sein, Brayden. Du hast ihn nicht getrunken, also ist es doch egal. Es dreht sich nicht immer alles um dich.«

»Das ist überhaupt nicht egal«, schrie Brayden. »Was wäre geschehen, wenn ich ihn getrunken hätte? Ich habe so viel getrunken, dass ich mich ehrlich gesagt nicht erinnere. Mein Kopf bringt mich noch um.«

»Es ist nur ein Kater«, sagte Tante Pearl. »Jetzt hör auf, uns zu unterbrechen und leg dich wieder schlafen.«

Brayden wollte noch etwas sagen, lies es aber bleiben. Er legte seine Arme um die Knie und zog sie an seine Brust heran.

»Nun, ich war nicht zu betrunken, um zu sehen, was du getan hast, Gitty«, sagte Earl. »Ich habe nur ein wenig von Ambers Eierlikör getrunken. Ich habe dich den ganzen Abend beobachtet. Beobachtet, wie du wiederum alle anderen beobachtet hast. Und beobachtet, dass du keinen Schluck aus deinem Weinglas genommen hast. Ich wusste, dass du etwas im Schilde führst. Ich wusste nur nicht was.«

»Lügner. Ich habe sehr viel getrunken.« Gitty beugte sich nach vorn, aber die Seile am Stuhl hielten sie zurück.

»Du wolltest Merlinda töten, warst sogar bereit, uns alle gleich mit zu vergiften.« Tante Pearls Stimme zitterte vor Wut. »Du verdienst es, genau wie Merlinda zu sterben. Ich habe Lust, dich auf der Stelle fertig zu machen.«

Earl verzog das Gesicht. »Ich gebe dir einen guten Rat, Gitty. Das nächste Mal versiegelst du den Flaschenverschluss wieder. Nette Gäste bringen keine bereits geöffnete Flasche zum Abendessen mit.«

»Okay, jetzt habe ich die Nase voll«, sagte Tante Pearl. »Du bist Geschichte, Frolleinchen!«

»Oh, oh, oh ... mach mal halblang Pearl.« Earl zog Tante Pearl an sich heran und schlang seine Arme um sie. Er war doppelt so groß wie sie, aber es war nicht seine Stärke, die sie in Schach hielt. Es war das, was er zu ihr sagte. »Tue nichts, was du später bereust.«

»Du hast recht«, sagte Tante Perle widerstrebend, während sie sich zu Tyler umdrehte. »Jemand anderes kann die schmutzige Arbeit für mich tun. Sheriff? Worauf wartest du?«

KAPITEL 34

Brayden, Mama, und ich standen auf der Veranda und der Shady Creek-Streifenwagen verschwand aus dem Blickfeld. Dominic und Gitty waren auf dem Weg ins Shady Creek-Gefängnis, beide des Mordes an Merlinda angeklagt.

Die Straßen waren eine Stunde zuvor wieder geöffnet worden. Unser Parkplatz war voll von Polizeifahrzeugen. Der Shady Creek Gerichtsmediziner und die Leute von der KTU blieben zumindest für die nächsten Stunden zur Spurensicherung am Tatort. Tyler informierte sie.

Was wir als Gelegenheitsverbrechen vermutet hatten, war in Wirklichkeit eine Beziehungstat gewesen. In Geometrie war ich immer eine Niete, aber die Schnittstelle des Liebesdreiecks war im Nachhinein deutlich. Ich wünschte nur, wir hätten es früher erkannt und Merlinda vor einem so tragischen Ende retten können.

Eine Sache verwirrte mich immer noch. Merlinda war alles, nur nicht gewöhnlich. Sie war eine mächtige Hexe, dennoch hatte sie Dominics wahre Absichten nicht erkannt. Ich schätze, Liebe macht blind, auch für versierte Hexen. Sogar Merlinda war zum Narren gehalten worden, als es um ihr Herz ging.

Tante Pearl blickte ins Leere. »Merlinda war so eine mächtige Hexe. Ein solches rohes Talent. Wir werden nie wieder ein solches Potenzial finden. »Es sei denn … «. Sie drehte sie sich mit einem hoffnungsvollen Funkeln im Auge zu mir um.

»Vergiss es, Tante Pearl.« Ich machte einen Schritt zurück und schüttelte den Kopf. »Du weißt, dass ich nicht unter Druck arbeiten kann. Ich kann mir mit Zaubern keinen Lebensunterhalt verdienen. Ich möchte nicht das Gewicht der Hexenwelt auf meinen Schultern tragen, so wie Merlinda es musste.«

Tante Amber seufzte. »Auch Merlinda hat es am Ende nicht in den Griff bekommen. Ich stimme Cen zu. Wie traurig. Sie war so eine talentierte Hexe aber mit schlechter Menschenkenntnis. Du brauchst beides, um erfolgreich zu sein. «

Mama nickte zustimmend »Das arme Mädchen. Ich dachte wirklich, Merlinda hätte beides. Leider nein.«

Die letzten Stunden waren sehr aufschlussreich gewesen, als wir von Merlindas trauriger Existenz erfuhren. Es schien, dass jeder nur auf seinen eigenen persönlichen Vorteil aus war und sie ausgenutzt hatte.

Tante Amber schüttelte den Kopf. »Ich kann nicht glauben, dass Merlindas Vater ihre Magie benutzt hat, um zu behaupten, dass er John Frum und den Cargo-Kult wiederbelebt hatte.«

Merlinda war nur ein Sklave in den Händen ihres Vaters gewesen. Kein Wunder, dass sie ins relative Heiligtum von Pearls Zauberschule in Westwick Corners geflohen ist. Vielleicht hatte sie sogar ihren Flug nach Hause absichtlich verzögert, in der Hoffnung eingeschneit zu sein.

Dominic hatte sie nur aus Gewinnsucht geheiratet. All die Dinge, die ihr Macht gaben, waren auch der Grund für ihren Untergang. Schließlich musste sie mit ihrem Leben dafür zahlen.

»Sie machte das Leben für ihren Vater sehr profitabel«, fügte Tante Pearl hinzu. »Ihre Hexerei bereicherte ihn und machte ihn auf Vanuatu zu einer großen Nummer. Ich werde ihn aufzuspüren und ihn in einen Frachtcontainer einsperren. Es ist Zeit, dass ich ein wenig Urlaub im Südpazifik mache.«

Wie auf ein Stichwort trat Tyler ins Wohnzimmer. Er hielt die Hand zum Protest hoch. »Misch dich da nicht ein, Pearl. Ich habe bereits mit der Polizei in Vanuatu Kontakt aufgenommen. Sie verhaften gerade Merlindas Vater. Er wird zur Rechenschaft gezogen.«

»Aber er ist der Polizeichef«, protestierte Tante Pearl.

»Nicht mehr«, sagte Tyler. »Er wurde bereits entlassen und von einem Untergebenen ersetzt, der bereits geheime Untersuchungen über ihn angestellt hatte. Unsere Ergebnisse untermauern seine. Merlindas Vater wird eine ganze Weile hinter Gittern verbringen.«

»Wofür? Mord?« fragte Tante Amber

»Nein«, antwortete Tyler. »Wegen Erpressung, Betrug und ein paar anderen Dinge.«

»Er kommt viel zu leicht davon«, protestierte Tante Perle.

»Verlass dich da nicht drauf«, sagte Tyler. »Ich habe gehört, dass er viele Feinde hat, die sich vorher gefürchtet hatten, den Mund aufzumachen. Nun, da er als Polizeichef verhaftet und gefeuert wurde, kommen noch eine Menge anderer Ankläger zum Vorschein. Das bedeutet wahrscheinlich mehr Anklagen.«

Es stellte sich heraus, dass die Einheimischen nie richtig an diesen Cargo-Kult geglaubt haben. Einige machten mit, weil sie Sachen geschenkt bekamen. Andere drückten einfach ein Auge zu und genossen die jährlichen Feierlichkeiten, obwohl viele dachten, dass sich Merlindas Vater über ihre Geschichte und die Tradition lustig gemacht hat.

Tante Pearls Augen blitzten schelmisch. »Ich hätte immer noch nichts gegen einen Urlaub in den Tropen. Ich spüre eine Geschäftsgelegenheit.«

Ich seufzte. »Du kannst doch nicht Merlindas Cargo-Kult übernehmen, Tante Pearl. Das sollte man lieber vergessen. Nach allem, was passiert ist, wird es bei den Einheimischen sicher nicht gut ankommen.«

»Du kannst mitkommen, Cen.« Tante Pearl zwinkerte mir zu. »Betrachte es als einen Schulausflug. Sobald du das Potenzial siehst, änderst du vielleicht deine Meinung. Melde dich wieder in Pearls Zauberschule an.«

»Kommt gar nicht in Frage.« Der Hauptgrund dafür, dass Merlinda eine so talentierte Hexe war, lag darin, dass sie viel mehr geübt hat als jemand anderes. Ich hatte keine Lust, in ihre Fußstapfen zu treten.

Tante Pearl wurde plötzlich wehmütig. »Arme Merlinda, sie wollte nichts weiter, als ihre Kräfte einsetzen, um Gutes zu tun, nicht nur, um ihren Vater zu bereichern. Wie ironisch, dass er den Menschen glauben machen wollte, er wäre ein Gönner anstatt eines Kriminellen. Er hat sie nach Strich und Faden ausgenutzt. Waren, die er nicht für sich selbst oder für Bestechungszwecke benutzte, verkaufte er gewinnbringend. So wurde er der reichste Mann vor Ort.«

»Ich glaube, er musste Merlinda kontrollieren, sonst wäre sein ganzer Machtplan in Rauch aufgegangen.«, sagte Tante Amber. »Merlinda war der Schlüssel zu seinem Erfolg. Selbst John Frum konnte dieses Zeug nicht herbeizaubern. Sie war wahrscheinlich erleichtert, als ihr Flug annulliert wurde. Sie konnte ihre Rückkehr verzögern.«

»Dennoch hatte sie Heimweh nach Vanuatu«, sagte Tante Pearl. »Ich habe sie davor gewarnt, zurückzugehen, aber sie wollte nicht auf mich hören. Sie vermisste Dominic und sagte, sie würde nur über die Feiertage nach Hause fahren. Ich musste schnell handeln.«

»Oh mein Gott, Pearl«, rief Tante Amber. »Du hast sie wirklich mit diesem Tee vergiftet. Ich wusste es!«.

»Mach dich doch nicht lächerlich, Amber! Wie oft muss ich es dir noch sagen? Mein Tee hat absolut nichts damit zu tun. Ich habe keinen Fehler gemacht, also lass es gut sein, okay? So habe ich sie nicht davon abgehalten, nach Hause zu gehen. Stattdessen habe ich ihren Flug annulliert.«

Ich zog die Stirn in Falten. »Du kannst doch nicht einfach die Fluggesellschaft anrufen und – Moment mal. Willst du damit sagen, dass du das Wetter verändert hast? Du hast den Sturm verursacht?« Ich hatte immer gedacht, dass das Heraufbeschwören eines Schneesturms über die Fähigkeit einer Hexe hinaus ging. »Du hast Weihnachten für alle anderen Passagiere abgesagt, nur weil du Merlinda hierbehalten wolltest?«

»Du solltest es irgendwann einmal versuchen, Cen. Die Macht, die du über Menschen haben kannst, ist ziemlich berauschend. Du könntest Merlinda sogar übertrumpfen, wenn du dir ein wenig Mühe gibst. Zuerst musst du den Schneekugelzauber beherrschen, dann … « Tante Pearl starrte hoffnungsvoll in den Raum.

»Ich will nicht – na ja, egal.« Streiten bringt nichts. »Ich bin immer noch der Meinung, du hättest Merlinda nach Hause gehen lassen sollen. Sie hier festzuhalten war beherrschend, meinst du nicht?«

»Ich habe es nicht aus egoistischen Gründen getan, Cen. Ich musste Merlinda vor ihrem Vater retten.« Tante Pearls Augen wurden plötzlich feucht. »Ich hätte nie gedacht, solche Probleme damit aufzuwühlen. Ihr Vater rief Tag und Nacht hier an und verlangte, dass Merlinda nach

Hause zurückkehrt. Die arme Merlinda wusste, dass sie keine andere Wahl hatte. Also habe ich die Wahl für sie getroffen.«

War das wirklich Tante Pearl? Sie teilte ihre Gefühle über jemanden, der ihr wichtig war. So hatte ich sie noch nie gesehen. »Hat sie nie etwas von der geheimen Hochzeit erzählt?«

Tante Pearl schüttelte den Kopf. »Nein. Wenn ich es gewusst hätte, hätte ich es verhindert. Sie vertraute mir alles andere an, also war Dominics Behauptung von der Heirat entweder eine Lüge oder Merlinda hatte Angst, es zu erwähnen, falls ihr Vater es herausfinden würde.

»Ich denke, die Wahrheit ist endlich herausgekommen«, sagte ich. »Arme Merlinda. Das Schicksal hatte seine eigenen Pläne mit ihr.«

KAPITEL 35

Der Weihnachtstag dämmerte und alles war ruhig und still. Es gab keine Anzeichen mehr von diesem schrecklichen Sturm, der Westwick Corners am Weihnachtsabend heimgesucht hatte. Es war sogar etwas wärmer geworden.

Die Sturmwolken hatten sich verzogen und machten Platz für einen wunderschönen blauen Himmel. Es war, als ob es die unglücklichen Ereignisse vom Vorabend gar nicht gegeben hätte.

Oder vorbei wären.

Ich starrte aus dem Wohnzimmerfenster während ich meinen Kaffee schlürfte. Die frühe Morgensonne wärmte die Schneeverwehungen und schickte Wasserrinnsale den Zufahrtsweg hinunter.

Ich schauderte trotz des prickelnden Kaminfeuers. Wir waren auf eine kleine Ecke im Wohnzimmer beschränkt, während die KTU die letzten Spuren am Tatort sammelten. Sie durchforsteten die Pension von oben bis unten, angefangen beim Esszimmer über die Küche bis zu Merlindas Schlafzimmer.

Arme Merlinda. Alle Vorteile oder Talente, die ihr das Leben geschenkt hatten, waren von anderen ausgenutzt worden. Sie hatte Geld und Macht, wurde aber letztendlich durch Liebe und Vertrauen betrogen.

»Die Polizei ist gleich fertig.« Tyler hatte der Polizei von Shady

Creek alles erzählt und wir hatten alle unsere Aussagen gemacht. Es gab nicht viel mehr zu tun, da Dominic und Gitty beide ein volles Geständnis abgelegt hatten.

Ich saß auf dem Sofa und kuschelte mich an Tyler. Ich hatte meine Arme um ihn geschlungen und ich fühlte mich sicher. Ich war dankbar für alles, was ich hatte. Ich beschloss, nie wieder etwas für selbstverständlich zu halten. Merlindas trauriges Schicksal hatte mir eine neue Sichtweise gegeben.

Ich hatte einen wunderbaren Freund, eine liebevolle Familie, und unglaubliche Hexentalente, die ich verwenden konnte, wann immer ich es wollte. Selbst mein langweiliges Alltagsleben in Westwick Corners hatte im Vergleich zur Alternative einen gewissen Charme. Ich hatte alles, was sich eine junge Frau nur wünschen kann und noch viel mehr. Was zählte, war, was ich daraus machte, mit dem, was ich hatte. Aber keine Wahl zu treffen, war absolut keine Option. Irgendetwas musste ich tun.

Meine übernatürlichen Fähigkeiten gehörten nur mir und ich allein entschied, was ich damit tat. Ich würde meine Talente nicht für unnützen materiellen Gewinn oder anderen Unfug verwenden. Stattdessen würde ich mich perfektionieren, damit ich sie nutzen konnte, um anderen zu helfen.

Kein Zweifel war Tante Perle anderer Meinung. Aber schließlich war es nur die Meinung einer anderen Person.

Es lag an mir, meine Kräfte zu nutzen oder nicht. Letztendlich kontrollierte ich sie und ich entschied, wie ich das bewerkstelligte. Aber bis ich mein eigenes Schicksal in die Hand nehmen konnte, würde ich durch mächtigere Hexen wie Tante Pearl überlistet und ausgebootet werden. Oder noch schlimmer, so wie Merlinda, dem Übel zum Opfer fallen. Wenn ich stark sein wollte, musste ich mein Handwerk lernen und eine mächtigere Hexe werden.

Tante Pearl.

Ich suchte den Raum ab und war erleichtert, zu sehen, dass sie auf dem Sofa mit Earl kuschelte. Beide schnarchten leise im Einklang. Earls Hand ruhte auf Tante Pearls in grünen Samt gekleideten Oberschenkel. Es war eine rührende Szene. Normalerweise verbarg Tante Pearl ihre sentimentale Seite, aber hier war sie voll zur Geltung gekommen.

Erst wollte ich ein Foto machen, um sie in Verlegenheit zu bringen, aber dann entschied ich mich dagegen. Ich wollte nichts tun, um ihre junge Romanze mit Earl zu beeinträchtigen. Er tat ihr so gut. Seine ungezwungene Art rundeten ihre Ecken und Kanten ab. Vor allem machte er sie glücklich, obwohl sie es niemals zugeben würde.

Plötzlich wurde ich von Tante Amber aus meinen Gedanken gerüttelt. Sie schwenkte ein leeres Glas in der Luft. »Wer hat den ganzen Eierlikör getrunken?«

»Das kann doch nicht dein Ernst sein.«, sagte Mama. »Es ist nicht einmal acht Uhr.«

»Ich bin todernst«, sagte Tante Amber. »Nach allem, was passiert ist, brauchte ich einen Drink. Ich bin noch nicht zu Bett gegangen, also ist es noch nicht wirklich Morgen. Zumindest nicht, was mich anbelangt.«

»Der Eierlikör ist weg«, sagte Mama. »Den Rest habe ich Dominic und Gitty gegeben. Ich dachte, sie könnten so vielleicht etwas Weihnachtsstimmung genießen. Es ist der Letzte, den sie für eine Weile sehen werden.«

Oma Vi lachte, während sie neben Mama schwebte. »Ich hoffe, dass es auch das Letzte ist, was wir jemals von ihnen zu sehen bekommen.«

»Oh, verdammt.« Tante Amber drehte sich um und ging in Richtung Küche. »Wein ist auch gut.«

»He, schaut mal.« Brayden deutete auf den Kaminsims. Das flackernde Licht war stärker geworden und hatte sich in einen wunderbaren, goldenen, sonnigen Schimmer verwandelt.

Die funkelnden Lichterketten am Weihnachtsbaum und das lodernde Feuer wärmten den Raum. Aber es war nicht nur das gemütliche Feuer oder die Gesellschaft der Personen um mich herum, die ich liebte. Ich fühlte etwas Anderes, eine ungewohnte, dennoch tröstliche Präsenz. Ich wusste nicht, was es war, dennoch, es war da.

Aber etwas Anderes fehlte noch. Mein Weihnachtswunsch war unerfüllt geblieben.

Ich nahm Tylers Hand und stand auf. »Komm. Ich möchte dir etwas zeigen.«

»Bist du sicher? Du siehst aus, als könntest du etwas Ruhe gebrauchen.« Tylers warme braunen Augen funkelten und er legte seine Hand auf meine. »Ich glaube nicht, dass ich je zuvor einen so aufregenden Weihnachtsabend gehabt habe. Deine Familie zieht die seltsamsten Menschen an.«

Ich beugte mich vor und küsste ihn. »Es ist vor allem wegen Tante Pearl.«

»Es ist nur wegen Tante Pearl«, flüsterte er.

»Bist du sicher, dass du etwas mit meiner verrückten Familie zu tun haben willst? Du kannst auch einen Rückzieher machen, wenn du willst. Du hast ja keine Ahnung, auf was du dich da einlässt.«

»Ich weiß genau, was auf mich zukommt, Cendrine West.« Tyler nickte in Richtung Tante Pearl, die mittlerweile noch lautstarker mit Earl im Takt schnarchte.

Es war unser erster ruhiger Moment mit Tyler seit dem Abendessen und ich wollte das Beste aus der kurzen Zeit machen, die wir hatten. Ich wollte meinen Weihnachtswunsch. Es war zu spät für unser intimes Weihnachtsessen, aber nie zu spät für Romantik.

Ich führte Tyler um den Weihnachtsbaum herum, sodass wir von niemandem zu sehen waren. Ich stellte mich auf die Zehenspitzen, umarmte und küsste ihn zärtlich und innig.

Und da entdeckte ich es.

Zuerst dachte ich, es wäre eine Weihnachtsdekoration, die ich vorher nicht bemerkt hatte.

Aber es war keine.

Es war eine Kugel, kleiner und dunkler als Merlindas. Sie thronte ganz oben auf den Zweigen des Weihnachtsbaumes, etwas höher als dort, wo ich zum ersten Mal Merlindas Kugel gesehen hatte.

Und es war nicht irgendeine Kugel. Es war meine Kugel. Nicht die, in die ich Brayden und Gitty verbannt hatte, sondern eine andere. Eine, die ich ganz unbewusst während einer meiner früheren Versuche erschaffen hatte.

Sie stellte meinen Weihnachtswunsch im kleinsten Detail dar. Während Merlindas Kugel ein tropisches Vanuatu war, war meine ein verschneites Westwick Corners.

Ich zog Tyler näher heran und wir spähten in die kleine Kugel. Schneebedeckte Fensterscheiben umrahmten die gemütliche Szene mit einem Tisch, gedeckt für zwei. Es war genau das, was ich mir die ganze Zeit vorgestellt hatte. Es war nicht lebensgroß, aber es war mein Weihnachtswunsch. Ich hatte es wahr gemacht. Ich schlang meine Arme um Tyler und küsste ihn.

Meine Kugel war die ganze Zeit versteckt gewesen, ich hätte nur genauer hinsehen müssen.

Ich zog mich aus Tylers Umarmung und wollte unbedingt die gute Nachricht verbreiten. Meine Schneekugel war schön und mächtig. Und ich hatte sie geschaffen, ganz ohne jede Hilfe. Ich wollte vor allem Tante Pearl beweisen, dass meine Zauberkräfte viel stärker sind, als sie behauptete. Schließlich entschied ich mich dagegen und zog Tyler wieder an mich heran.

Tyler lächelte. »Manche Geheimnisse müssen bewahrt werden, Cen. Es könnte später nützlich sein.«

»Du hast recht.« Er verstand mich. Er akzeptierte mich so wie ich bin. Sogar meine verrückte Familie. Ich genoss diesen Moment noch eine Weile, bevor wir wieder zu den anderen gingen.

Tante Pearl zappelte unruhig auf dem Sofa herum. Sie entfernte sich vorsichtig von Earl, um ihn nicht zu stören. »Ruby meint, dass ich von allem eine Pause brauche. Aber ich weiß nicht, was ich mit mir selbst anfangen soll. Das arme Mädchen. Ich wünschte, ich hätte sie retten können.

»Es tut mir wirklich leid, Tante Pearl«, sagte ich. »Ich weiß, wie sehr du Merlinda geschätzt hast.« Ich hatte noch nie zuvor gesehen, dass Tante Pearl emotionell an jemandem hängt, geschweige denn, es offen zuzugeben. Dies war eine Seite, die ich nicht kannte.

»Ist schon gut.« Tante Pearl schüttelte den Kopf und wischte sich eine Träne ab, noch bevor sie die Wange herunterkullern konnte. »Aber sie war meine Musterschülerin und ich hielt große Stücke auf sie. Jetzt ist sie weg, einfach so.« Sie schnippte mit den Fingern.

Ich drehte mich zu ihr um. »Du wirst andere Schüler haben.«

»Das ist nicht das Gleiche, Cen. Merlinda war nicht wie die meisten anderen Schüler. Die einzige Schülerin ... «

Mein momentanes Glücksgefühl verwandelte sich in Unbehagen. »Ich bin sicher, es gibt noch andere Schüler, die etwas lernen wollen. Vielleicht musst du etwas Reklame machen. Du weißt schon, für Pearls Zauberschule werben.«

Sie schniefte. »Ich will aber nicht irgendeinen beliebigen Schüler. Wir haben einen sehr strengen Auswahlprozess, und ich bin nicht bereit, das zu ändern.«

»Vielleicht könntest du einen klitzekleinen Kompromiss eingehen. Lockere deine Ansprüche.«

Es war, als ob sie mir nicht zuhörte. »Ich will dir mal was sagen. Ich nehme dich wieder in die Schule auf, wenn du mir versprichst, dich strengstens an die Lektionen zu halten.«

»Aber ich bin nicht bereit –«

Tante Pearl tippte auf ihre Uhr. »Wir haben keine Zeit zu verlieren. Der Unterricht beginnt in einer Stunde.« Sie hüpfte vom Sofa, ging schnurstracks zur Eingangstür und öffnete sie. Sie ging hinaus und kam wieder hinein. »Ich bereite meinen Unterrichtsplan vor. Ich bedaure, es zugeben zu müssen, aber die einzige Schülerin, die besser als Merlinda war, bist du Cendrine. Ich mache das zu deinem eigenen Wohl. Eines Tages wirst du mir dafür danken.«

»Aber ich will keine Hex … « Plötzlich bemerkte ich, dass sie mich absichtlich vor Tyler bloßgestellt hatte, damit ich nicht protestieren konnte. Tyler kannte mein Geheimnis, aber Tante Pearl hatte keine Ahnung, dass er es wusste. »Das hätte ich auch nicht gewollt. Sie hatte schon viel zu viel Macht.

Tyler lächelte und winkte ab. »Vielleicht solltest du Pearl ihren Willen lassen. Die ganze Stadt ist glücklich, wenn Pearl glücklich ist.«

Ich warf die Arme in die Luft. Ich verstand nicht, warum ich das Opferlamm sein musste. »Ich wünschte mir, sie würde endlich aufhören, zu versuchen, mein Leben zu kontrollieren.«

»Pearl macht sich nur Sorgen um dich, Cen.«, sagte Oma Vi. »Sie will nur das Beste für dich. Sei froh darüber.«

Ich wollte antworten, als plötzlich etwas meine Aufmerksamkeit erregte.

Es war Merlindas tropische Schneekugel. Sie ruhte in den Zweigen des Weihnachtsbaums, fast ganz oben. Sie pulsierte mit Energie und ließ den Raum wie eine tausend Watt-Glühbirne leuchten. In der Tat vibrierte sie mit so viel Energie, dass ich erst dachte, sie würde abheben und schweben.

»Ich denke, Merlinda versucht, uns etwas zu mitzuteilen.«, sagte Oma Vi. »Sie will, dass du ihren Platz einnimmst.«

Ich schüttelte energisch den Kopf.

Tante Pearl folgte meinem Blick. »Siehst du, Cen? Ich bin nicht die Einzige, die so denkt. Tatsächlich ist es mein Weihnachtswunsch.«

»Das ist ein guter Wunsch, Pearl«, stimmte Mama zu. »Ich bin sicher, dass sich Cen deiner Denkweise annähern wird. Gib ihr etwas Zeit.«

»Was ist dein Wunsch, Cen?« Tante Pearl winkte ab. »Ach, vergiss es. Wenn es irgendwas mit Sheriff Gates zu tun hat, will ich es nicht hören.«

Tyler kicherte.

»Es ist ein Geheimnis.« Ich lächelte und dachte an meine Weihnachtsschneekugel, die in den Zweigen des Weihnachtsbaums versteckt war.

Tante Pearl zwinkerte mir zu. »Sei vorsichtig mit deinen Wünschen, Cen. Sie könnten wahr werden.«

Wie recht sie hatte.

* * *

HABEN Sie Hexenstunde mit Todesfolge gerne gelesen?

Dann holen Sie sich doch sofort das nächste Buch in der Serie, *Hexenstunde mit Todesfolge.*

NACHWORT

Anmerkung des Autors

Die Westwick Hexen sind ein Produkt meiner Fantasie, aber John Frum und der Cargo-Kult gab es tatsächlich. Zumindest, in gewisser Weise. Ich habe mir in meiner Geschichte gewisse Freiheiten genommen, aber sie sind nicht zu weit von der Realität entfernt. Wenn Sie mehr lesen möchten, finden Sie zahlreiche historische und moderne Berichte.

Die John-Frum-Bewegung ist eine von vielen so genannten Cargo-Kulten, die in abgelegenen Gebieten im Südpazifik und anderswo existierten. Frum ist der Name, den man mit verschiedenen Seeleuten verbindet, die auf Tannu, einer der Inseln des winzigen Südpazifikstaates Vanuatu, ankamen.

Damals war Vanuatu als eine der Inseln der Neuen Hebriden bekannt. Obwohl die Inseln sehr abgelegen waren, hatten sie gelegentlich Besucher im frühen 20. Jahrhundert und die Inselbewohner waren von ihren modernen Annehmlichkeiten und dem scheinbaren Reichtum beeindruckt.

Allerdings boomte der Kult erst so richtig im Zweiten Weltkrieg. 300.000 Soldaten waren auf den Inseln stationiert, die auf dem See- und Luftweg ankamen. Sie brachten alle Arten von Waren oder ›Frachtgut‹ (engl. Cargo) mit, wie die Soldaten ihre Vorräte nannten. Die Truppen bauten Wellblechbaracken und plötzlich waren die vorher ruhigen Inseln mit Industrie besiedelt.

Die Frachtkisten enthielten Zelte, Lebensmittel, medizinische Versorgung und Waffen. Sie brachten auch die ersten Lkws, Kühlboxen, Fleischkonserven, Süßigkeiten und sogar Coca-Cola auf die Inseln. Die Lebensqualität der Insulaner hatte sich mit all diesem neuen Komfort enorm verbessert. Es war buchstäblich magisch.

Vor diesem Ereignis glaubten die Insulaner an alte Geschichten und Überlieferungen die seit Generationen aufgezeichnet und neu erzählt worden waren. Es war fast logisch, dass einige dieser Fabeln mit den Geschichten der Männer zusammengewürfelt wurden, nicht zu vergessen aufgrund der Fracht, die kurz zuvor wie aus dem Nichts auf den Inseln aufgetaucht war. Danach boomte die John-Frum-Bewegung, d.h. der Cargo-Kult. Viele der John-Frum-Legenden sind eine Mischung aus altem Glauben verflochten mit modernen Hoffnungen, die die gut ausgestatteten Besucher nach Vanuatu gebracht hatten.

John Frum kann oder auch nicht eine Korruption von ›John aus Amerika‹, ›John aus (wo auch immer)‹ oder vielleicht etwas anderes sein. Unabhängig vom Namen, existierte irgendeine Form dieses Kultes oder eine Pseudoreligion lange vor dem Zweiten Weltkrieg. Aber die Ankunft der Truppen schien ein unwiderlegbarer Beweis der Ahnenlegenden zu sein. Der Glaube der Menschen unterschied sich: einige betrachteten John Frum als eine religiöse Gottheit, andere hielten ihn für eine mystische Figur, und wiederum andere glaubten, er sei eine fiktive Mischung aus früheren Besuchern der Insel und besseren Zeiten.

Aber die Kriege endeten letztendlich und die Zeit der Truppen in Vanuatu war vorbei. In der Tat war alles ziemlich abrupt beendet worden, so, wie man das von einer militärischen Operation erwarten muss, wenn der Krieg zu Ende ist. Der plötzliche Abzug der Truppen bedeutete das Ende der modernen Annehmlichkeiten, da niemand mehr exotische Lebensmittel oder zeitsparende Haushaltsprodukte auf die Inseln brachte.

Als die Inselbewohner mit der neuen, rauen Realität konfrontiert wurden, schufen einige Anhänger sogar zeremonielle Landebahnen, um die Besucher zu ermutigen, auf dem Luft- oder Seeweg zurückzukehren. Wenn Sie schon einmal auf einer einsamen Insel ohne Komfort gelebt haben, dann würden Sie wahrscheinlich auch eine erfundene

Fantasiefigur verehren. Wenn plötzlich wieder Fremde mit allerlei Schätzen erschienen, könnte alles wieder von vorn losgehen. Es könnte nicht schaden, Ihre Reserven aufzufüllen, nicht wahr?

Ob es Wunschdenken, wahrer Glaube oder einfach nur ein Vorwand für etwas Spaß ist, viele Vanuatuer feiern noch immer die seltsamen und wunderbaren Annehmlichkeiten, die von der Luftwaffe, den Marineflotten und der Handelsmarine mitgebracht wurden und manche sagen ihre eventuelle Rückkehr voraus. Die wahren Anhänger feiern jedes Jahr am 15. Februar das versprochene Rückkehrdatum und selbst Skeptiker genießen die jährliche Parade und die Feierlichkeiten. Der 15. Februar wird in Vanuatu offiziell als ›John-Frum-Tag‹ gefeiert.

Das lässt einen an Heiligabend und an den Weihnachtsmann denken ...

Ich hoffe, dass Sie genauso viel Spaß hatten, Die Weihnachtswunschliste der Hexen zu lesen, wie mir, sie zu schreiben. Sie können mich ermutigen, die Serie fortzusetzen, indem sie ein objektives Feedback abgeben. Ich lese alle Rezensionen, da sie mir helfen, die Richtung der Serie zu bestimmen, welche Charaktere in den Mittelpunkt gestellt werden und ob ich die Serie fortsetzen oder alternativ eine neue entwickeln soll.

Vielen Dank fürs Lesen!

Colleen Cross
www.colleencross.com

AUSSERDEM VON COLLEEN CROSS

Verhexte Westwick-Krimis
   Verhext und zugebaut
   Verhext und ausgespielt
   Verhext und abgedreht
   Die Weihnachtswunschliste der Hexen
   Hexenstunde mit Todesfolge

Wirtschafts-Thriller mit Katerina Carter
   Exit Strategie: Ein Wirtschafts-Thriller
   Spelltheorie
   Der Kult des Todes
   Greenwash
   Auf frischer Tat
   Blaues Wunder

Zu Neuigkeiten über Colleens Bücher, besuchen Sie ihre Website: http://www.colleencross.com

   Einfach für den Neuerscheinungen Newsletter anmelden, um immer direkt über die Neuerscheinungen informiert zu werden!

www.ingramcontent.com/pod-product-compliance
Lightning Source LLC
Chambersburg PA
CBHW060553190726
48283CB00003B/991